アサウラ
illustration 赤井てら
大野工房
サバゲにGO!
はじめてのサバイバルゲーム
ASAURA

舞白菜花
Nabana Mashiro
メインアーム
VSR-10 プロスナイパー Gスペック
篠原 学
Manabu Shinohara
メインアーム
AKS74U

舞白璃良
Lila Mashiro
メインアーム
P90(リラカスタム)
松下貞夫
Sadao Matsushita
メインアーム
未定

大野工房
「手は、右手《こっち》が、グリップで。左手《こっち》は前にね」
Lila Custom

「わたしが助手席でナビしましょうか？」
大野工房
Prosniper
version

HK417 EARLY VARIANT

CONTENTS

AKS74U

VSR-10
Prosniper version
G-SPEC

COLT M4A1 Carbine

STEYR AUG
[Phantom Custom]

P90 [Lila Custom]

GLOCK 18C [Lila Custom]

サバゲにGO!

はじめてのサバイバルゲーム

アサウラ

illustration
赤井てら

LET'S GO SURVIVAL GAME
SOFT GUN CATALOG

COLT M4A1 Carbine
コルトM4A1 カービン

使用者：松下貞夫（他）

作中ではフィールドのレンタル銃として登場。

プラスチックを多用した軽量なスタンダード電動ガン。

今更という印象もあるが、きちんと整備されていれば「実際これで十分なんだよなぁ……」という感想を抱いたりもする。

AKS74U
AKS74U

使用者：篠原学

ＡＫ系には独特の魅力があり、愛好者は今も昔も数限りない。

実銃の逸話によるところもあるだろうが、銃そのもののデザイン等々……魅力はたくさん。

VSR-10 Prosniper version G-SPEC

VSR-10 プロスナイパー Gスペック

使用者：舞白菜花

ボルトアクションライフルといえばまずはコレ、という銃。

コスパ良し、扱いやすさ良し、そして何よりカスタムパーツがたくさん出ているのが嬉しい。

P90 [Lila Custom]
P90（リラカスタム）

使用者：舞白璃良

日本では妙に人気のP90、そのカスタム銃。リラが何をカスタムしたのかといえば……単にデザインである。使い勝手が変わるわけでもない外装のカスタムなんて……と侮るなかれ。格好いいと思える事は銃の性能の大事な一要素。

ダセェ銃で勝つのと、格好いい銃を抱えて負ける……果たしてどちらにロマンがあるだろうか。

GLOCK 18C [Lila Custom]
グロック 18C（リラカスタム）

使用者：舞白璃良

P90同様、こちらも外装にパーツを取り付けただけのカスタム。

実銃では銃を敵や破壊対象に叩き付けたり、押し付けたまま射撃できたりと効果はあるが、ガスガンの場合では単なるオシャレ要素。だが、それでいい。それがいい。

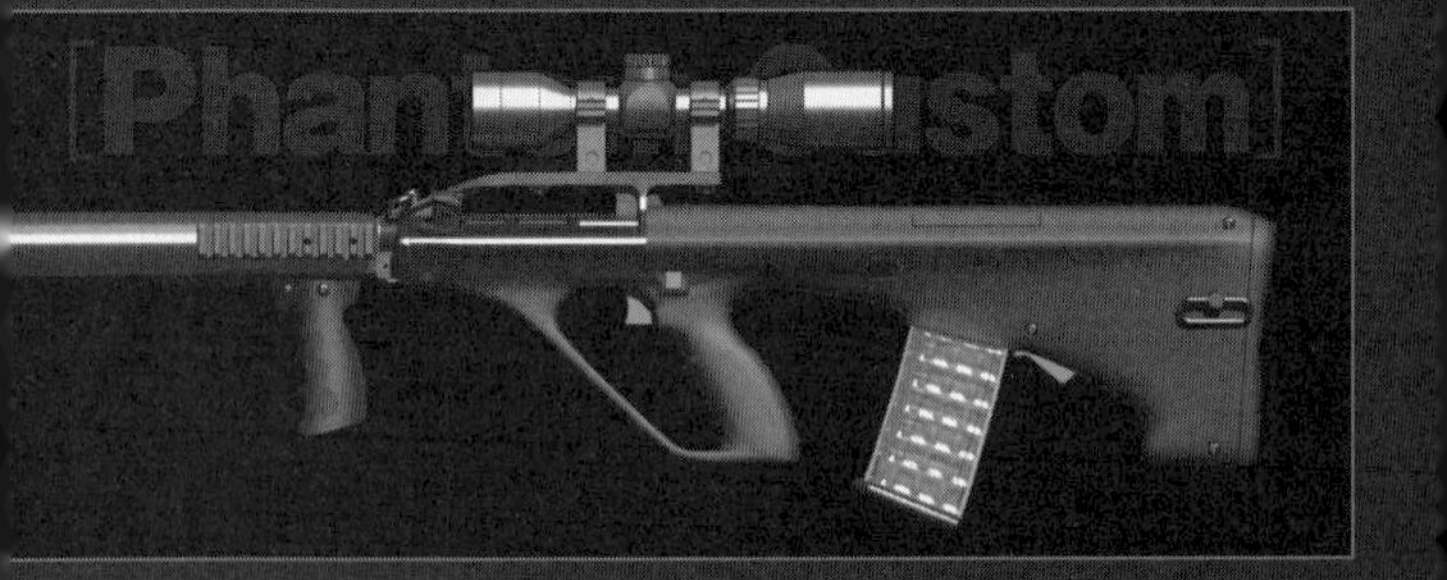

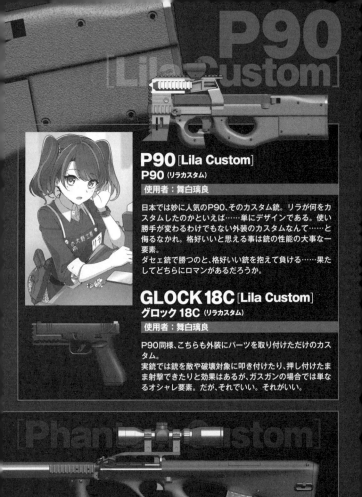

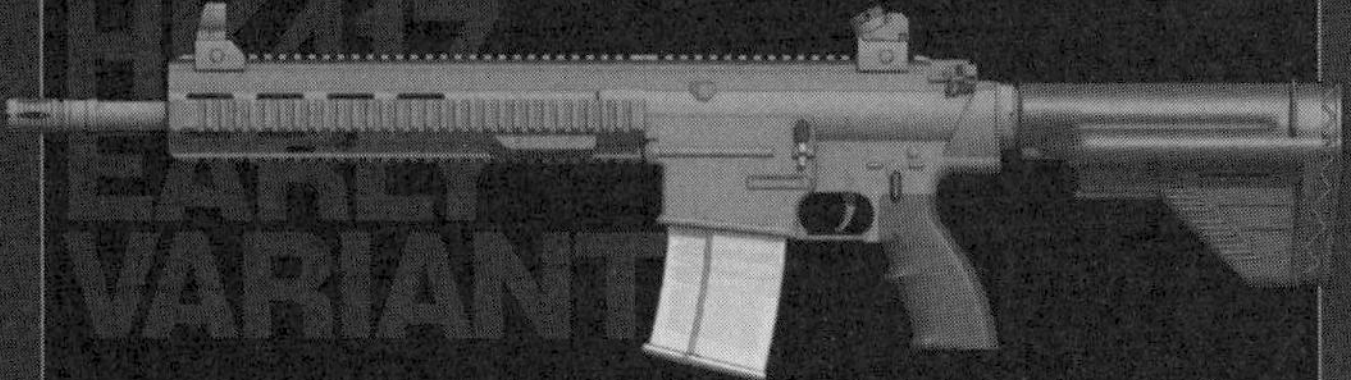

HK417 EARLY VARIANT
HK417アーリーバリアント

使用者：？？？

重い、長い、だが、それがいい。好きだと思ったら、その気持ちを最後まで大事にしてほしい。

STEYR AUG
[Phantom Custom]
ステアー AUG（ファントムカスタム）

使用者：ジラフ

作中では徹底的に消音カスタムした銃として登場。長くて太いサイレンサーの効果もあるが、実際のキモはその本体内部の加工。AUGは元々構造的に消音加工がしやすい個体であり、カスタムパーツと手間をかければ割と簡単に消音化させられるので、興味がある方は一度挑戦してみては？

Episode 01『ショップへ行こう!』

スマホには十代前半に見えるCGの女の子が映っていた。

短いデニムスカート、白系でまとめられたブラウスとジャケット、そして白銀の長い髪を紺色のリボンでまとめた彼女はとてもかわいらしい。

お出掛け用らしきポシェットや、そこにぶら下がるキリンのマスコットキャラクター『ジラフ君』のキーホルダー、そして少女が使うには少々スタイリッシュで大きめの腕時計すら、逆に小柄さを強調する愛らしいアイテムに思える。

……が、その顔付きは飄々《ひょうひょう》としていた。

悪く言えば、ちょっとやる気なさげな、低血圧な印象である。

『はいみなさん、こんちー。バーチャルユーチューバーの〝露草《つゆくさ》ときわ〟です。みなさん、ご飯ちゃんと食べてますか？　わたしはこれからです』

露草ときわは、モーションキャプチャーで〝中の人〟の動きをしっかりトレースしているせいか……小さいため息を吐《つ》くのがはっきりとわかった。

『……はい、というわけでですね、いつも通りにご飯食べていきましょうか。今日も今日とてワックのハンバーガーなわけなんですが……さすがに連チャンってのもネタ切れ甚《はなは》だしいというか、わたし自身しんどいというか……まぁいいんですけどね、安いから』

車内ホルダーにスマホを預け、松下貞夫《まつしたさだお》は今し方、百円均一の店で買ってきた余所《よそ》では見ない謎メーカーのカップ麺と、微妙に安っぽいお握りを器用に膝の上に置く。

狭い運転席ももう慣れたな、と貞夫自身思う。

最初、貞夫は細身とはいえその身長は一八六センチ。

営業車の運転席は狭苦しくてしょうがなかったが、さすがに毎日乗っていれば嫌でも適応していくものだ。

割り箸を持ちつつ手を合わせ、その時を待った。

『それじゃまぁ……いただきます』

「いただきます」

スマホの中で、ときわはCGのハンバーガーを手に取り、食べ始める。

咀嚼《そしゃく》音もそこそこ入るあたり、生っぽさがあった。恐らく声と動きをやっている〝中の人〟が実際に食べているのだろう。

相手はCG映像。それでも露草ときわの動画は一人で食事をする貞夫の心に住み着くわびしさを幾らかでも拭い去ってくれる。

『でも、ワックって実際問題安いんでしょうか。何となく安いイメージですけど、落ち着いて考えてみると安くない気が……。ほら、餃子《ぎょうざ》のなんちゃらだって、安いイメージありますけど、アレって別に言う程安くないですよね』

「……ははは、そうそう、確かに」

スマホの動画に向かって笑い、カップ麺を啜《すす》ると眼鏡が曇った。

レンズを擦《こす》る指が、ふと、止まる。

——僕の人生って、ずっとこのままなのだろうか？

貞夫が最近覚えた疑問だった。そして、最近やたらと反芻《はんすう》する疑問でもあった。

現在二十歳《はたち》、三ヶ月後の夏には二一歳になる。

高卒で東京の小さなリフォーム業者に営業で入社したので、すでに社会人歴は丸二年。

お世辞にも給料がいいわけではないが、都内に月二万円で住める社宅もあるし、無茶な残業などもない。程々の距離を保ってくれる先輩社員達《たち》との関係も良好だ。

会社の業績は良くも悪くもそこそこで安定しているし、このご時世からすると、ここまでホワイトな会社に高卒で入れたこと自体が、僥倖《ぎょうこう》と言えるのかもしれない。

大変ではあるが、仕事にも慣れてきた。

多くを望まなければそれほど不満のない生活を維持出来る。

……それ故に、思うのだ。

——僕の人生って、ずっとこのままなのだろうか？

人生を振り返る程に老いてはいないが、何かに向かって必死に走り続けているほど青くもない。だからこそ、考えてしまう。余計なことだとわかりつつも。

狭い営業車の中で、スマホでバーチャルユーチューバーの動画に合わせてカップ麺を啜り、お握りに齧《かぶ》り付き、眼鏡を擦る……そんな今のような時間は、特にそうだ。

趣味でもあればいいのだろう。だが、学生時代に打ち込んだものはアニメと漫画、それにFPSのゲーム……つまりはオタク活動ぐらいなもので、結局最初から最後まで消費するに留《とど》まったし、今ではその熱意も冷めつつある。

アニメの一クールである一二話、それを最後まで見終える作品など年間でさえ片手ほど。しかも、見ても疲れず、毒にも薬にもならず、そもそも見ても見なくともどうでもいいようなものだけをむしろ最後まで見てしまう。これは面白そうだ、そう思える作品は、HDDレコーダーの中で肥やしになるばかり……。

ゲームだって、今では寝る前に少しやるだけになってしまった。

もはやそれらは趣味と言えるものでもなく、オタクだと言い張るには本物の人に悪い。

露草ときわも、ファンではあるが……熱烈かといえばそうでもない。せいぜい『ジラフ君』のキーホルダーを買って、仕事鞄《かばん》に付けているぐらいで、それ以上ではなかった。

ガチファンなら彼女と同じ腕時計を買ったりもするだろう。だが、それが『スントコアオールブラック』という万単位のスポーツウォッチだと知ると、心が折れた。

良い物なのだろう。だが、自分には分不相応だと……望むより前に諦めたのだ。

大人になった、と言えば聞こえはいい。落ち着いてきた、と言えば含蓄を感じる。だが、どこか自分という人間が朽ちていくような、乾いていくような……そんな印象が付きまとう。

「彼女でも居ればいいんだろうけど……いや、でもなぁ。今や妄想すらキツイしなぁ」

不思議なことに、社会に出て一人暮らしを始めた途端ラブコメを見るのがキツくなった。制服を着た女の子にテンションが上がらないわけではないのだが……何だか、辛《つら》いのだ。きっと学生でいる分には心のどこかで〝自分にもいつか、もしかしたら……〟と思っていたのかもしれない。

けれど、現実は非情だ。そして大人の世界は追撃の手を緩めもしない。

貞夫の勤める会社のマドンナは事務の加藤花枝《かとうはなえ》（五二歳・独身）であり、貞夫の両親と同い歳《どし》という絶望的な状況だ。巨乳だという情報など果たして何の慰めになろうか。

先輩方に〝合コンに行くぞ〟と言われて連れていかれた飲み会では、男八人に〝ピチピチ〟だと自称する四〇手前の女性二人が芋焼酎を湯飲みでガブ飲みするという、ハードコアな現実が貞夫を待ち受けていたりもした。

夢は現実の潤いに成り得るが、同時に現実は夢を打ち砕く強力なハンマーに成り得るのだろう。

絶望というには気楽で、安寧というにはどこかもやもやとする……そんな日常。

絶対に悪くはない。だが、決して〝最高〟とは言えない毎日。

漫画か何かの主人公のように、日々〝最高〟であることを求めはしない。

ただ……日常のどこかで、頭の中が真っ白になるぐらい、〝最高〟と心の底から思えるような、そんな瞬間が欲しかった。

きっとそれだけで、〝生きている〟……そう感じられるはずだから——。

『はい、ということで今回の食事もこれにて終了。……ごちそうさま♪』

相変わらずキャラを演じているのか、中の人も疲れているのか、基本心が何一つ籠もっていないような口調のくせして、最後の〝ごちそうさま♪〟だけはいつもかわいらしい。

これがいい。他が淡白だからこそ、そこが際立っている。

「ごちそうさまでした」

『また次の食事もご一緒しましょー、ではー』

ときわが手を振るので、貞夫もスマホに向かって手を振り返した。

「さて……ん？」

動画再生が終わったはずのスマホがピロリンと音を発する。

ＬＩＮＥの通知である。相手は——シノ。

〈今日って金曜なわけですけど……今夜、先輩のアパートに行ってもいいですか？〉

「……僕の人生の楽しみって、現状、コレだもんなぁ」

貞夫の彼女ではない。だが、強いていえばそのポジションに一番近いのが、シノだった。

貞夫は自嘲しながら、メッセージを返す。

〈来いよ。ただ金曜の夜に僕の部屋に来るってことの意味……わかってるんだろうな?〉

〈もちろんです。着替え……持っていきます〉

そして、恥ずかしがるような猫のスタンプが送られてきて、貞夫は一人、車の中で口の端《はっ》を吊り上げたのだった。

●

シノは、猫のような奴《やつ》だった。

小柄で、目は大きくもシュッとしたキレがある。しかし威圧感はなく、笑顔になると顔を出す八重歯も愛らしい奴だ。

地元で小・中・高と先輩であった貞夫の家《アパート》だというのに、シノは上がるなり靴下を脱ぎ捨て、当たり前の顔をして部屋の中央にある二人掛けのソファに腰を落ち着けた。

いつものように。自宅に住まう猫のように。

貞夫が今淹《い》れているインスタントコーヒーも、そうだ。気が付くといつの間にやらシノ専用の猫柄マグカップが常備されるようになっていた。

どこかつかみ所がなく、正直、一緒にいない時のシノがどういう生活をしているのかもいまいちわからない。だが、ふとした時に現れて、当たり前のように部屋に入り込み、金曜や土曜なら翌日の朝まで居座る。そんな奴。

だが、そんな奴と一緒の時間こそ、今の貞夫にとって一番楽しい時間なのだ。

「先輩、早くしましょうよ。……先輩？　どうか、しました？」

「いや、最近僕の人生ってどうなんだろうなって思ってさ」

マグカップをテーブルに置くと、貞夫もまた二人掛けのソファに座った。

貞夫は今日の昼、ふと思った疑問を口にしてみる。だが、どうにもシノには伝わらなかったらしい。不思議そうな顔をして首を傾《かし》げていた。

シノも一人暮らしとはいえ、まだ一八歳。大学一年生には早い話なのかもしれない。

異性にやたらとモテるというのも、貞夫の不安に同調するのを妨げているのだろう。

しかし、そんな奴が自分のような冴《さ》えない社会人の所に頻繁に来てくれるのは嬉《うれ》しかったし、これからの時間もネガティブには感じない。

けれど、ただ、一つ思うのだ――。

「シノが美少女だったら良かったのにな……」

「なんスか、それ？」

そう言ってシノ――篠原学《しのはらまなぶ》はキョトンとした顔をしつつ、レンタルしてきた三枚のＤＶ

Dをテーブルの上に並べた。

「いやほら、僕達って幼馴染《おさななじ》みだろ？」

「はい、間に駐車場ありましたけど、家も隣でしたね」

「小学校から先輩後輩なわけじゃない？」

「ですね」

「僕が就職して上京したら、シノも進学のために隣町に引っ越したわけだ」

「初一人暮らしは怖いですからね、頼りになる人の近くにしたかったんで。むしろこのアパート、先輩の会社の社宅じゃなかったら普通に入ってましたよ」

「で、顔がいいときた」

「全然ですよ。……たまに言ってくる奴いますけど、オレとしてはもっとこう、渋いのが好きなんで。それに、オレ、一六五センチしかないし。先輩みたいに一八〇センチオーバーだったらもっといろいろ考えるんですけど」

　身長は貞夫の数少ない自慢である。細身なのでパッと見、モデルスタイルのようだが……実は若干短足なのが玉に瑕《きず》。……胴が長いのだ。

「でも、シノ、モテるだろ？」

「そりゃまぁ……でもすぐ別れちゃいますけどね、オレ、性格悪いですから」

「現状ずっと一緒にいるわけだから、僕とは別に問題ないわけだ。相性的に。だからシノが女の子だったら、最高だったんじゃないかと思ったわけだよ」

　言いつつも、貞夫は思わずジッと間近のシノを見つめた。

「な、なんスか」

「ずっと男だと思ってたが実は女の子だった……というオチはないかと一瞬期待が……」

「先輩の顔に付いているのはケツの穴ですか？　どうしてそんなクソみたいな妄想をひり出せるんです？　現実的に言って幼馴染みの性別を勘違いするとかあり得ないでしょ。マジであるかもとか考えたんなら病院へ。そう見えたってんなら先輩のかけているその眼鏡、今すぐ叩《たた》き潰して新しいの買いに行きましょう」

「……シノのそういう冷たい物言いはどうかと思うんだ……」

「ってか、眼鏡が合ってなくても女と男なんて、体臭で嫌でもわかるってもんですよ」

「……シノのそういう凹《へこ》んだ相手への執拗《しつよう》な追い打ちもどうかと思うんだ……って、ちょっと待て。体臭の差なんかあるの？　いや、わかるよ、わかる。女の子っていい匂いするけど、あれってシャンプーとかそういうので……」

「ホルモンとかの違いらしいですよ？　慣れればどんなに香水使っててもちょっと汗をかいた時とかにわかるので、ほらベッドで……あぁ、いえ、何でもないです……」

　そう言うなり、シノは貞夫から視線を逸《そ》らした。

「……なぁ、シノ……そういう童貞を憐《あわ》れに思っての気遣いってのはむしろ人を傷つけるんだぞって、僕、以前言わなかったか？」

「……スンマセン、マジ、サーセン……」

「……なぁ、シノ……」

「さ、さぁ先輩！　こんな路上に貼り付く汚ぇガムのような話題はやめて……まず何から観《み》ます？」

貞夫は社会に出てからアニメが辛くなった。けれど、反比例するように――趣味という程ではないにせよ――映画が以前より好きになっていた。

二時間というほぼ決まった枠の中でキッチリと物語が始まって、そして終わる……その安心感がありがたいし、今見ないと時流から遅れる、といった最近のアニメが持つ脅迫的切迫感もあまりないのがいい。気楽だ。

「それじゃ、あの銀行強盗の映画のヤツからいこうか」

「『44ミニッツ』ですね。パッケージはB級、C級感半端ないですが……果たして」

適当に選んで再生した少し昔の映画は、ハードな銃撃戦もの。

完全武装で銀行に乗り込んだ凶悪な強盗犯二人組と、拳銃しか持たない警察官達が硝煙弾雨のガンファイトを繰り広げる――実際の事件を基《もと》にした作品だった。

地味な作品……だが、当たりを引いた。貞夫は思った。

翌日、貞夫達が食料を求めてアパートを出たのは、昼を幾らか過ぎてからだった。

二人が街を徘徊《はいかい》する時は決まって新しい店を開拓することになっている。

決まり切った所にばかり行っていては人生はおしまい、常に冒険せねばならない……そんなカッコイイ事を言ってみたりした事もあったが、実際問題としては単に『一人で行くには勇気がいる店』に突撃するだけである。

個人経営の居酒屋が気まぐれでやってるランチや、小洒落《こじゃれ》たイタリアン、地元マダムしか寄りつかないオーガニックなカフェ……だいたいは値段の割にそれほどでもないことが多いのだが……今回行った店だけは違った。いくつかの意味で格別だったのだ。

食事を終えて店を出ると、貞夫の先を行くシノはまるで戦国武将が戦場《いくさば》に向かうが如《ごと》く大股でノシノシと歩き続けていた。

「先輩、このまま帰るとか、そういうのだけはマジでないですから」

「そう言うけどさ、もう腹一杯じゃない？」

「でもこのまま帰宅はマジで負け組ですよ。熊みたいな大男に無理矢理ケツ犯された後で〝ありがとう、良かったよ〟ってこっちから笑顔を向けるぐらいに敗北主義ですよ」

簡単に言えば、マズかったのだ。思いつきで適当な材料を混ぜ合わせたものを創作和風料理として出されたことによるシノの怒りは尋常ではなかった。

「お前のたとえは時折ピー音が必要になるから注意な。彼女にフられる理由がわかるよ」

正直に言って、シノは黙っていればどこぞのアイドルグループにいてもおかしくない外見だ。中性的な顔付きや、小柄なところさえ、彼の魅力に思える。

だが、口が悪いというか、発言がちょいちょいキツいのだ。男同士ならいいのだが、女性からすると気に障る人も多いだろう。

「何でですか！　こんなに気持ちのいい快晴の土曜日、しかも一発目の食事がアレですよ!?　怒るのは当たり前ですよ！　……オレ、このまま終わらせる気はないですから。どこかで口直ししましょう。あ、ほら、あそこ、今にも潰れそうなラーメン屋が！　あぁいうのが意外とおいし……もう潰れてますね……」

「この辺、駅から微妙に遠いしな。二年住んでる僕でさえあんまり来ないし」

「不満ですね、不満ですよ、先輩。何でこんな屈辱を受け入れられるんですか？　国によってはあの店に火炎放射器持って突撃したって合法ですよ」

「自由な国だな、そこは。……わかったわかった、それじゃどこか適当な店で何か……あ、ほら、あそこ、店がある」

貞夫が見つけたのは、高速道路のほぼ真下にある店だった。

辺りはボロいアパートが並ぶばかり、頭上から車のうるさい走行音が響くだけの退屈な道に建つ町工場、その隣の建物。

個人経営店だと一目で察しが付く、古びたオレンジ色の庇《ひさし》が出ていた。

奇跡的においしいパン工房だったりしないだろうか、と貞夫は思いつつ接近してみると
……食事処《どころ》というよりホビー系だと知れた。

男の子が好きそうなカッコイイ文字《フォント》や、黒をベースとしたクールなポスターが所狭しと貼られているのだ。

そのため、歩いて行くに連れて察した。絶滅危惧種たる個人経営ゲームショップかラジコンショップだろう。さすがにここでは創作和風料理の口直しとはいかない。

「あれ、先輩。これって……ガンショップってやつですかね？」

店の前まで行っても、何の店かがわかりにくい。看板には『大野工房《おおのこうぼう》』とあって、隣の町工場の入口のようにも思えるが……店の前に貼られているのは大量の銃のポスターだ。

「本物の猟銃とかじゃないな。エアガン……あ、ほら、BB弾飛ばすやつだ」

「あぁ！　そういうの！　……へー、秋葉原とかにしかないと思ってましたよ」

「ラジコン店とかと同じで、案外立地とか関係なしに客の方が寄ってきたりするから、こういう所でもいいのかもなぁ」

「あ、AKとかもあるんですね。昨晩映画観たばっかだから、良さげに見えるなぁ」

「あぁ『44ミニッツ』？　強盗犯側の意見かよ、シノ」

「オレ、警察と犯罪者なら犯罪者側に肩入れするタイプなんですよ。やっぱりやりたいじゃないですか、強盗とか、脱獄とか、テロとか」

「わかるけどさ……最後のはやめておけ」

「へーい」

「いや全部ダメだけどね?」

「しませんって」

「でもここ……メシ所ってわけでもないし、どっかに……シ、シノ?」

驚いたことに、シノは店のスライドドアに手をかけていた。

「こういうので口直しもアリなんじゃないかと。先輩、覗《のぞ》いていきましょうよ」

「えー……でもほら、こういう個人経営の店ってさ、一度入ると何も買わずに出るのが悪いっていうか、何か心苦しいじゃん。万引きと疑われるかもだし」

別にガンショップだから、というわけではない。貞夫にとってはコンビニでさえ、店内に入った以上は何か買わないと出ちゃいけない気がしてしまう。

「先輩、それ心配し過ぎですって。女の子と目が合って微笑《ほほえ》みかけられたら、惚《ほ》れられたかもって妄想しちゃうぐらいに無様な童貞思考っていうかクソの……あ! いえッ、その……スンマセン……」

「……シノ君?」

「スンマセン……マジで、サーセン」

「シノ君、僕は何度も言ったね？　そういう気遣いこそ人を傷つけるって。むしろそういう時はサラッと言い切ってくれるかな？　そうしたら僕も流すから……わかるね？」

「い、以後気をつけます……」

「注意するように。……じゃ、行こうか」

「あ、でも、それはそれとして覗いていきましょうよ。折角ですし」

えー、と貞夫が不服の声を上げた時、不意にガンショップのスライドドアが開いた。

思わず貞夫とシノは半歩下がり、店内から現れた人影に身構える。

「何かあったかな？　……あ、お客さん？」

そう言ったのは――小柄なシノよりもさらに小さい、一五〇センチ程度で栗《くり》色のツインテールが目に付く……十代そこそこの女の子だった。

胸元に『大野工房』の文字が入ったエプロンを着け、その下には薄手のニットにスカート……そして、腰に銃が収まるホルスターがあるのを、貞夫は見逃さなかった。

「……あ、初めてかな？　良かったら、中、見ていかない？　丁度今誰もいないしね」

その子は優しげに、そしてかわいらしく微笑んだのだった。

Episode 02 『店員さんと話そう！』

ガンショップとはどうしてこう男の子の心をくすぐるのだろう。

そこに陳列されている大量の銃器やそれに関連するであろうパーツ群、どこか漂う機械の匂い……何が何やらよくわからないとはいえ、やたらと胸がときめいてしまう。

まるで宝箱を開けたような、そんな空間――ガンショップ。

貞夫《さだお》とシノは観光客のように〝ほへー〟と口を開け、壁にかけられているライフルやサブマシンガンといった銃の数々を眺めた。

各国様々な銃器……一見どれも同じように見えるが、ゲームとかで多少知識がある貞夫達《たち》には――名前こそわからないが――かろうじて見分けることができる。とはいえショーケース内にずらりと並ぶ拳銃は……どれもほとんど同じに見えてしまった。

「お客さん達、たまたま通りかかった系ですかね？」

あ、はい、と貞夫は名前を呼ばれた犬のように敏感に反応する。

若い店員はレジカウンターに肘を突いて貞夫を見ていたので、思わず視線を逸《そ》らした。

人と目を合わせて喋《しゃべ》るのは、苦手だった。相手が女の子なら尚更《なおさら》である。

「近くに住んではいるんですが、こっちの方にはなかなか来なくって」

大野工房
リラ

「うちは隠れショップみたいなもんだからねー」

やけに若い店員である。間違いなく十代だろう。半ばか、前半のようにも見える。

土曜とはいえバイトができる年齢なのだろうか。しかもガンショップ……。貞夫の頭に様々な考えが浮かぶものの、単にここの店主の娘なのではないかと思い至った。

「何か見たい物とか、触りたい物とかあったら遠慮無く言ってね。暇してたんでー」

貞夫は、どうも、と会釈にしてはやや大きめに頭を下げる。

営業職に身を置いているからというより、身長が高いが故にややオーバーにやらないと常時相手より頭が上にあるせいだ。昔からのクセだった。

……だが、今回の店員相手ではそれでもまだ向こうの方が頭が低い。

顔を上げる際、店員の胸元に『リラ』と書かれた札が見えた。

「……リラ？　外国の方……？」

「え？　あぁいえいえ。本名は舞白璃良《ましろりら》といって、ゴリゴリの日本人ね」

「入口には大野工房《おおのこうぼう》ってありましたけど……舞白って……」

「ここ叔父の店で、その関係でバイトをね。……そんじゃ、ごゆっくりしてってー」

いろいろ気になることはあったものの……とりあえず、と貞夫は改めて店内を見渡した。

壁にかけられたモニターに外国人が実銃射撃の訓練をしている様子が映し出され、それの解説らしき英語ナレーションが店内のＢＧＭとなっていた。

淡々と連発する銃声と異国のきびきびした言葉に耳を埋《うず》められ、視線は黒い銃器群で染め上げられていく……。

何だか貞夫のテンションも徐々に上がってくるものがある。

ただ、貞夫達を追う店員の視線を意識すると、途端にそわそわしてくる。せめて何か買うつもりで来ていればいいのだが……そんなもの皆無どころか何もわからないのだ。

「すんません店員さん、ＡＫってあります？」

「お、おい、シノ!?」

ナチュラルに話しにいったシノの肩をつかむと、貞夫は耳を寄せた。

「買うつもりないのに、何を……！」

「いいじゃないですか。向こうも暇だって言ってるし。ですよね、えー、リラちゃん？」

店員をいきなり名前呼び……これがリア充か、若さなのか！　貞夫は驚愕《きょうがく》に打ち震えた。

「ＡＫなら何丁か。メーカーとモデルの指定は……あ、何目的ですかね？」

リラの問い掛けに、シノと貞夫は二人して首を傾《かし》げた。

「……何……目的……？」

「そのリアクションだと、ガチに初心者な感じですかね？」

「風俗のサンプル動画は良く見るけど、実はゴリゴリの童貞……みたいなレベルかな」

「……シノ君、女性に下ネタはやめよう。セクハラになるから……」

「なるほど、チェリーボーイズか」

「あ……リ、リラさん、乗るんですね」

貞夫は勇気を出して名前で呼んだ。そこそこ気合いが必要だった。

よくよく考えてみると名札《ネームタグ》に『リラ』とあるのだから、そう呼ぶべきだろうし、むしろ先程口頭でサラッと言っただけの『舞白』という苗字《みょうじ》で呼んだ方がキモいはず……。

貞夫の優秀ではないが、マジメな脳が導き出した結論がそれであった。

「硬くて大きなガンを慈しむ仕事なもんで。それにミリタリー系作品を嗜《たしな》む以上、下ネタは慣れちゃうもんだからねー」

リラはカウンターから出るなり、貞夫とシノの顔から足下までを見渡す。

「一応、確認だけれど、二人共一八歳以上……だよね？」

「はい、シノは若く見えますけど今一八で、僕は二〇で……。年齢って、何で？」

「エアガン……まぁ、免許なしで扱えるのは正確にはエアソフトガンなんだけども……これって、パワーで一〇歳以上向けと一八歳以上向けのラインナップがあるんで。念のために確認を。失礼しました……えっと、シノさん？」

「篠原学《しのはらまなぶ》。シノって呼ぶのはこの先輩だけなんで」

「じゃ、学君で。学君、エアガンに求めるものは何かね？」

「んー、そもそもエアガンを買おうと思ったこともないから、わかんないなぁ」

「なるほどね。じゃ、どうしようか」

　貞夫はまた衝撃に震えた。十代の男女が、さっきまでお互いの顔も知らなかった二人が……下の名前で呼び合い、ナチュラルに会話を始めている。

　貞夫はエアガンショップという異空間以上に、目の前で展開する男女のやり取りに圧倒的な異世界感を味わった。

　貞夫にとって女性とは実質的に別世界の種族であり、親族のそれを除けば彼の人生においての接点は限りなく薄い。

　強いて貞夫の馴染《なじ》みの女性を挙げるとすれば……いつも貞夫の手を優しく、柔らかく、そして温かに包むようにしてお釣りを渡してくれる駅前のコンビニ店員・上村《うえむら》さん（シフトは月、水、金）ぐらいなものだ。何度心を奪われかけたかわからない。

　上村さんとはお金が介在する関係でしかないんだ、客としての節度を守るべきだ……そう自分に言い聞かせ、本気になるまいとブレーキをかける日々がもう一年ほど続いている。

　そうした上村さんのようなプロの女性を除けば……もはや貞夫と接点のある若い女性などシノの歴代の元カノぐらいなものだ。

　……後輩の元カノを自分の女性遍歴に加えるのはどうかと貞夫自身思うが……。

　貞夫が自らの哀《かな》しい女性遍歴を思っていると、ノックするように背を叩《たた》かれた。

「先輩、はい、これ。……どうしました？」

貞夫はシノから透明でチャチなプラスチックのゴーグルを渡される。

「ナニコレ?」

「いや、ですから、試射やるんですって。そういう話してたでしょ、今。……先輩マジでどうしました? この数分間、違う惑星にでもぶっ飛んでましたか?」

「……まぁ、そんなとこだよ」

「お二人さーん、準備できたんでー」

ゴーグルをかけたリラが「こっちこっち」と手招きしていた。

陳列する銃にばかり意識がいっていて気が付かなかったが、どうやら陳列棚の裏側に試射エリアがあるようだ。

覗《のぞ》いてみると、横幅は三メートルほど、奥行きが一〇メートルほどのそれ。奥には金属製のフライパンのような丸いターゲット《マト》が三個並んでいた。

「とりあえずウチにあるＡＫの代表的なヤツを三つね。ガスブローバックのＡＫ74、ハイサイクルのＡＫ47ＨＣと次世代電動ガンの同じくＡＫ47。ちなみに最初のは海外製で、他は国内メーカーの東京マルイね」

貞夫とシノの頭の上に〝?〟マークが浮かんだ。

目の前の机には、映画で良く見るＡＫと呼ばれるアサルトライフルが三丁並んでおり、確かに一つ一つ色や形などが違うようだが、イマイチどれがどう違うのかがわからない。

「リラさん、これ、何が違うの……？」

　貞夫が勇気を出して訊《き》くと、リラはかいつまんで話してくれる。

「メーカーが違ったり、造りが違ったりで……まとめるとね？　あ、そもそもガチチェリーだとBB弾を飛ばすシステムの説明からしないといけないのか。……えっとね？　こういうオモチャは火薬を使わずに空気か、ガスで弾を飛ばすんだよね。……んでね？」

★エアガンの発射方式について

●エアコッキングガン：古くから存在する、極めてシンプルなシステム。要は、一発撃とうとする度に自分でよいしょっとスプリング《バネ》を引いて、次にトリガーを引く事でそれを解放し、スプリングの力で空気を押し出し、それによって弾を飛ばすシステム。
　若干語弊があるものの、注射器のようなものをイメージしてもらうとわかりやすいかもしれない。アレで空気を送り出して、弾を飛ばすのだ。
●電動ガン：現代サバイバルゲームでは標準的な方式。射手はトリガーを引くだけ。バッテリーでモーターを回し、そのモーターのパワーでスプリングを引いて、エアコッキングと同様に空気を送り出す事でBB弾を飛ばす。
　要は手でスプリングを引く作業をモーターがやってくれるものと思っていただければ。

●ガスガン：空気ではなく、ガスの力で弾を飛ばす。ピストンやらシリンダーやらの複雑な機械部がないため、電動ガンと違い、構造がシンプルな事もあって、外見などが非常にリアルなものが多い。問題としては寒い時季だと動作が不安定になったり、連射しているとガス圧が下がって弾がヘナヘナになっていったり……などがある。

ザッと説明されたものの、内容は貞夫とシノの頭を素通りしていった。

リラもそれを察したのか、苦笑する。

「まぁ、電動ガンってのが基本……ってぐらいだけ覚えてくれれば大丈夫かな。あとはまぁ、やってくウチにわかるからね」

やってくウチ……。何をやっていくウチなのかがわからない。

貞夫が困って隣のシノを見ると、こちらも同様のようだ。頭上に〝?〟マークがある。

「じゃあ、続きの説明しても？　……今ここに並べた三つの銃、ガスブローバック、ハイサイクル電動ガン、次世代電動ガンはね？」

★システム別に各種銃について

●ガスブローバックガン：ガスで弾を撃ち、同時にガチャガチャと駆動する銃。ガスブローバックというとハンドガンを指す事が多いが、ライフルやサブマシンガンなどもある。実銃と見間違う程リアルなものが揃《そろ》っている……というか、実銃のカスタムパーツなどがそのまま取り付けられる物も。ブローバック――即《すなわ》ち、一発撃つごとに実銃同様に駆動してくれるので、撃つ度の満足感は半端ない。

※余談：サバイバルゲームフィールドの試射エリアで軽快にこれを使っていると、割と注目を集める。もしあなたがライフルのガスブローバックを持っていて、興味を持っている人が近くにいたら是非撃たせてあげよう。高い確率で仲良くなれる。

●ハイサイクル電動ガン：これからサバイバルゲームを始める人には一番のオススメ。コンパクトなサイズにまとめられており、プラスチックを多用した事で軽量な設計になっている。そして初めから大量に弾の入る『多弾マガジン』がセットになっている上、比較的低価格にまとめられている。何よりの魅力として、高循環《ハイサイクル》の名の通り、猛烈な連射が可能なメーカーカスタム品だという事。極端な事を言えば、これとバッテリーとゴーグルさえあればそのままサバイバルゲームに行って最前線で戦える。しかもレールというオプションパーツを取り付けるのに必要な土台も初めから付いている物が多いため、どの銃も簡単に、かつ、安くカスタムもできる。

※余談：これが発売された当時、カスタム好きなベテラン勢が非常に微妙なリアクションをした。何せ、莫大《ばくだい》な手間暇と、思い出したくないレベルのお金、いくつものパーツや銃を――物理的な意味で――犠牲にして完成させた愛する己のカスタム銃と同等程度の性能

を、誰もがお手軽にゲットできるわけで……その心中は察するに余りある。

●次世代電動ガン：撃つ度に電気の力でガチャガチャと実銃のように駆動し、リアルな振動も楽しめる。価格は高いが、それに見合う性能と満足感を与えてくれる。

※余談：最初は撃つのが楽しいだけの電動ガンだと思う人も多かったが、それまでと比べてそもそもの性能が向上しており、あっという間に普及した。お金に余裕があるならこっちから始めてみるのもオススメ。

「今ウチにＡＫの在庫はないけど、これとは別に『スタンダード電動ガン』っていうモデルもあるよ。それは往年の電動ガンね。あらゆる意味でスタンダード。自分でいじり回したいからシンプルな構造がいい、とか、好きな銃のモデルがスタンダードでしか出てないからコレがいいって人も多いんだよね。性能がいいM14とか89式とかもあるし」

また一度に情報が大量に現れたために、貞夫の頭はパンクしそうだ。

一方のシノは顎に手を当て俯《うつむ》き、何かを思案するような顔をしていた。

「……要は、ガスブローバックが一番イイってこと？」

「ノンノン。どれも一長一短。完璧なものなんてないの。ガスブローバックはさっきも言ったけど、家での満足感は凄《すご》いとはいえ、きちんと遊ぶとなると上級者向けになっちゃうね。予備マガジンはガスのタンクが入ってる関係で高いし、一発撃つ度にガスを消費するから、数円単位とはいえ、そっちのコストも気になるかな。……ただ、ガスブローバックを使いこなせると、やっぱりいい意味で注目集めるよね」

じゃ早速撃ってみようか。そんな気軽なノリでリラとシノは試射エリア《シューティングレンジ》へと入る。

貞夫は後ろから様子を見ることにした。

エプロンで隠れて分からなかったが、何気にリラのスカートが短く、視線を引き付ける。

こういう時ばかりは己の身長の高さが憎い。

身長が高ければ高い程、風のイタズラ《パンチラ》を拝む可能性が下がるのだ。

そんな悔しさを噛《か》み締めつつ俯き加減にリラのスカートを見ていると、激しい金属の駆動音と何かが弾《はじ》け飛ぶ音が貞夫の顔を上げさせる。

シノが、ガスブローバックのAKを撃っていた。

本物同様の激しい銃撃音がするわけではない。けれど、明らかに銃声としか言いようのないものが後輩の構えたAKから鳴り響き、一〇メートル先のターゲットを揺らしている。

「おぉ……す、すっげぇ……。先輩、コレ、スゴイですよ！」

キラキラした目でシノが振り返って貞夫を見るも、それにつられてAKがこちらを向き……かけたところを、リラが銃をつかみ上げ、銃口《の》を天井に向けさせた。

彼女の素早い動きに、貞夫とシノは思わず息を呑んだ。

「ハイー、銃は人に向けない。オモチャでもね」

「あ、ス、スンマセン」

シノはリラというより、貞夫に向けて言って、頭を下げた。

貞夫としては別に本物じゃないので、そこまで気にすることではないように思えたので、まぁまぁ、という感じで流す。

「でも先輩、コレマジすっごいっすよ！　ほぼ本物！」

「さすがに本物は言い過ぎだろ」

貞夫は苦笑しつつ、シノからガスブローバックのＡＫを受け取る。

その瞬間に、感じた。

ズッシリとした重さ、冷たい手触り、日用品にない無骨さ——鉄の塊という、その印象。

シノがほぼ本物だと言ったのも、触った今ならわかる。

もちろん、本物なんて貞夫もシノも触ったことすらないが……それでも手にした瞬間に抱《いだ》く感想は〝本物だ〟というそれ以外にないものだった。

思わず息を呑む。何故《なぜ》かじわりと汗が湧く。

「それじゃ構えて撃っちゃってー」

貞夫は緊張しつつも、銃口をマトへ……構える。

どうせ銃口から飛び出すのはＢＢ弾。プラスチックの小さな粒。

何を緊張するというのか──。

「ん？　何かぎこちない構えだね。お客さん、ちょいしゃがんで」

貞夫が意味もわからずしゃがむと、リラが背後に回って腕を添わせてくる。

体が、触れる。

シノよりも小さくて細い体が背に張り付く感触、かすかに伝わる温かさ。

そして、女性……というより、飴《あめ》でも舐《な》めていたのか、シトラスとミントのフレッシュ感のある匂いに混じる、女の子の匂いとしかいいようのないものが貞夫の体を硬直させる。

「右腕をもう少しこうで、左手はもうちょい……うん、そう、そんな感じで」

首元にかかるリラの吐息に、ゾクリと来る。

ふと、それが自分の口元にまで流れてくるようなイメージを貞夫は抱き、思わず深呼吸でもしてしまいそうになるが……堪《こら》えて、むしろ息を止めた。

さすがにここで深呼吸は一人の男として、否、一人の企業戦士《サラリーマン》たる社会人として恥じるべき行為。何より相手は恐らく十代……もはや性犯罪に等しい行いだ。

「はいOK。あとはトリガー引いちゃえば撃てるんで、ご自由にドゾー」

リラが貞夫の体から離れる。それを〝惜しい〟と思ってしまう浅ましさが嫌だった。

そんな思いのまま、そして息を止めたまま……貞夫はトリガーを引く。

シュパッ！　という銃声と共にスチャンッ！　という金属の音と衝撃。

銃が衝撃に震えて貞夫の肩を叩き、一〇メートル先のフライパンのようなマトの下方の縁《ふち》に着弾。カキンッ！　と、軽やかで硬い音が響く。

オモチャの銃が、ＢＢ弾を飛ばした……ただそれだけ。

だが……それだけで、目を見開く程の心地よさが貞夫を襲った。

それまであった自分の中の鬱々とした何かが、銃口から飛び出していったような……。

「先輩、もうちょい、気持ち上、狙ったらいいと思います」

シノの言葉通りに撃った。

すると、また快感の震動と共に、マトの中心部を見事に捉え、金属音が鳴り響く。

そのまま、スチャンッ、スチャンッと連続させる。

弾はリズミカルに、そして吸い込まれるようにマトの中心部へと飛来していった。

「ホー。ガタイがいいせいもあるんだろうけど、イイ感じだね。じゃ、そのままフルオートで、トリガー引きっぱなしで撃ってみて」

リラはそう言うと、構えている貞夫のＡＫの横っ腹にあるレバーを上げる。

言われた通りに、貞夫、トリガーを引きっぱなしに。

その瞬間――凄《すさ》まじい震動。

ズガガガッと銃が激しく震え、無数のＢＢ弾がマトへと向かう。

弾の多くはさすがに中心部を外れたが、それでも多くがマトのどこかに当たり、軽快な音を立てて辺りを跳ね回り……勢い良く弾倉《マガジン》の中身、全てをぶちまけた。

「……ぅわ……」

雪が解けるように貞夫の固く閉じていた口が開き、自然と声が漏れた。

呼吸が少しばかり乱れているのは、息を止めていたせいか、それとも……。

この感覚は何だろう。何かに、似ている……そう思った。

車……いや、高校時代に同級生がスクーターを手に入れた時に、川辺で乗らせてもらった時のそれだ。

フルオートの射撃は、スクーターのアクセルを一気に入れたその瞬間のそれと、どこか似ている。

自分のちょっとした動作に機械が応え、それまで経験したことのなかった動き《アクション》を起こして、思いがけない体感を与えてくれた時の……そんな、快感。

「ハイー、じゃ、次はハイサイクルね。そのまま交替せずにやっちゃおう」

リラは、感動に震える貞夫の手からガスブローバックのＡＫを取ると、代わりに短く、近代的なデザインになっているハイサイクル電動ガンのＡＫ47ＨＣを渡してくれる。

先程までのガスブローバックは鉄の塊に木のパーツという、貞夫達が思い浮かべるＡＫそのものだったが、こちらは金属とプラスチックで、全体的に黒い。

ＡＫの形こそしているが未来的な印象でもある。

軽かった。そして、先程の金属の塊という印象はないが、銃の中に何かがしっかり詰まっている……そんな印象を覚えるものだ。

銃が小さいせいもあって、貞夫は少しラフに撃つ。右手で握ったグリップの中でモーターが駆動するわずかな振動を感じたと同時に弾が勢い良く飛んでいった。

何発かそのまま撃たせてもらう。貞夫は、なるほど、と思った。

「軽い振動はありますけどさっきのガスみたいに、カシャンっとは動かないんですね」

「そうそう。でもコイツの真価は……ハイ、じゃ今度はフルオートで。撃っちゃって」

何気なく先程同様にトリガーを引いてみれば……ガスブローバックとは別の意味で度肝を抜かれた。

銃口からレーザービームのように白い線がマトに延びていったのだ。

ＢＢ弾が間髪を容《い》れず飛び出していき、それが一本の線に見えているのだ。

「うお、おおぉぉ……！」

ズガガガガといったものではなく、ヴゥラ――――ッという激烈な連射。

思わず妙な声が出てしまった。

「おぉおー！　先輩、それスゴイじゃないですか！　交替、交替で！」

貞夫は先程リラに注意された事を意識し、銃口をマトに向けたままシノに渡した。

「試射だし今は別にいいんだけど、ゆくゆくは人に銃を渡す際はセーフティエリアをその都度かけるようにすると、よりグッドだね」

は、はい、と貞夫はまた深めに頭を下げた。

シノが銃を撃つ音を聞きつつ、貞夫は己の手の平を見る。

先の銃撃の余韻がそこにあり、貞夫の心の中を少しかき乱す。

こういう感覚は久しくなかったもの。

子供の頃に、初めて触ったオモチャのような……。

異国の料理を初めて食べた時のような……。

見知らぬ女の子に向こうから挨拶された時のような……。

戸惑いと興奮と、そして何かに目覚めそうになる予感。

「ヤバイ……よな、これ」

いかんいかん、いい社会人が何を……。何にも使い道がないようなものを……。

でもかすかに、それでいて間違いなく……ちょっと欲しい……と思っている自分がいる。

貞夫の生活は、現在お世辞にも余裕のあるものとは言えない。

煙草《たばこ》も吸わず、酒もほとんど飲めず、扶養すべき家族もいない。だからこそ、特に不自由を感じてないというだけで金銭に余裕があるわけではないのだ。

心を落ち着けようとシューティングレンジではなく、店内を見渡す。

——マズイ、どこを見ても心をくすぐられる。

四方八方、男の子が好きなものが揃いすぎている。

そんな時……ふと、壁のあるスペースに目が留まった。

大量の銃がかけてあるラックなのだが、一箇所だけひらけていて壁が少し寂しくなっていた。今シューティングレンジに持ち込まれているAKが元々あった場所なのだろう。

合点《がてん》がいった——と、同時に、ある物を見つけた。

寂しくなっている壁、そこにチョコンと付けられた値札に。

——ガスブローバックAK74　55，000円。

「……ゴッ!?」

ん？　というように、リラとシノの目が貞夫を捉える。

貞夫は何でもないよ、と平静を装った顔で見返した。すると二人はそれ以上気にせずにハイサイクルを置き、続いて次世代電動ガンなるAKを撃ち始める。

貞夫としてはもはやそれどころではない。冷や汗が出た。

念のためもう一度確認したが、やはり五五〇〇〇円だ。最新のゲーム機にソフトも追加できる値段である。

そもそもAKというのは、安くて壊れにくいということで有名な銃ではなかったか。

以前テレビで、どこぞの紛争地域では子供のお小遣い程度で本物の銃が買えてしまう……何と恐ろしい、何て大きな問題だろうか！　と、熱く語られていたが、何だありゃ！

テレビ局が言う子供ってのは数万単位でお小遣いをもらう富裕層しかいないのか!?

「おー、この次世代電動ガンってのは、イイトコ取りって感じ？」

「そうだねぇ。そういう印象で間違いないかな。お手軽に遊べるのに本格的で、飾って良し、家で楽しむも良し、戦うのに使うも良しって感じかね」

「へー。あ、先輩、代わりましょうか」

貞夫の背中に一筋の汗が流れた。

「え？　僕？　い、いいよ、大丈夫、そのまま撃ってなって」

「そうでスか？　んじゃ、もうちょい……！」

これ以上は危険だ。貞夫はあの値札で実感した。

これはヤバイ。自分のような下々の民が踏み込んでいい領域ではない。

スーパーで試食をさせてもらった後に、買わずにそこから去る勇気など貞夫にはない。

試食を押しつけられたら〝購入〟以外の選択肢が消えるのが松下《まつした》貞夫という男だった。

だが、今回ばかりは退ける他にない。というより、退けねば……大変なことになる。

「あー……いいなぁ、割といいなぁ。でも思ったよりAKって大きいな。重いし」

「初めて持った人はそう言う人多いんだよね。日本人が銃を見るのってゲームや映画がほとんどじゃん？　で、大抵が軍人だったり警察官だったり、もしくはそういう役を演じているマッチョさんだから、平均的な体格の日本人が持つのとは全然比率が違うんだよね。

実はＡＫって設計が大昔ってのもあって結構大きいサイズの銃なんだよ。拳銃だって、ホラ、一見小さそうに見えてもアタシみたいのが握ると結構大きく見えちゃうわけで」

リラは腰に提げていたハンドガン――恐らく漫画でも映画でも良く見る『グロック』と思《おぼ》しきもの――をホルスターから抜いて見せてくれるが、確かにちょっと貞夫の中にあるイメージと違って大型に見える。その原因はやはりリラの小柄さにあるのだろう。

「なるほどなー。じゃオレの体サイズだと……ＡＫって、ちょっと大き過ぎ？」

「うーん、そんなことないよ？　最後は愛だからね」

「……愛？」

「この銃が好きだっていう気持ちがあれば、何とでもなるって話ね。昔の日本軍じゃないけど、体を装備に合わせろってね。筋トレでカバーするとか。でも、扱っていく内に体がその銃の扱い方を覚えるから、そんなに無理を感じなくなっていくはずだよ」

「そういうもんかぁ。男と女の関係と同じかな」

「そうそう。宗教や国や文化が違っても、愛と体の相性さえあればなんとでも……。あ、ハイサイクルの方なら小型で軽くて、学君の体でも無理はないと思うけど？」

「うーん、それはそれでいいんだけど……。オレ、こっちのガスブローバックや次世代電動ガンみたいな……デザインっていうの？　色？　木っぽい感じのパーツが付いてるやつで、如何《いか》にもＡＫ！　ってのがいいんだよなぁ」

　パチンとリラが指を鳴らすと、彼女は「待ってて」とシューティングレンジから出て、どこぞへと消えていった。さらに何かを持ってくる気のようだが……今がチャンスだ。

「なぁ、シノ。……これはヤバイぞ」

「ええ、かなりヤバイですね」

「だから適当に切り上げよう」

「え？　何でですか？」

「何でって……ヤバイからだろ」

「いや、ヤバイですよ、マジヤバイ。欲しくなっちゃいますよね」

「だろ？　だから……」

「最高にヤバイですよ、コレ。撃ってて超気持ちいい」

「いや、だから……」

「アレ？　何か、先輩、焦ってます……？」

「お前な、ここの店員はやり手だ。間違いない。確実に落としに来てる感じがする」

「あぁ、リラちゃん、いいですよね。かわいい系で。あ、先輩のお眼鏡に適《かな》ったとか？

そういや先輩がハマってるやっすいバーチャルユーチューバーもロリ系でしたっけ」

「あぁもう！　何で今日に限って話が嚙み合わないんだよ！　値札をまず見――」

「ハイハーイ、もめるのはそこまでそこまで。そういうのは一発ぶっ放してスッキリしちゃうのがいいよねぇ。って、わけで、ハイ、学君」

リラが絶妙なタイミングで小走りに戻ってきて、貞夫とシノの間に入り込む。

そして、一丁の銃を差し出した。

「あ、小さいAKじゃん！」

「次世代電動ガン、AKS74U。通称『クリンコフ』って呼ばれてるやつね。まぁ、まずは持っちゃおう」

慌てて貞夫はリラとシノの間に体を滑り込ませる。

「す、すみません、実は僕らこの後ちょっと用事がありまして……！」

「あれ？　そうなの？　でも持つだけ！　持つだけだから！　ホラ、ホラ！」

リラは優しげに微笑《ほほえ》んでいるが、その瞳に宿った鈍い邪《よこしま》な光を貞夫は見逃さなかった。

間違いない。この少女は……買わせる気だ！

恐らく貞夫達の話も聞こえていて、値段の話が出そうだから慌てて潰しに来たのだ。

普段なら押しに弱い貞夫ではあるが、今回ばかりはされるがままではいられない。

自分を慕ってくれるかわいい後輩……の財布を守れるのは自分しかいないのだ。

「ま、まぁまぁ、先輩。とりあえず持つぐらいいいじゃないですか」

それが罠《わな》だってんだよ！　貞夫は胸の内で叫ぶ。

「そうそう……まずは触るだけ、ね？　触るだけなら、何の問題も遠慮もいらないよね……ほ〜らほら」

「ダ、ダメだ！　罠だ！」

「よし、じゃもう先っぽ！　先っぽだけでいいから！　これも人生経験だって！」

「ダメなヤツの常套句《じょうとうく》だろそれ!?」

「先輩、どうしたんスか。美人の友達に男を近づけまいと一人無駄にイキってる処女のブスみたいですよ」

「お前そういう事言うから彼女できてもすぐに別れられるんだぞ!?」

体を盾とした奮闘がしばらく続くも、最終的にシノが自分から銃に手を伸ばしたことで貞夫の努力は終わりを告げた。

「あ〜、これ、バランスいいなぁ。オレの体にしっくり来る感じ」

「だよね〜。クリンコフのバランスの良さは最高だよね！　試射しちゃう？」

しちゃう〜、とシノが笑顔でシューティングレンジに向かっていくのを、貞夫は絶望的な気分で見送る他なかった。

幼少期より引っ込み思案、大きいのは身長だけ、運動よりも読書が好きなインドア派。眼鏡はショップの店員さんが薦《すす》めてくれたものをそのまま買い、パンツ類も店で裾上げを頼みたくても頼めず、スーツ以外は裾を折り曲げて穿《は》く……。

それが、松下貞夫という二〇歳の男だった。

普段なら自分からアクションを起こしたりはしない。

だが、シノのためなら……できないなんて言ってられない。何一つ面白みのない自分のような男を慕ってついてきてくれる、そんなたった一人の後輩を守るためなら……！

貞夫は、覚悟を決めた。

「シノ！　ここにある銃は……五万クラスだ‼」

シューティングレンジの入口で、シノの足が、ピタリと止まる。

「……ご……ま、ん……？」

愕然《がくぜん》とした顔で振り返るシノに、貞夫はゆっくりと頷《うなず》き、先程見つけた値札を指さした。

「そうだ。ウォンでもペソでもペリカでもない。……円だ」

「な、なんてこった……それじゃオレ、五万円もするものを購入しようかどうか迷っていたのか……！」

「そうだ、シノ！　しかも銃なんて……いや！　BB弾を飛ばすオモチャなんて、何に使うんだ⁉　部屋の中で空き缶でも撃って、床に弾を撒《ま》き散らすだけだぞ！」

「それに……そんなものに……五万……」

「そう、五万円だ。一ヶ月分の食費より高いんだ！　目を覚ませ、シノ！」

「……さ、さすが先輩……オレ、今、完全に目が覚めました。さすがにそれは――」

「あ、次世代電動ガンのクリンコフ《コレ》は五万しないけども？」

「「え？」」

ポロリとリラが漏らした言葉に、貞夫とシノの声がハモった。

「さっき言ったよね。ガスブローバックのライフルとかは高いって。でも、電動ガンの場合は平均的にそこまでじゃないのが多いんだよね」

確かに貞夫が見たのはガスブローバックのＡＫの値段だ。となると……。

リラはエプロンのポケットから小型の電卓を取り出し、キーを叩く。

「東京マルイ製次世代電動ガンのクリンコフの定価は四九八〇〇円。……だけど、うちの販売価格はそこから勉強させてもらって……これね。ほら、良く見て」

最初が五五〇〇〇円だと勘違いした後に提示されたその金額は……当然思いっきりで買える額じゃない……が、買おうと思えば買えない額ではない……気がしてくる。

「い、いや、ダメだシノ！　それでもやっぱ高いって！　何に使うっていうんだよ！」

「た、確かにそうっスよね。ゾンビが街に溢《あふ》れた時に頼りになるわけでもないですし」

「あー、憧れるね、そういうシチュエーション。わかるわかる～」

「だよね、こう、ゾンビが大量に出て来た時に銃を持ってサバイバルしていく感じとか」

「それ。その時にどんな銃を使うかー、とか、どういう運用をするかーってだけで一晩語り明かせちゃうよね」

「そうそう！」

「そういう時にクリンコフっていい選択だと思うよ？　だって、ストックを折りたたんじゃえばコンパクトで運搬は楽、ってことはつまり軽くなった分、他の荷物が余分に運べるし。小さくてもAKだからいろんな面でタフだし、メンテの回数も少なくて済むから退廃した世界でもやっていきやすいよね」

「あ～、やっぱそうだよなぁ。そういうイメージだったよ、うん。本当はAKの……47？　74だっけ？　あっちの方のイメージだったけど、アレ、デカイし重かったから……。これからは絶対このクリンコフ？　こいつだなぁ」

「でも一個問題あるかも」

「えー？　オレの最強クリンコフに何の問題が？」

「いや、そのゾンビが襲ってくるシチュエーションって舞台は日本だよね？」

「うん、オレのアパートか、先輩の部屋で寝てたら……って感じかな」

「そうなると、クリンコフの使っている5．45×39ミリの弾って日本じゃ手に入りづらいから途中で補給が難しくなるなぁ」

「AKって、世界で一番普及している銃じゃなかったっけ？」

「世界では普及してても日本じゃね。狩猟用の銃でAKをカスタムしたものを使っている人もいるから、まったくないわけではないし、どこぞの悪徳な奴《やつ》らが違法に持ち込んだ弾薬を探すっていう手もあるんだろうけど、大変だよね」

「となると、まとまって弾を確保できるのって自衛隊と警察、あとは在日米軍か……」

「さすが学君、その通り。で、そうなってくるとハンドガンの弾薬はいろいろあっても、アサルトライフルの弾薬って基本的にＮＡＴＯ規格のものになるんだよね。Ｍ４とかＭ16とか、89式とか、それらに使う弾ね」

「あ～……なんてこった。そっちの弾が使えるＡＫなんてさすがに……」

「一応実銃にあるにはあるんだけど、学君が好きな、いわゆる木と金属の重厚感たっぷりな伝統的なＡＫじゃなくて、近代化されたモデルになっちゃうかな。カスタムで好きにイジっちゃえばいいんだろうけど」

「なんか、それはちょっと違う感じがするなぁ……。どうしようかなぁ。やっぱりオレも普通にＭ４とかにした方がいいのかなぁ」

「うーん。命懸けてゾンビ徘徊《はいかい》する街でサバイバルするわけじゃない？　アタシだったら、やっぱり、死ぬかもしれないって時ぐらい、自分の好きな銃に命を託したいかなぁ」

「あーそれわかるわー。ってなると……やっぱりオレ、ＡＫだなぁ。これが一番だわ」

「そかそか。そうだよね、それがやっぱ一番だよね。よし！　そんじゃあ試射しようか」

「ＯＫ、それじゃ」

「うん、良し、待て君ら」

シューティングレンジに足を踏み入れかけていた二人が、一斉に貞夫を振り返った。

「ゾンビパニックの話になった時の弾の確保以前に、何でシノがクリンコフを持ち歩いているのかっていう重要なところがすっぽり抜けてるし、その話の流れでナチュラルに試射する流れになってたし、それより何より、会話の途中で、シノ、お前〝オレの最強クリンコフ〟とか言ってるし……完全に乗せられているぞ！」

シノはキョトンとしたまま隣のリラと見つめ合い、首を傾げ合う。

「いやいや、たまたまそういう流れになっただけですって。先輩ともこういう話するじゃないですか」

「そうそう楽しい妄想話して、試射して……ご購入……なんてよくある話だよねー」

「……おいシノ、聞いたか。ボソッとご購入って言ったぞ、その子……」

「……リラちゃん……？」

「まぁまぁ、試射しよう！　試射しちゃえばこっちのもんだって！」

「シノ、これは罠だ、間違いない！　だいたい憧れのゾンビパニック《シチュエーション》の話からのこの状況はおかしい！　万が一の備えで買うとかならともかく、まず起こりえない万が一に備えて実際には使えないオモチャを買うのって関連しているようで何も関連していないぞ！」

「妄想が捗《はかど》っちゃうねッ♪」

「なるほど。先輩、こいつぁ一理ありますよ」

「ねぇよ！　簡単に感化されるなっての！」

「暗い室内……銃を手に隠れつつ、ハァハァ息を乱し、隣室にまで迫り来ているゾンビの気配に耳を澄ます。倒さねば脱出不可能、あぁでも弾倉《マガジン》には残弾が……。暗闇の中で自分は的確に頭を打ち抜けるのか……そんなシチュエーションを妄想するの楽しいよね？」

「うん、楽しい！」

「じゃあ試射しよっか」

「うん！」

「落ち着け、シノ。うちもお前の部屋もワンルームだぞ」

「でもトイレとかもありますし」

「お前は錆《さ》びやすい金属の銃をユニットバスに置いておくのか」

　ハッ、としたシノが目を見開いた。

「……先輩、さすがです。目が覚めました」

　チッ。そんな舌打ちが聞こえた気がしたが、リラはニコニコの営業スマイルのままだ。

「まぁまぁ妄想の補強になるのは間違いないんだけども、イラスト描く時の作画資料にもバッチリだよね。銃は複雑なデザインだから、フツーの絵描きさんは真横からしか描けないけど……これがあれば、好きなアングルを写真に撮ってそれをトレースすれば……」

「すみませんね、リラさん。僕とうちのシノは、単なる消費者に過ぎないんですよ」

「コスプレアイテムとか！」

「先輩……この子、オレのトラウマを刺激しやがりますね。どうしてやりましょう」

「リラさん、うちのシノはね、コスプレに嫌な思い出があるんですよ。三人前の彼女が」

「先輩、四人前です」

「そう、四人前の彼女が……ちょっと待て、僕の知らない彼女がいないか？」

「あ、はい、紹介する前に別れたんで。まぁ、あえて言う事もないかな、と」

「お前、マジかよ……」

あの、とリラが声を上げる。

「コスプレの嫌な思い出話はどこいったのかね？」

「あぁ、そうだった。シノの三人……じゃなくて四人前の彼女は、シノに妙なコスプレをするように迫ってきたんですよ」

「今思うに、アイツ、完全に初めからソレ狙いでしたね……」

「コスプレぐらいしてあげればいいじゃない。折角いいビジュアル持ってるのに」

「シノがやったコスってのがBLなんていうかわいらしい枠に収まらないタイプの、見知らぬ男達に無理矢理ガンガンにヤられて喜ぶハードな作品のキャラのコスでも？」

アウチッ！　と、リラは額を叩き顔を上げる。失態を悟ったようだ。

「……オレ、てっきり少女漫画とかのキャラだと思って、言われるがままにコスして、何かアングラな感じのイベント会場行ったら……そこでは……。しかもアイツ、途中でわざといなくなるし……そこからは……もう、もう……」

シノが俯きながら震え出したので、貞夫はそっと彼の背中に手を回してやった。

その様子にリラはさすがに慌てたようだ。

「了解したから、もうその希望のないパンドラの箱は閉めて閉めて……」

貞夫は勝利を確信し、ふぅ、と一息ついた。

「どうやらわかっていただけたようですね。うちのシノに、エアガンは必要ない、と」

「悔しいけど、そのようだね……」

完全な勝利だった。かわいい後輩を悪女から守り抜いたのだ。

シノが今も無表情で震え続けているという弊害が発生しているが、疑いなき勝利である。

そんなシノの様子に、リラは眉を八の字にし、とてつもなく申し訳なさそうな顔をする。

電動ガンを買わせようとしたがために、人のトラウマを刺激した……その罪悪感が彼女の心を苛《さいな》んでいることぐらい貞夫にだってわかった。

商魂たくましいのは立派なことだが、押し売りは良くない。今回のことは良い薬になったはずだ……と、貞夫は自分に言い聞かせる。

シノを守るためとはいえ、女の子を完全に凹《へこ》ませたことが貞夫の良心を少々痛めていた。

「あ、あのね……？」

リラが、顔を伏せつつ、そんな華奢《きゃしゃ》な声を出した。

「……悪いことしちゃったから、お詫《わ》びってわけじゃないけど……学君、嫌な気分になってるからスッキリさせてあげなきゃだよね。責任あるし」

その言葉に、貞夫はピクッと反応して、リラを注視する。

彼女は視線を横に逸らしつつも、その顔は少し赤い……。

言葉、表情……それらが何を意味するのかわからない程、貞夫は童貞道を極めているわけではない。

リラが、躊躇《ためら》いがちに近づいて来ると、シノの袖を指先で摘まむ。

「……ちょっと、こっち来て……ちょっとだけ、サービス……」

リラが無表情で震えるシノを誘導し、貞夫から離れていく。

「あの、お客さん……ちょっと、向こう、向いててもらってもいい……？」

貞夫は震えそうな首を縦に振ると、ぎこちない動きで彼女らに背を向ける。

マッチョな白人男性が写るポスターに向かって立った貞夫は、背後から聞こえてきた言葉に体を硬直させた。

――学君、手、出して……これ、ん……そう……触って、あ、優しく……。

――リ、ラちゃ……ん……？

――上手だよ、うん、そう……うん……。

――……あぁ……。

──……ギュッとして、いいから……。

そんな囁《ささや》き合う二人の声が聞こえてきて、心拍数が上昇していくのがわかった。

バカな、街外れのガンショップで、こんなサービスが……大体相手は未成年じゃ!?

──ズドドドドドドドドドドドドドドドドドドドドドドッ!!

貞夫が振り返れば……満面の笑みでクリンコフを撃つシノと勝ち誇った笑みのリラが
シューティングレンジ内にいたのだった。

「うっひょーヤバイっスよ先輩！　これ、マジで最高！　体にピッタリで、マジでオレの
ための銃って感じです！」

……やられた。完全にしてやられた。

「シノ……お前……」

「まぁまぁお客さん、そんな哀しげな顔をしなさんなって」

「……使い道のないものを……」

「ないわけじゃないんだけどなー」

「え？」

リラはシューティングレンジから出てくるとゴーグルを外し、貞夫に得意げに微笑んだ。

「お客さん、サバイバルゲームって、知ってる？」

LET'S GO SURVIVAL GAME

Episode 03『詳しく話を聞こう!』

「サバイバルゲーム……?」

貞夫《さだお》は思わずリラの言葉をそのまま返した。

「そう、サバイバルゲーム、通称サバゲ。……名前ぐらいは聞いたことあるよね?」

「まぁ、名前ぐらいは……」

いい大人がオモチャの銃を持って走り回る遊び……だったはずだ。

しかし、その言葉のチョイスはどこかしら悪意がある感じがしたので、貞夫は言葉を濁す……のだが――。

「簡単に言うと……いい歳《とし》こいたオッサン達《たち》がオモチャを持って走り回って各々の老いを痛感する遊びなんだけど」

モロに当たった。というか、もっとリラの表現は酷《ひど》かった。

「……滅茶苦茶《めちゃくちゃ》ハードな遊びじゃないですか。精神的に……」

シノの言う通り、精神的にハードである。

「オッサンの草野球と同じ同じ。あっちも棒と玉をいじってハァハァする遊びだしね」

貞夫は何か言いたい気分はあったが、ヘタに触れると逆にこっちが火傷《やけど》しそうな気配を感じたので、スルーすることにした。

「でね？　サバゲは、レジャーだし、スポーツでもあるんだけど……まぁ遊びだね。ジワジワとユーザー数も増えて、今じゃ『オタク界のゴルフ』って言われるぐらい社交的な遊びとして認識されつつある……感じ？」

貞夫も思い出してみると、ツイッターで流れてくる漫画家さんやイラストレーターさんが、サバゲに行った、的なことを呟《つぶや》いているのを時折見ている気がしないでもない。

「サバゲはね、マスクを被《かぶ》って、撃ち合って、一発でも喰《く》らったらプレイヤーは死《アウト》ぬっていうのが基本ルール。……たったこれだけなんだけど、これが最強に面白いの」

「あ、僕、ＦＰＳとかやってるんで、そういうのは多少わかります」

「じゃもう説明いらないね。基本的には、二チームに分かれて、一人でも生き残った方が勝ちの『殲滅《せんめつ》戦』と相手の陣地にあるフラッグを獲《と》ったら……最近はブザーとかを押したら、勝ちっていう『フラッグ戦』があるんだけど、だいたいこの二つがルールかな」

「……一瞬で覚えられるルールですね」

よくよく考えてみると、ＦＰＳとかも基本そういうルールだ。何も難しいことはない。ゲームモニターの中で戦うのをサバゲではリアルでやる……多分それだけなのだろう。

「でも、ゲームと同じことをするなら、ゲームでいいっていうか……」

「お客さんはトランプとか麻雀《マージャン》とか、そういうのをスマホのアプリとかでやったことあるよね？　あれを実際に人と面と向かってやるのと、スマホとかのアプリでやるのって、ちょっと違うよね。リアルは人と場所の確保や準備もあって大変だけれど、アプリの方はお手軽に楽しめる……でも、ちょっと、何かが、決定的に違う」

確かにアプリでやるのと違い、リアルでやった方が明らかに盛り上がる。

一緒にやる相手がその場にいるからこその、何か……。

「サバゲとFPSはそのちょっとしたことが、もう少し大きいって感じかなぁ。まぁ全然違うっちゃ全然違うし、本当はもっといろんな要素があるんだけど……そこはいいや。口で説明してもわかんないだろうし」

だいぶ大事なところがハショられた気もしたが、だからといって詳細を聞くのもどうかと思い、貞夫は黙った。そもそも詳しくなる気はないし、買う気がないのだから。

「……リラ？　接客中？」

思わずゾクリと来て、貞夫は自らの耳、続いてうなじに手を当てる。

ただの声なのに、柔らかな筆の先でうなじをくすぐられたような気がしたのだ。

「……リラ？」

カウンター、その奥にあった扉がかすかに開いており、その向こうから聞こえてきた声。

弱々しいと評せる程にか細く、けれど、その奥にどこかしっかりとした芯を感じる……そんな女性の声だった。

扉が開き、現れたのは女の子……というよりは二十歳《はたち》前後、比較的長身の女性だった。

粗編みのセーターにスキニージーンズ。その素朴な組み合わせなのに足下は厳《いか》ついブーツ。エプロンの下からかすかに覗《のぞ》く右腰のホルスターの存在がいささか気になるものの……それらは些末《さまつ》な事なのだと、貞夫はあることに気が付いてから思った。

それは、ゆったりとしたセーターとエプロン越しにもわかる――豊満な胸。

思わず、息を呑《の》む。

胸の大きさだけなら会社のマドンナ・加藤花枝《かとうはなえ》と同等か、やや負けている。しかしながら、今、貞夫の視界に映る女性の手足は細く、長く、そして肌は……やたらと白く、若い。

考えるまでもなく貞夫と同世代といったところ。それが持つ巨乳の魅力は半端ない。

その女性の柔らかな目が貞夫を捉えると、微笑《ほほえ》んだ。

そして気付く。口元にある黒子《ほくろ》に、どこか色気が漂っている事に。

彼女はふんわりとしたロングの髪を揺らし、ゆっくりと深く頭を下げた。

「いらっしゃいませ」

「……ど、どうも」

貞夫もまた、頭を深く下げる。

現れた女性の身長は一六〇半ばぐらいだろう、と、何とはなしに察した。

そして、顔を上げる際に彼女の名札を見る。大きな胸の上に付いているせいでやや上向きになっており、長身の貞夫からすると何とも見やすい。

名札には『菜花《なばな》』とあった。

「うちの店員がお客様に失礼なことを致しませんでしたか？」

「あ、いえ……」

「ひょっとして、無理矢理銃を売りつけようとしてたとか」

「……あー、その……えぇ……」

菜花は、困った顔をしてため息を吐《つ》くとリラへ視線を向ける。

「こぉら、リラ。あなたまた」

「だってぇー……」

菜花の言葉、その一つ一つが、不思議なほど心地よい。

ゆったりとした口調もあるのだろうが、それ以上に柔らかで、華奢《きゃしゃ》で、温かいその声質が貞夫の耳とうなじをくすぐる。まるでモフモフの犬が貞夫の肌をかすめていくかのよう。

菜花はまた、貞夫に深々と頭を下げた。

「うちの店員が大変失礼致しました。……うちはエアガン本体を売る度に、対応した店員にボーナスが出るシステムでして……」

あぁ、なるほど、それで……。貞夫はようやく全てを察した。

店長とかならともかく、そうでもない店員があそこまで銃を売りつけようとする意味が果たしてどこにあるのかと頭の片隅で考えていたが、それなら納得だ。

　菜花はむくれてそっぽを向くリラの前に立つと、彼女を見下ろし、大人が子供を叱るように腰に手を当てる。

「リラ、無理強いはダメだっていつも言ってるでしょ？　銃を買うのはお客様が欲しいと思った時でいいの。安い買い物じゃなければ、小さなアクセサリーでもないんだから」

　その菜花の声を聞いていて、貞夫は極めて重要な、そして決定的なことを思い出した。

　何故《なぜ》それをすぐに思い出さなかったのか。

　それさえあれば良かったのだ。たった一言、それがあれば……！

「はいはーい。ソウデスネー」

　リラがそっぽを向いたまま口を尖《とが》らせていると、菜花は彼女の頬を両手で包むようにして自分に顔を向けさせる。

「ちゃんと聞きなさい」

「そうだけどー、でも、ホラ、一人買いそうになってるし……」

　そう言ってリラが指さしたのは、未《いま》だにシューティングレンジにいるシノである。

　彼はオヤツを見る犬のような、要は物欲しげな顔で手にしたクリンコフを眺めていた。

「クリンコフ、買っちゃうよね？」

　リラの問いかけにシノが何か言いかけるも、それを貞夫が遮った。

「リラさん、申し訳ないがそれはあり得ない。……というより、無理な相談だったんだ」

一同の視線を集めた貞夫は、悠然と、そして勝ち誇った顔のまま……己の財布を広げて見せたのだった。中身は二〇〇〇円。

「僕達は、今、お金がないんです!!」

その言葉にリラは目を見開いた。

「ま、学君《まなぶ》!?　学君は、持ってるよね!?」

「あ、そういやオレの財布、今、五〇〇〇円しか入ってないわ」

「くぅッ!?　で、でも、クレジットカードが……!」

「シノが持っているのはキャッシュカードのみ、そして僕は通販用に持ってはいるものの……無くしたら嫌だから持ち歩かない主義です！」

「そ、それで社会人のつもり!?」

貞夫は財布を仕舞うと、勝ち誇った笑みと共にそっと眼鏡を掛け直す。

「社会人ゆえにリスクに備えているんですよ、リラさん」

「先輩、去年、足立区《あだちく》の中学生にカツアゲされそうになってから貴重品は全部財布から抜いてるんですよね」

「……シノ、人が格好つけている最中に黒歴史を暴露するのはやめるんだ」

「え？　危機管理に関するイイ話かと思ったんですけど？」

仕事の合間に公園のベンチで休んでいたら中学生二人に囲まれたあの日……貞夫は大都会東京の怖さを学んだ。

ちなみに財布を奪われそうになった瞬間に、涙目の貞夫が全力のわめき声を上げたら中学生が逃走、その後通りかかったホームレスの人に一時間ほど慰められたりしたのだが……それはまた別のお話。

「何にせよ……リラさん、これで僕らが銃を買えないってことはわかりましたね？」

「……どうやらそのようだね……」

悔しげなリラの横で、菜花は申し訳なさそうな顔をして三度《みたび》深々と頭を下げる。

「うちの店員が……妹が、大変失礼を……」

「あ、いえ……え!?」

思わず貞夫の声が跳ねた。

重力は男にとって敵であり、味方でもある……その科学的事実を理解したからだ。

重力――それは、見えそうで見えないスカートの裾を押さえる憎き存在。だが、今この瞬間だけは貞夫のこの上なき友と成り得ていた。

先程は気付かなかったものの、菜花が着るゆとりのあるセーター……その首元の襟口もまたゆとりがあったのだ。

それがお辞儀をしたことで重力で下に引かれる――それにより奇跡が起こった。

豊満な球体二つの上辺……そしてそれらが織り成す絶景の幽谷《ゆうこく》。

思わず視線が――いや、貞夫の魂すらそこに吸い込まれていく気がした。

柔らかいのだろう、しかし、同時に圧迫感のある世界なのだろう……それを見る者に想像させる力のある光景。

そしてかすかに見えたブラの片鱗《へんりん》であろう白色が、目を細めてしまう程に眩《まぶ》しかった。

貞夫の声が跳ねるのも、そしてそこで言葉が途切れてしまうのもやむを得なかった。

ん？　という顔で菜花が顔を上げると共に、シノそしてリラもまた貞夫を注視してきた。

無論、ここで菜花のセーターの隙間を覗いていたなど知られようものなら女性二人の腰からハンドガンが抜かれ、さらにシノから軽蔑される恐れがある。

貞夫は、慌てて眼鏡を掛け直すフリをすると共に視線を逸《そ》らす。

「えッ、あッ、い、いえ、姉妹だとは思わなかったもので……その、変な声が……あまり、似てないというかその……」

咄嗟《とっさ》に出た言い訳にしては上々だと、貞夫自身思う。

実際、あまり似ていない。髪の色と細身色白なのは共通しているが、リラは小柄で全体的にやや幼児体型といえる。何より……二人の持つ印象がまったく違うのだ。

言うなれば、リラはカラフルな駄菓子のよう。

菜花は柔らかく大らかで……そう、わた飴《あめ》のよう。

?
菜花
大野 工房

「あぁ、よく言われます。リラは昔好き嫌いが激しくて。成長期に栄養が足りなかったのか小さいままで……」

「お姉ちゃん！」

リラはわかりやすくむくれると菜花の尻をスパンっと叩《たた》く。

すると、菜花が「ひゃっ」と甲高い声を上げてピョンと跳ねた。

二つの大きな球体が、セーターの下で激しく揺れた。

……それを見た貞夫の胸も弾んだ。

「もぅリラぁ～……」

「ったくもう。余計なことは言わないで。……だいたい、お姉ちゃんが来なければ、財布にお金がなくったってあらゆる手段で買わせられたのに……」

「それはダメだっていつも……」

……さらっとおぞましい言葉がリラから出て来たが、貞夫としてはそれよりなにより先程目撃した菜花の乳の感動を脳に焼き付けることに集中したかった。

不思議だった。たかが巨乳。今やネットを見ていれば広告バーで剝《む》き出しの乳房が揺れていたりもする。童貞の貞夫にだって、もはや見慣れたものだ。

それなのに……モロ出しのそれらの映像よりも、今し方見たものの方がやけに感動し……興奮するのは何故だろう。

やはりネットのは平面だからなのか。ＶＲならどうだろう……？

そんな難題を考えていると、貞夫はハッとした。

ひょっとしてこれが、先程リラが言っていた『同じ遊び《ゲーム》でも、アプリでやるのとリアルでやるのとは違う』という、アレなのではないだろうか。

同じ〝遊び〟をするにしても、バーチャルとリアルでは受ける印象は違う。

子供の頃に良くやっていた隠れんぼや鬼ごっこのような遊びをコントローラー握ってプレイしたとしてもさほど楽しいとは思えないだろう。

無論、モニターの中で繰り広げられる性の競演――エッチな動画は素晴らしい。だが、リアルでは谷間を拝み、巨乳がたゆんと揺れるだけでこうも興奮できる。

良くも悪くも、仮想現実と現実とではいろんなことが違うのだ。

どちらにも善し悪《あ》し、一長一短がある。恐らくＦＰＳのゲームとサバゲも――。

「どうやったって、この業界、最初に銃買うまでのハードルが高過ぎるし、アタシがちょっと背中押して丁度いいぐらいだと思うんだけどね」

「背中を押すのと無理矢理買わせようとするのは違うでしょう？」

「だけどぉー、手取り足取り教えるだけじゃチェリーボーイってなかなか踏み切らないから少し強引ぐらいが――」

「チェリー……」

ふと、視線を感じてバーチャルとリアルの問題について思考していた貞夫は顔を上げる。

菜花と目が合う……が、すぐに顔を逸らされた。

彼女のその横顔は、赤かった。

「あ、あのね、リラ、そ、そういうのは言っちゃ……ちょっと、ダメかなって思うの」

「あのさ、お姉ちゃん、意味はき違えてないよね？」

「……経験が、あんまりっていうか、ない……人、だよね。もう、わかってるんだから、バカにしないで」

「サバゲのね？」

「サバゲでしょ？」

「だとしたらそのリアクションはおかしくないかね？　マイシスター」

「だっ、だってぇ……」

チラっと菜花が見てくる。見返すと彼女はまた顔を逸らす。耳まで赤くなっていた。

リラは皮肉気な顔をして貞夫にペコリと頭を下げてくる。

「すみませんねぇ、お客さん。うちの姉、ちょいとアレなもので」

「あ、いや……ちょいとっていうか、大分、そのとても初心《うぶ》というか……」

「まぁ、頭エロ過ぎて逆にいろいろ連想しちゃう的な？」

「リラ！　もうダメ！」

……まぁ連想も何も自分は正真正銘のチェリーボーイなんだけども。そんな言葉が頭に浮かぶも、さすがに自虐が過ぎて口にはしなかった。

しかしながら……こういう時いつも絡んでくるシノが大人しい。

そう思って見やれば……シノは未だに手にしたクリンコフを見つめていた。

「あ、あの、それじゃ僕らはそろそろ帰らせていただきます。シノ……ほら、いつまでも物欲しげな顔でクリンコフを見ているんじゃない」

「でも先輩……めっちゃカッコイイですよ、コレ」

「格好良くても無理なものは無理だろ」

「そうなんですけど……またバイトとかすれば……」

「素性のわからない外国人達と一緒に、怖いお兄さんから絶対に開けるなと厳命されたクーラーボックスを深夜に山へ捨ててくるバイトは二度とするなって前に言っただろ！」

「でも給料良かったですし……違法じゃないって……」

「……違法じゃなくとも胸張って合法と言えないバイトはダメだろ。っつぅか違法かどうかが議題に上る仕事はだいたいアウトだよ。そもそも中身なんだったんだよ……」

「えっと……〝絶対に気にするな〟って言ってましたね」

「よーしその話題はこれで終わりだ。帰ろう」

貞夫は銃から離れようとしなかったシノの襟首をつかむと、子猫を運ぶ親猫のようにして彼をシューティングレンジから引っ張り出し、店の外へ出ようとする。

……が、止められた。

「お客さんちょっと、ちょっとだけ待って！　確か近くに住んでるって言ってたよね？」

リラが慌ててレジの裏側に行ったと思ったら、何かを手にして貞夫達の前に立った。

「これ、持ってって」

リラが差し出したのはＤＶＤだ。『ニュースメーカーズ』というロシアの映画らしい。パッケージからするとガンアクションもののようである。

「んで二人で観《み》たら来週の……え～っと金曜の夜から日曜の夜までの間に返しに来てね」

「リラ、だから強引なのは……」

「これは金銭の絡まないやり取りだからいいじゃん、ねぇ？　単なるアタシと学君、そして……あ、お客さんの名前、聞いても？」

「え、あ、松下《まつした》貞夫です」

「そう！　この松下サ……サバ夫？　えなに、サバゲをやるためだけに生を受けたような名だね!?」

「いやあの、サダ……」

「ＤＶＤの貸し借りなんて学君とサバ夫とのプライベートな交友関係によくあるフツーの営みだよね！　ってわけで、ハイ！」

貞夫は差し出されたＤＶＤを反射的に受け取ったものの……リラは悪巧みをした猫のような顔でニンマリとこちらを見ていた。

何故？　ひょっとして、高額なお金を取られるのではないだろうか。

「あの、これ、レンタル代とかって……」

「あぁ全然全然。そういうのはいいからね。無料でタダでフリーレンタル。後半はともかく、最初の方は面白くていい映画だからってことで友達に貸すだけ。ほら、よくあるよね？　もうアタシ達友達だしね！」

「まぁ、そういうことなら……映画は好きですし……。それじゃ、借りてきますね？」

リラは満面の笑みを浮かべているが、菜花は困ったような顔をして貞夫を見ていた。

「返すのは来週の金曜の夜から日曜の夜までね？　いい？　忘れないでね」

そんな声に見送られ、貞夫とシノはようやく店の外に出ることが出来たのだった。

「先輩、えっと……それ、どうします？」

「とりあえず……帰って、観てみようか？」

かくして、帰宅した貞夫達はＤＶＤを再生したのだが……リラのあの笑顔の意味が数分でわかった。

それは、圧倒的なまでの……罠《わな》だったのだ。

Episode 04『思い切りが大事！』

貞夫《さだお》は雄叫《おたけ》びと共にベッドの上から跳ね起きた。

「うおおおおおおおおおあぁぁあぁ……あ……？　アレ……？」

息が乱れ、心臓が早鐘のように鳴り、シャツが汗で張り付いていた。

今し方、自分は外国の街中で銃撃戦をし、警官に撃たれた……はずなのだが……。

辺りを見回せば、自分の部屋《アパート》。何ら変わらない、いつもの光景だった。

「……あぁ、くそ。また、あの夢か……」

貞夫は呼吸を落ち着けようとするが、ベッド脇に置いてあった目覚ましが猛烈に鳴り始めて、少しイラッとした。叩《たた》くようにして止めると、大きなため息を一つ。

ここのところ、幾度も同じような夢を見ている。

ある時はシノと共に完全武装で銀行強盗をしたり、またある時は悪人達《たち》と二丁拳銃で撃ち合ったり……そして、今回はどこかの国で警官達とガンファイトをしていた。

「わかってるさ、わかってる。原因はわかっているんだよ」

原因……それはあの大野《おおの》工房《こうぼう》でエアガンを触ったから、というのが大きい。

だが、それと同じぐらいにあそこで強引に貸し付けられたＤＶＤのせいだ。

――『ニュースメーカーズ』という、映画。

大野工房から逃げた夜に、そのままシノと二人で観《み》た。

武装強盗集団と警察が戦い、前者がアパートに立て籠もり、その様子をTV中継されて……という香港《ホンコン》の映画をロシアでリメイクしたものである。パッケージなどの雰囲気は二流・三流映画のそれではあったが……冒頭のガンファイトは紛れもなく素晴らしかった。

ハリウッド的なとにかくド派手に火薬を使う演出ではなく、武装強盗集団が淡々と警察と戦っていく姿が……凄《すさ》まじくカッコイイのだ。

しかも、その中で一番格好良く、印象的に使われていたのがAKS74U《クリンコフ》。

視聴中、シノが完全に心を奪われていたのは言うまでもない。AKにさほど興味のない貞夫でさえ、見惚《みほ》れるほどの格好良さだったのだ。

この映画を貸してきたリラの狙いはわかっていた。ガンアクション映画を観て、銃を欲しくさせ、そしてDVDを返却しに来たところで買わせようというのだ。

思惑に乗るわけにはいかない……が、以前よりも銃への興味を持ってしまっているのを貞夫は自覚していた。

今まではモニターの向こうの物という認識でしかなかった銃という物……。それが、オモチャとはいえ、実際に触れて、購入できるという実感を持ってしまったせいだろう。

「今日だよな、金曜……。DVD、返さないと……」

貞夫の会社は、金曜はノー残業デーのため、五時半には上がれる。

時間がたっぷりある土日の昼間に行くより、金曜の夜にサッと行ってサッと帰ってくる方が逃げ切れる可能性は高いはずだ。

「シノ……ついて来るよな」

あの映画を観た夜から、彼からの連絡は途絶えていた。

恐らく同じようにガンアクションの夢にうなされて、疲れ果てているのだろう。

その朝、貞夫はＬＩＮＥでシノに〈ＤＶＤの返却、ついて来てくれるよな?〉とコメントを送ってから、会社に向かった。

昼頃、シノからの返信が来た。

〈もちろん一緒に行くつもりでしたよ。それじゃ夜に駅で待ってます〉

猫が親指を立てているスタンプが一つ、ついていた。

●

そして、一八時丁度。東京の片隅にある駅前に着くと、いつものようにシノは先に来て貞夫を待っていてくれた。

ちょっと早く来ても、シノはいつだってそれより先に来ている。昔からそういう奴《やつ》だった。女性にモテる理由もわかる。

「先輩、お久です」

六日ぶりに会ったシノは、少しだけやつれているように見えた。

それを言うとシノは「先輩もですよ」と苦笑う。

「最近、オレちょっとあんまり……寝れてなくて」

「シノも同じか。……僕もだ。何か、やっぱ……夢に見ちゃってさ……」

それ以上何も言わず、貞夫とシノは大野工房へと向かった。

普段ならシノと夜の街で合流すると、とりあえず食事にいって、イマイチまだうまさのわからないビールを調子にのって一杯ぐらい呑《の》んだりするところだ。

だが、今は何をするにしてもＤＶＤを返却してからだった。

「さぁ……シノ、行くぞ。素早くいこう」

店の前に立つと、貞夫は締めていたネクタイを緩め、扉に手をかける。

リラという小悪魔と、銃という魔性のアイテムの巣窟へ……足を踏み入れる。

「いらっしゃいま……あ、この間の」

菜花《なばな》一人。他の客も、リラもいない。

これはチャンスだと貞夫は心の中でガッツポーズを取った。

「あの、先日、これ、あ……えっと」

　貞夫は仕事に使っているリュックサックからＤＶＤを取り出そうとしたのだが、会社のマドンナ・加藤花枝《かとうはなえ》（五二歳・独身）が渡してきた大量のお菓子類が邪魔をする。

　彼女は会社内で会う度にお菓子をくれる。それは紛れもない善意だし、疲れている時などとてもありがたい瞬間も多々あるのだが……金曜になると「はい、土日の分ね♡」と大量のファミリーパックの菓子をバラバラに渡してくるのだけはいただけなかった。

　金曜日の貞夫のリュックの中身はもはや遠足に行く子供のそれだ。

「ちょ、ちょっと待って下さいね。あれぇ～……」

「はい、待ってます。ゆっくりでいいですからね」

　相変わらず菜花の声はゾクッとくるほどに、綺麗《きれい》で、優しげで、柔らかだった。羽先でくすぐられるかのよう。

　ちらりと見やれば、菜花は綿飴《わたあめ》のようにふんわりとした笑顔で貞夫を待っている。

　目が合いそうになって慌てて貞夫は鞄《かばん》の中に視線を落とす。……少し、焦る。

「精一杯勇気を振り絞って保母さんに告白しようとする保育園児みたいですね、先輩」

「う、うるさい、シノ、黙ってろって！　……あれ、絶対朝《あさ》入れたはずだし……」

　仕方ないと貞夫はその場にしゃがみ込み、リュックを両手で漁り始める。

「顔馴染《かおなじ》みのお姉さんのパンツを盗んだのがバレて頭を抱えつつ懺悔《ざんげ》する中学生みたいで

すね、先輩」

「黙れってシノ！　そういうのもセクハラになるぞ！」

「先輩に？」

「いや……」

貞夫は言い淀《よど》み、チラリと菜花を見上げてみれば……彼女はいつぞやのように顔を赤らめて視線を泳がせ、エプロンの前で組まれた指先はモジモジと動いていた。

「あ、い、いえ……大丈夫、ですよ……？」

「すみません、悪気はないんですけど……」

「は、はい、大丈夫です……そういうのって、ちゃんと言って下されば、全然、私は、その……ええ。きっと深い事情があったのかなって思いますし……」

一瞬いい人だな、と思うも、今の話の流れ的に菜花のそれは下着ドロに対する許しではないかと貞夫は気付いた。

じゃ何か、この人は下着を盗まれても謝れば許すのだろうか……と、ふと思う。

「先輩、ＤＶＤ一枚ですし、サイドポケットじゃないですか？」

「え？　あ、あった！　……ってか、何で僕の荷物に僕より詳しいんだよ」

「オレ、割と先輩の事なら知ってますから」

ニコニコ笑うシノに舌打ち一つして、貞夫はようやくＤＶＤを取り出す。念のためディスクの有無をチェックしてから、菜花に差し出した。

「貸していただき、ありがとうございました」

「はい、どういたしまして。面白かったですか？」

「そうですね、映画がどうっていうより、冒頭のガンアクションが印象的で……」

その時、店の扉がけたたましく開かれ、一同の視線を引っ張った。

「だぁあああああッ間に合ったぁあああああああぁあぁッ！」

リラだ！　まずい、小悪魔がやってきてしまった……！

貞夫の頭の中で警鐘が鳴り響いたのだが、今のリラの姿を捉えた瞬間、思わず貞夫の目は点になり、逃げるのを忘れた。

一八歳以上のエアガンを扱っていたので、若く見えても一八歳は越えているのだろうと思っていたが……今のリラが着ている服は、近所にある女子高の制服だったのだ。

「こら、リラ。戸が壊れちゃう」

「お姉ちゃん今自分がボーナスゲットしようとしたでしょ!?　絶対してた、いやもう間違いない、今確かにそう見えた！」

「ＤＶＤ返してもらっただけ。ね……サバ夫さん？」

貞夫です……。そう言いたかったが、言えたのは胸の内だけだ。

「ホントに……？」

「あれ、リラちゃんって高校生だったの？」

「あ、えっと……学君《まなぶ》だっけ。うん、そうだけど？」

「いやほら、この前オレ達が試射させてもらったのって、全部一八歳以上の……」

「アタシ、今高三だし」

付け加えますと、と菜花が話を継ぐ。

「リラは大丈夫なんです。小学校の時に一年留年してて、去年からもう一八歳ですから」

「お姉ちゃん、人が気にしていることをサラッと……」

何でも、仕事で海外を飛び回る両親にくっついて夏休みにアフリカに行ったらそこで謎の奇病にかかり、現地住民に助けを求めたら何故《なぜ》かシャーマンの前につれていかれ、盛大な祈禱《きとう》を捧《ささ》げられて大丈夫だと言われたものの、当然のように病は悪化した上、その状態では日本に戻れないということで、約一年近くを海外の病院で過ごしたのだそうだ。

さらっと一気に説明されたが、割とハードな人生だと貞夫は思う。

「まぁそんなこんなで年齢と学年にちょいとズレがあるけど、そんなことはどうでもいいの。……それよりサバ夫、学君、映画は観たよね？」

シノは君付けで、自分は誤った名前の上、呼び捨てなのか……。

貞夫は少々気になったが、それを訂正するのも悪い気がして言葉を呑み込んだ。

「先輩んチで、観たよ。いい映画だった。あの後ネットでクリンコフの動画とかを漁ったけど……結局あの映画がもしかしたら一番じゃないかっていう気がしたね」

「そうだよね！　……じゃ、銃もお買い上げってことで……？」

「リラ、やめなさい」

「よし、シノ、帰ろう、もうここでの用事は済んだ」

「そうですね、でもちょっとだけ待ってもらっていいですか」

「いいけど……え、何で？」

「買うんで」

「「……え!?」」

貞夫とリラと菜花の声がハモり、一同はポケットから財布を取り出すシノを見つめた。

「オレ、次世代電動ガンＡＫＳ74Ｕ……買いますよ」

口の端を吊《つ》り上げ、自信に満ちあふれて言い放ったシノの手には、数枚の一万円札が握られていたのだった。

Episode 05『落ちてからは早いぞ！』

一同が愕然《がくぜん》とする大野《おおの》工房《こうぼう》の店内で、シノはカウンターに万札を置いた。

「学《まなぶ》君、本当に……？」

リラが制服姿のままカウンターの内側に入り、その万札にそっと手を伸ばす。

「あぁ、買うよ。あの映画を観《み》た瞬間に、買おう、クリンコフだ、アレをオレのものにするんだってずっと思ってた」

「さっすがぁ♡」

「ま、学さん、本当に……いいんですか？」

「男に二言はありませんよ」

「ちょっ、待てって、シノ……生活費とか、そういうの、大丈夫なのか？」

「さすが先輩、オレを心配してくれるんですね。……大丈夫です、先輩と別れてからの五日間、ずっと夜勤のバイトしてたんで」

あぁ、それで少しやつれていたのか……。納得はしたものの、貞夫《さだお》としてはそれでも数万単位の金を前にすると、じゃあ買うといい、とは言えなかった。

「でも学さん、いくら夜勤とはいえ五日で四万円はなかなか稼げないんじゃ……」

菜花《なばな》のもっともな意見に、シノはVサインをしてみせる。

「配達のバイトって結構割がいいんですよ」

そうなんですか、と菜花は納得しかけていたが、付き合いの長い、そしてある程度そうした相場を知っている貞夫は、彼の言葉をそのまま受け入れることはできなかった。

「……ちなみに、何を配達したんだ？」

「えっと、〝中を絶対に開けてはいけない段ボール箱〟を横浜から――」

「よぉーし、この話はここまでだ。それ以上僕らを裏社会に巻き込むのはやめろ。……っつぅかどっからそういう仕事をもらってくるんだよ……」

「大学周辺をよく徘徊《はいかい》している人がいまして、話しかけると仕事を斡旋《あっせん》してくれるんです。良かったら今度紹介しますよ。本名とか知らないですけど、周りからは『業者さん』っていう愛称で呼ばれてて、いつも甘い匂いをさせているいい人なんです」

「シノ、二度とそいつに関わるな。多分関わって幸せになれるタイプの人間じゃないぞ」

「え？　先輩……それって、もしや嫉妬ですか？」

「いやわかれよ」

「大丈夫ですよ……へへッ、オレ、最後についていくのは先輩だって決めてますから」

「照れ顔で鼻を擦《こす》るんじゃない。そういう意味じゃないから」

「え、じゃあどういう……？」

「ヘイヘイ、ボーイズ、二人の愛のやりとりは後にして」

いつの間にやらリラがカウンターの上に大きな箱を用意していた。

箱のパッケージには銃と次世代電動ガンＡＫＳ74Ｕの文字。

「お、おい、シノ……本当に買うのか？　今ならまだ……」

「武士に二言はないですよ。……まぁうちの先祖は百姓だったらしいですけど」

「学さん、無理はしなくていいんですよ。使用後の返品とかはできませんし……」

「大丈夫です。今日はコイツを連れて帰るって決めてたんで」

オッケー、とリラが箱に手を当てるのだが、その動きがピタリと止まる。

「ちなみにさ、学君って……処女好き？」

「え？　うーん、セックスをスポーツと捉えているアスリート系性病持ちヤリマンとかじゃなければ、別にこだわりは。あ、でも先輩は処女好き――あっ痛ッ！」

反射的に貞夫の手がシノの肩を叩《たた》いた。割と力が入っていた。

「先輩、酷《ひど》いですよ、ＤＶじゃないですか！」

「精神的な正当防衛だよ」

「先輩が手を出すなんてよっぽどですね、別に気にしなくても単なる好みなんだからいいじゃないですか」

「いやサバ夫の性癖はどうでもいいんだけど……あのね？」

何の話かと思えば、どうもエアガンを売る前に、動作チェックをするのだという。

ただ、マジで最初……つまりその銃にとって最初で最後の〝初めて〟なのだ。

最初に触りたいなら折角だし……というリラの気遣いらしい。

「何だ、てっきりオレ、唐突にリラちゃんのカミングアウトが入ったのかと思った」

「それ今することじゃないよね。あ、ほら、お姉ちゃんがまた無駄に赤くなってるし」

貞夫が振り返って見れば、確かに菜花が赤い顔をして視線を泳がせていた。

「お姉ちゃんずっと女子校で、昔から下ネタにはあんな感じなもんで。いい歳《とし》して全然男と縁がないからねぇ」

「――え!?」

「先輩、ここで声を張り上げるのはさすがに失礼というか……」

「いや、違、ちょっ……シノ！」

あり得るのか。そんな……。

巨乳で若くて綺麗《きれい》なエアガンショップ店員が……？

それって宇宙の法則に反しているのではないのか？

学園ハーレムを形成しておきながら童貞だというぐらいにあり得なくないか？

しかし、明確に菜花が〝それ〟だと言っているわけではない。

たまにいるではないか。童顔で、エロに興味ないどころか女性が苦手だという少年じみた顔をした男……だが初体験自体はかなり早い時期に済ませているタイプの憎き奴《やつ》が。

菜花も、そのタイプだという可能性は否定できな――。

「はいはいー、それよりご開帳するよー。でもま、折角だから学君、開けちゃいなよ」

「まぁあるものはいただく主義なんで。……それじゃ、いただきます」

九〇センチ弱の長さで、厚みのある箱。それをシノが開封すると、中から現れるのは、布が敷かれた上に鎮座するＡＫＳ74Ｕ。

そのまま展示できる程、格好良く収まっている、それ。

木製パーツが妖しく光り、黒染めのボディは鋼鉄を思わせる質感が見るだけで伝わってくる。

面妖な……というとおかしいのかもしれない。けれど、そんな言葉が似合うほどに、この銃には人を惹《ひ》き付ける何かがあるように、貞夫には思えた。

いわゆる昨今の米軍などが持っている銃はカッコイイ。

だが、この銃は、何と言うか……。

「うわっ……やっぱり、エロいなぁ」

それだ、とシノの言葉に貞夫は心の中で同意する。

どこか、妖しく、色気があるように思えるのだ。

「じゃ、手に取ってみようか。ＡＫ系なんて雑に扱ってナンボだっていうのは実銃の話。

電動ガンの扱いは丁寧にね。新品だし」

シノがそっと赤子を抱き上げるようにして箱からクリンコフを持ち上げると、軽く構え、そしてうまいラーメンのスープを最初に啜《すす》った時のように、何度も小さく頷《うなず》いていた。

「……これで」

「了解。じゃ、一旦こちらに返却を。この後は動作テストして受け渡しね。……で、だ」

リラはカウンターの下からまた何やらいろいろ取り出していく。

「あのね、学君。実はこの銃のオモチャで遊ぶには必要なものがあるんだよね？」

「え？　弾？　さっきの箱の中にマガジンが……あ、中身がないのか！」

「学君の答えだけだと三〇点かな。弾、つまりＢＢ弾も必要だけど……それより何より必要なものがあるんだよね。はい、コレ」

ゴトゴトと出されたのは、バッテリーと充電器。

「電動ガンだからね、電源が必要なわけ」

「あ〜……なる、ほど……オールインワンってわけじゃないんだ……」

「バッテリーや充電器は使い回しができるから、もう何丁も持っている人にとっちゃ毎回付いてこられても困るよね」

「ちなみにサービスで付いたりは……」

「しないＹＯ！」

リラがラッパーのマネをする。

「バッテリーのない電動ガンはいわばガソリンのない車みたいなもの。……あとはわかるよね？」

「……おいくら？」

「メーカーとか機能で値段にも差があるんだけれど」

「高すぎないレベルで、オススメの構成で……」

「んじゃコレとコレかな、合わせて五〇〇〇円弱」

「だ、大丈夫か、シノ……？」

「……ま、まぁ、大丈夫ですよ……ちょっと予定金額を超えてるだけです」

「それは……ダメじゃないのか？」

「ちなみにメーカー品以外でもバッテリーの種類でいろいろあるんだけれど、初心者なら

ニッケル水素が無難だね」

★バッテリーと充電器について

●ニッカドバッテリー

ニッケル水素の登場によって、最近はあまり見る事の無くなった大型のバッテリー。安定はしていたが、とにかくデカくて重い。しかも長く使用するに当たっては充電する前に放電が必要（メモリー効果が出てしまうので）になったりとちょっと手間がかかった。

●ニッケル水素バッテリー

ニッカドバッテリーより小型で、かつ、充電前に放電する必要はない。とはいえ、放っておくと勝手に放電しきって、そのまま放置しているとバッテリーが死ぬ事も。

しかし、それぐらいしか注意するところがないので、初心者にはオススメ。

●Li-Po バッテリー

最近メジャーになってきたバッテリー。とにかく小型で、使い勝手がいい。……が、いろいろ注意しないと危険なバッテリーであり、気を抜いていると可燃性のガスを発生させてパンパンに膨れ上がり、危険な状態になる事も。

空っぽになるまで使うとバッテリーが死ぬ。かといって満杯まで充電したまま放置するのも危ない。気温の影響も受けやすく、真冬や真夏に気が付くと死んでいる事も……。

なので充電が終わるとすぐに銃に繋《つな》げて撃ったり、放電機能のあるバッテリーチェッカーなどを使って軽く消耗させてあげるのがいい。

他のバッテリーと違って神経質なところがあるため、持ち運びの際は最悪の事態に備えて、専用の耐熱バッグなどに入れて持ち運ぼう。

しかし素早く充電できるし、小型なので銃に入れても軽いし、何日放置していても勝手に放電したりしないなど、そのメリットは多く、使い始めるとやめられない。

●充電器

各バッテリーごとに適切なものを使用しなければならない。ニッカド、ニッケル水素は共有できるものも多いが、Li-Poとの共有はまずできない。

値段の差、機能の差がある。大抵は付いている、〝オートカット機能〟といった、満杯になったら勝手に充電をストップしてくれる機能があるものがオススメ。

「……ってわけでいろいろあるんだけど、オススメはニッケル水素かな。Li-Poをいきなり薦《すす》めてもいいんだけれど……ずぼらな性格な人には不向きだし、万が一火事にでもなったら……アタシの夢見が悪いしね」

「じゃ、ニッケル水素で。オレ、細かいところ面倒になっちゃうタイプなんだよね」

「はーい。じゃ、まとめてお買い上げー、ありがとうございますー！　で、銃は試射をするんですが、バッテリーは充電済みのうちのやつを使って……」

「あ、リラ。折角だから、〝裏〟使ってもらって。今平岡《ひらおか》さんしかいないし」

……裏……。貞夫のイメージでは〝裏〟という言葉が付くものにはろくなものがない。

恐らくそれは裏の仕事にやたらと密接なシノのせいなのだと思われるが……。

果たして貞夫とシノが連れて行かれたのは、ガンショップに隣接していた工場らしきエリアであった。

「なんだ、ここ……」

トタン屋根の古びて開けた空間。天井では大きな水銀灯が柔らかに光り、硬いコンクリ剝《む》き出しの床からは靴のソール越しにもひんやりとした冷たさを感じた。

恐らくこのだだっ広い倉庫のような空間には元々工業機械でも並んでいたのだろう。だが今は、それらの代わりとするように、人型のターゲットが立てられていた。

「こちらが、我が大野工房自慢の室内四〇メートルシューティングレンジ！」

そう、そこはどう見ても射撃場なのだ。それも海外の映画とかで良く見るような、巨大で無骨な印象が、むしろ本物っぽさ、格好良さになっている、そういうものだ。

話によるとそこは……というより、本来はそここそが大野工房だった場所なのだそうだ。

元々は機械工房だったらしいが、てんやわんやあって廃業し、その跡地を射撃場に改造、さらに事務所だった隣の建物を改装してガンショップを開いたらしい。

「あっちは？」

シノが指さしたのは、分厚い透明ビニールシートがシャワーカーテンのように垂れ下がって、シューティングレンジとは区切られているエリアだ。

そちらには学校の図工室などにある工作用の作業台が四つと、壁を埋め尽くすように縦長のロッカーが並んでいた。そして、そんな場所で、男が一人工具を片付けている。

「あっちは作業場ね。……平岡さーん、ちょっと賑《にぎ》やかにしますねー」

リラに声をかけられたビニールシート内の平岡なる人物は、首から社員証らしきタグを下げた、如何《いか》にもサラリーマンという印象の中年男だ。

彼はスナイパーライフルを載せた作業台から顔を上げ、席を立つ。

四〇前後ぐらい、可も無く不可も無く、特徴もない。明日になれば街ですれ違ってもわからないような……そんな男だった。

「あぁ、気にしないでいいよ。こっち、もう終わって帰るところだしね」

彼は、隅にあった手洗い場に向かい、ハンドソープで手を洗い始める。

「あの人も店員さん？」

シノがクリンコフを抱いたまま——というか先程手にしてから一度も置いていないのだが——リラに尋ねると、彼女は首を振った。

「フッーのお客さんだね。常連さん」

何でも作業台とシューティングレンジは時間単位で使わせてもらえる、というシステムなのだそうだ。カラオケやボウリングと同じような感じなのだろう。

壁際に並ぶロッカーは月単位のレンタルロッカーで、銃とかを置いておけるらしい。

「え？　何で？　普通は持ち帰るでしょ？」

銃を抱いているシノは、理解できない、という顔で訊《き》いた。

「一人暮らしならね。この手の趣味は一般ピーポーには理解されにくいから、家族がいたりすると家に置きづらいんだよ。特に子供がいると……ほら、悪影響だとか何とか騒ぐ人も世の中にはいっぱいいいるわけで」

エアガンを趣味にできるのは大人だけ。そうであるからこそ、家庭を持っている場合も多いのだろう。なるほど、と貞夫は感心した。

「一人暮らしのお二人には関係ないだろうけれど、部屋が狭くって置き場がなくなったりしたら利用してね。……ま、そっちはオマケ。うちのメインはやっぱりこっちかな」

レンタルロッカーの安定した収入もいいが、何よりも大野工房を儲《もう》けさせるのはシューティングレンジと作業台らしい。

平岡がタオルで手を拭きながら作業台に戻ってくると、苦笑う。

「都内じゃ四〇メートル級の室内シューティングレンジはなかなかないからね。正直一〇メートル前後じゃ動作の安定を見るだけで、ホップアップ周りまでは調整できないから。……ただねぇ、作業台とシューティングレンジが別料金なのはアコギだよ」

「いーでしょ、別に。どちらかしか使わない人もいるんだからね」

「そんな人いるの？　普通はイジって試射、試射してイジってを繰り返すでしょ？」

「工具とか自由に使えるんだから文句言わないでほしいねぇ」

苦笑を続ける平岡はシノと貞夫を見ると、ニッコリと笑った。

「君らはこれから、かな？　一人暮らし？　なら、覚悟した方がいい。最初はともかく、銃のカスタムを始めるとアレがないコレがないって言い出して、ホームセンター通いが始まるんだ。そして、気が付くと大型の道具箱一杯の工具が揃《そろ》っちゃう」

「え？　それは……もっとお金がかかると……？」

さすがにシノが怯《おび》えの色を持ち始めたが、平岡は快活に笑う。

「そうじゃないそうじゃない、別に必要ないけれど、いろいろやってくと気が付いたらそうなってるってこと。でも、サバゲをやっていくと最終的には本当に工具一式が揃うね。各種ドライバーにニッパー、ペンチ、レンチ、ヤスリ、万力、そしてドリルやルーターなんかの電動工具も大量に。個人でサンダーとかまで買い出したら、ほぼゴールかな」

「でもウチならそういうのが使い放題でお安くご提供できるけどね」

「本当大野工房はアコギだよ。悔しい、でも利用しちゃうッ！　ってなるもの。ちゃんとした作業台があるのとないのとじゃ効率とかも全然違うし、パーツが必要になったら店《そこ》で買えちゃうのはホント便利。……財布がすぐに空《カラ》になるけど……」

「うちは優良店だからね。……さて、学君、試射しようか。はい、ゴーグル」

リラからまたプラスチックの安っぽいゴーグルを借りると、貞夫達《たち》は素直に装着し、シューティングレンジ前に立った。

シノはリラから手順を口頭で教えられながら、自分でマガジンにBB弾を込め（お店からのサービス品）、お店のバッテリーを借りて、接続した。

「はいOK、それじゃ、早速撃っちゃってー」

シノが構え、そして、撃つ。一番手前——一〇メートル間隔で配置してあるそうだ——の人型の的《マンターゲット》へ。一発。金属製なのか、カンッ！　と良い音。

「おぉ～！　先輩、やっぱコレ最高ですよ！」

「ちなみにだけどね？　ガチで箱から出してすぐだと、内部のオイルやら何やらの関係でちょいと弾道が乱れがちだけど、しばらくすれば安定してくるから」

「むしろAK系なら乱れた方が素敵……かなっ！」

甲高く、また、いい音が響く。シノがさらに奥のターゲットへと銃口を向け、トリガーを引く。すると、弾はその途中で床へ落ちていった。

「アレ？　あ、やっぱり短い銃だと飛距離も短めなのか」

「うんにゃ、違う違う。ホップアップがかかってないからだよ」

ホップアップというのは、今の時代のエアガンならばどれにも基本的に備わっているもので、BB弾に特殊な回転をかけることで飛距離をグンっと伸ばすものなのだそうだ。

クリンコフの排莢口《はいきょうこう》（実銃であれば空薬莢《からやっきょう》が飛び出る場所）を開くと、小さなダイヤルがあり、これを調整することでそのホップアップがかかるのだという。

「ＯＮ、ＯＦＦみたいなスイッチじゃないんですね」

　貞夫が尋ねると、リラは笑った。

「気温や湿度、使う弾の重量とかでどのくらい回転をかけるのかが変わってくるんだよね。撃ちながら調整していく必要があるの。あ、学君、それぐらいで試射してみて」

　シノが撃つと、弾は確かに伸び、そして二〇メートルを越えた辺りで、弾道は何故《なぜ》か宙《そら》高く跳ね上がった。

「何だ今の変化球……。あの、リラちゃん……？」

「ホップ強すぎたね。じゃあちょっと逆回転でホップ弱めて……はい、ＯＫ」

　半信半疑でシノが撃つ。すると今度は最奥にある４０と書かれた人型のターゲットをかすめ、またかすめ、そして三発でついに甲高い音を立てたのだった。

「おー！　当たったぁ〜！」

　喜び、そしてまた楽しそうに銃を撃ち続けるシノ。その笑顔が貞夫には眩《まぶ》しかった。

　新しいオモチャを手に入れた子供のそれ。

　最後にあんな顔をしたのはいつだろう？　そんな自問自答を胸の内で繰り返していると、貞夫は何だか苦笑いが浮かんでくる。きっと、小学校かそこらだ。一〇年以上前。

　自分もあんな風に笑えるのなら……。それなら……数万のオモチャも、悪くないのではないか？　そう、思っている自分がいる。

「君は、付き添いかな？」

サングラス——シューティンググラスらしい——を着けた平岡が傍《そば》に来ていた。

「あ、僕は……まぁ、そんなところです」

「銃に興味がないわけじゃなさそうだけど？」

「お金がなくて、踏ん切りが」

「なるほどね。……君、身長あるね。一八〇は越えてるでしょ？　いいね。君みたいな人にはさ、やっぱり長物《ながもの》が似合うよね。……どうだい、スナイパーライフルとか。何なら、おれの今さっき調整し終わったのがあるから試しに……」

はいはいはーい、とリラが二人の男の間に割って入ってきた。

「平岡さん、そうやってスナイパー人口増やそうとするのはダメですって」

「いいじゃないか、減るもんじゃなし……というより、増えるんだから」

「こちらチェリーボーイのサバ夫。一発目でエアコキスナイパーは難易度が高過ぎて挫折しちゃうから」

「……サバ夫……？」

★スナイパーについて

●エアコッキングスナイパーライフル
エアコッキングはエアガンの基本的な作動方式……というのは以前に説明した通り。こ

れをモーターの力を使って動かすのが電動ガンであり、こちらの方が優れているように思えなくもないが、エアコッキングの方が噴き出るエアの量やパワーが安定している（どうしてかを説明すると長くなるので割愛）。それを利用し、狙撃銃として精密な射撃を可能としたもの。

※余談：当然ながら一発一発手で動作させて、それからトリガー……といった流れになるので、近距離戦ではお世辞にもまともには戦えない。そのため長距離での射撃が基本となるのだが、射程ギリギリの遠距離ともなると、対象者に当たる頃には弾はヘロヘロになっており、厚着をしている相手には気付いてもらえない事もある。そのため、うまい人になると服の薄い所や露出している素肌、そして頭を狙う。

　マジでうまい人のロングレンジの射撃を眉間に喰《く》らうと、やられた悔しさより何より、相手への驚きと尊敬の念、そして称賛の気持ちが湧くという不思議な経験を得られる。

「挫折……するんですか？」

　貞夫の問いに、リラが腰に手を当て、ため息を一つ。

「どうしても難易度が高いんだよね。正面切っての撃ち合いとかできるわけないし、基本的に得物は長くなるわけだから扱いも大変だし、サバイバルゲームのフィールドを把握して、どこに狙撃ポイントがあるか……とか、そういうのを踏まえないとね」

何だかサバイバルゲームで使用する際のエアコッキングスナイパーライフルの話をされたようだが、正直、サバゲをやる予定のない貞夫にとっては関係のない話である。

何よりガスガンや次世代電動ガンのように振動とかはないものらしい、というのを途中で察して、あまり関心が持てなかった。きっと玄人が楽しむものなのだろう。

「でも楽しいよ、狙撃は。ヒットを獲《と》った瞬間は小躍りしたくなるような感動がね、来るんだよ、本当。それは電動ガンでガンガンに撃ちまくるだけじゃ得られないものなんだ」

「はいはい平岡さん、レンタル時間は大丈夫？　延長する？」

「まだ余裕あるんだよ、今日は。……あ、そうだ」

平岡が離れていったので、貞夫はまた、シノに目をやる。

彼は何かに取り憑《つ》かれたような目で、銃に弾を込めては撃ち込めては撃ちを繰り返す。

どうやら試射用にサービスでくれた弾はとうに撃ち尽くしており、先程充電器等と共に買っていた約五〇〇〇発入りのＢＢ弾パックをも開封しているようだ。

楽しそうだな、と思うと同時に、そこまで熱中するものか？　……とも貞夫は思う。

今のシノは先程の、新しいオモチャを手に入れた時の顔は消え、何かに夢中になっている子供の顔になっていた。

そう、集中でも一生懸命でもない。——夢中だ。

他の全てを忘れ、目の前の〝遊び〟に全力を投入している子供。デパートのゲームコーナーやキッズコーナーのような場所にたまにいる、一心不乱に遊んでいる子供のそれ。

「えっと、サバ夫君だっけ？　ほら、これ、ちょっと、持って」

平岡が貞夫の背後に現れると、何やら手にしていた黒く、大きな物を押しつけるようにして渡してくる。

「え、ちょっ……!?」

反射的に貞夫が受け取ると、手の平に突き刺さるように冷たく、硬い金属の感触。

そして……重量。ズシッと来て、思わず腕が下がる。

慌てて腕と腰に力を入れ、そして手にしたそれを見つめてみれば……ライフルだ。

黒く、長い、メカメカしくも、不思議と見知ったようなデザインの、それ。

上にはスコープも載っていて、狙撃銃に見える、それ。

全長はほぼ一メートル、重さは五キロはある……それ。

格好いい……それ。

ストックを畳んだ状態のＡＫＳ74Ｕの倍の長さと倍の重さがあるような気がする。

「あの、これ……Ｍ4……あ、Ｍ16とかいう、アサルトライフルですよね？」

「初心者だとわかりにくいし、慣れててもカスタムとかしちゃうとパッと見ではわかりにくいからね、間違えやすいけど……別の銃だよ」

ゲームとかで良く見る銃にとても似ていた。長いのがＭ16、短いのがＭ4だというイメージだったが、どうやら違うらしい。

軍隊で新しい銃を使わせる場合、兵士に訓練させたものと全然別の銃を持たせると、習熟させるのに時間が必要になる。そのため、それまでの銃を改良したものや、別物であっても操作方法が同様になるよう設計されるため、外見が似るのだとリラから説明された。

ミリタリーに興味ない人はわかりにくいだろうけれど……と言われたが、貞夫には仕事関係で似たような事が以前あったので、何となく理解はできた。

高齢の社員が多かったりすると、書類やPCソフトの新しいフォーマットが受け入れられず、非効率的であろうが何だろうが昔のままのフォーマットで作業しないといけない……そんな事が大人の世界には多々あるのだ。

「東京マルイの次世代電動ガン『HK417アーリーバリアント』という銃だよ。……ほら、やっぱりサバ夫君、タッパがあるからこういう長い銃が凄《すご》く良く似合う」

「あー先輩、いいじゃないですか。マジでいい感じですよ」

シノがチラリと貞夫を見て言うが、彼の体と意識の大半は未《いま》だシューティングレンジのターゲットに向いたままだ。……また、すぐ、撃ち始める。

「平岡さん、サバ夫に持たせた意図は何かね？」

「狙撃銃的な使い方もできるし、彼の体格があれば近距離での取り回しも問題なくできる。モーターのパワーもあってキレもいいから撃ってて楽しいし……いいだろう？」

「なるほど、一応論理的だね」

「そしてゆくゆくはこれで狙撃の楽しさを理解し、スナイパーへの道を……」

「平岡さん、野心、隠す気ないよね？」

「……やりたいんだよ、身内だけで、スナイパーオンリーのサバゲとかさ。人がどうやっても足りないから、チャンスがあれば育てる方針なんだ」

はいはい、とリラは平岡を一蹴すると貞夫に向けて手の平を出した。銃を渡せ、ということかと思ったものの、こんな重くて大きなものをリラの細腕、しかも片手に渡していいのか戸惑っていると、リラは「違う違う」と笑った。

「サバ夫、スマホ貸して。……写真撮ってあげる。ハイチーズ」

リラにスマホを渡すと、パシャパシャと数枚撮られた。

「平岡さん、マガジン挿《さ》さってるけど、弾とバッテリーは？」

「入れておいたよ。ホップも適当に」

「じゃ、サバ夫、撃たせてもらっちゃうといいんじゃない？」

「え、で、でも……」

「あぁシューティンググレンジの使用料は学君と平岡さんのおまけでいいから」

そういうわけじゃなかったのだが……貞夫は今更断れるような空気ではないのを察し、おずおずとその重く長い銃をヨイショと構えた。

スコープが付いているせいで、顔をどこに置いていいのかわからない。

普通に構えるとスコープがうまく覗《のぞ》けない……いや、覗けてはいるが、うまく像《ターゲット》が見えないのだ。

しばし寝心地の悪い枕を使った時のように首を幾度も動かしていると、レンズ一杯に一〇メートル先のターゲットが見える位置を見つけた……が、少しボヤけている。

「あぁ、それ、四〇メートルのターゲットでフォーカス合わせてるから、近いのじゃなくて、遠いのを狙ってごらん。倍率は四倍だから丁度いいはずだ」

言われるがままに、貞夫が体を捻《ひね》って四〇メートル先の人型の金属板を見てみれば、はっきり、くっきりとした視界になっていた。

貞夫は、おずおずとトリガーに指を置く。

「あ、サバ夫、セイフティかかってる。右手の親指、レバーを下に下げ……それでＯＫ」

銃が、重い。

鞄《かばん》なら大した事ないであろう五キロ程度のそれが……酷く重く感じる。

恐らく、長いせいだ。テコの原理が逆に働いているようで……しんどい。

そのせいで、スコープの視界はぐらぐらと揺れて、落ち着かない。

何とか安定させようと脇を締めて、体をギュッと縮めて固め、体の重心も落とす。

すると、不思議とピタリと落ち着いた。

「……あっ……」

構えられた、そう思った時、貞夫の人差し指は意識するまでもなく、トリガーを引く。

甲高い金属音が、シューティングレンジに響いたのだった。

Episode 06『大事なのは勇気より勢い』

ふと、貞夫《さだお》がベッドで目を覚ますと薄暗い自室にテレビが付いていて、深夜によくやっている面白いんだか面白くないいんだかよくわからない映画が垂れ流されていた。

シノが見ているのかな？　そう思ったが、ベッドの下で彼はイビキをかいていた。

「……ったく。しょうがないな」

貞夫はベッドを降りて立つと、テーブルの上にあったリモコンを手に取る。

「あ、観《み》てます観てます」

「あ、ごめん……え!?　誰!?」

声がして、ソファを見れば……小柄な少女が膝を抱えて柿の種をポリポリ食べていた。

どこかで見たような気がする少女だ……っつぅかなんで自分の部屋に女の子が？

「あ、どうも、露草《つゆくさ》ときわです」

「あぁ、ときわちゃんか……え!?　何で!?　うおっ!?　あ、痛ッ！　くっそ！」

　大好きなバーチャルユーチューバーがモニターから抜け出して、自室で映画を……そのわけのわからない事態に驚かないわけがない。そして、驚きで仰《の》け反って数歩下がった貞夫はそこに転がっていたＢＢ弾を踏み付けて、なかなかの痛みを受けたのだった。

　寝る前にシノのＡＫＳ74Ｕでビールの空き缶を撃っていたので、それだろう。

「え、何で、ときわちゃん、僕の部屋に……っていうか……あぁ、そうか……」

「うん、まぁ、そういうやつですよ。夢です、夢」

「……あぁ、やっぱりかぁ。やっぱ、そうなるのかぁ。一瞬現実かと……。いえね、この間、銃を……エアガンっていうか、その電動ガンってのを触らせてもらったんで、その夢は見るかなーとは思ってたんですけど……そうかぁ、ときわちゃんが出てくるのかぁ」

「それはアレですね。サバ夫さんが触った銃、ＨＫ４１７が出てくる映画が思いの外少ない……というかほとんどなくって、イメージがイマイチ湧かなかったせいでしょう」

　ＨＫ４１７は結構メディアに露出しているような気がしたものの、どうも貞夫がそれだと思っていたのはＭ４か、はたまたほとんど同じデザインのＨＫ４１６らしい。

　名前が似ている事からもわかるように、ＨＫ４１６はＨＫ４１７とほぼ同じものだが、扱う弾薬の口径が違ったりする事から一応、別の銃の扱いである。

「それで、ＨＫ４１７はどうでしたか？」

持った瞬間はサイズ感に驚きもしたが、それより何より……撃たせてもらったら、ヤバイ、と感じた銃だった。

平岡《ひらおか》が調整したものだし、スコープまで付いていたし……それらを差し引いても、あの日の貞夫の心を奪うには、十分過ぎた。

トリガーを引いた瞬間、重い銃が震え、そして発射された弾は四〇メートル先の人型のターゲット、その頭の中心を一発で捉えたのだ。

本当は腹部を狙っていたものの……それでも、一発で当てた。

その後に撃った弾も、狙った所よりもやや上に着弾していたものの、途中で平岡が調整してくれると、ほぼ全ての弾が狙った所に飛んで行き、甲高い音を立ててくれた。

その瞬間は、夢中になっていたあの時のシノと同じ顔をしていたに違いない。

貞夫はときわの座るソファではなく、テーブルの横で正座すると、床に転がっていたスマホを手に取り、リラが撮影してくれた銃を撃つ自分の写真を表示させる。

自分の姿が映った写真を見るなど、これまでほとんどなかった。

小中学校の時、遠足や修学旅行で撮影された写真を買うのに廊下に張り出され、欲しい写真のナンバーを用紙に書いて提出する……あのシステムが嫌なぐらいだったのに。

とはいえ、当時好きだった女の子の写真が欲しかったので、親に「想《おも》い出だから！」と無理を言って写真の大半を購入したのは、今では苦過ぎる想い出である。

何が哀《かな》しくて当時貞夫をいじめていたクラスメイトの写真に金を払わないといけないのかと情けなくなったりもしたが……淡い恋心を家族にもバレさせないために涙を呑《の》んで、全てをしっかりとアルバムに保存した。今も実家の押し入れの中にあることだろう。

ともかく、そんな貞夫が、今、自主的に自分の写真を見ている。

どれもいい写真だと思う。その中で射撃中に撮ってもらった時の一枚が特にいい。

「あの、ときわちゃん……夢……だと思うんで、勇気出して言うんですけど。スマホ、これ、ちょっと、その……見て、欲しいなって。あ、CM入ってからでいいんで」

「見ますよ。ちょっと待って下さい」

ときわは――室内だろうが何だろうがいつも通りに下げている――ポシェットからかわいらしいハンカチを取り出すと、お菓子を食べていた自分の指を拭いた。

何故《なぜ》かハンカチの柄《がら》は、あの警視庁のマスコットキャラクターのP君なのがいささか気になる。もしかしたら夢であっても女の子を押し倒してはいけない、とする貞夫の自制心が生み出したものなのかもしれない。

「はい、貸して下さい」

スマホをときわの小さな手に載せる。指先がかすかに触れそうになって、恥ずかしくもビクッとしてしまう己が情けなかった。夢だというのに。

「ここ最近で一番いい顔をしていますね。スコープを覗《のぞ》く目が獲物を狙う獣のような、でも、そのくせして楽しさが滲《にじ》み出てます」

　夢だとわかっていながらも、貞夫は、照れた。

　そうだ、銃は人をカッコ良く見せるアイテムなのかもしれな――。

「なので、統合すると快楽殺人者のような顔ですね」

「……あー、うーん……そうか、そうなるのかぁ……」

　確かに言わんとしていることはその通りな気がした。純粋に真剣な眼差《まなざ》しというには、ちょっとばかり楽しさや興奮が混ざりすぎている。

　それでやっているのが射撃となると、殺しを楽しむ奴《やつ》に見えてもおかしくはないだろう。

「でも、いい写真ですよ。楽しそうなのは間違いないんですから。……って、夢の中のわたしに言われても嬉《うれ》しくないですよね」

「いやぁ……夢でも、嬉しいかな。シノぐらいしかそういうのは言ってくれないわけで」

「わたしが現実世界にいられたらいいんですけど」

「ありがとう。そう言ってくれるだけで、嬉しいよ。……ってこれも全部自分の夢で、自分の頭の中で考えてる事だって思っちゃうと、ちょっと恥ずかしいけど」

「でしたら……わたし、そっちへ行きましょうか？」

「え？」

「現実世界。というより、今ここが夢だという保証はないんですよ。もしかしたら、本当は極々当たり前の現実で、わたしは先程スマホから抜け出てきたのかも」

「そんなわけは……だって、それは……ねぇ？」

「確かめてみます？　さぁ……」

露草ときわが、そっと貞夫に向かって手を伸ばして来る。

貞夫は思わず息を呑みつつも、その手に触れ……。

●

「……はい、夢ぇー……」

貞夫がベッドの上で汗だくで目を覚ますと、そのまま天井に向けて伸ばしていた手を下ろし、顔をぐにぐにと揉《も》みつつ、唸《うな》った。

——うおぉおぉぉ～～～～～～。

何という夢だろう……。二十歳《はたち》を越えてなお、あんな妄想バリバリの夢を見るなんて……。誰にも知られていないはずなのに、恥ずかしくてたまらなかった。

——ウオォオォォ～～～～～～ガリガリガリ……。

「何だ、この音……」

半身を上げると、シノが掃除機を手に、難しい顔をしていた。

「あ、すみません、起こしちゃいましたか。掃除してたんですけど……アレですね、サイクロン掃除機でBB弾吸うと、クッソうるさいッスね」

眼鏡をかけて辺りを見渡せば……夢と同じ、自分の部屋。そしてこちらも夢と同じようにBB弾がそこら中に飛び散っていた。……惨状というに相応《ふさわ》しい有様だ。

シノがクリンコフを購入してから、そして、彼が買ったばかりの銃を胸に抱きながら寝ているのを貞夫が羨ましく眺めてから……早一週間。

貞夫の部屋は裸足《はだし》で歩けば足の裏にBB弾が突き刺さる危険地帯と化していた。空き缶や段ボールを的にして撃って遊ぶのは、楽しかった。それは貞夫も認める。だが、いくら掃除してもどこかしらからBB弾が転がり出てくるのはさすがに問題がある。

至る所に現れる縮れ毛と同じ特殊能力を持っているのかもしれない。BB弾が冷蔵庫から転がり出て来た時にはさすがにぶったまげたものである。

そうした事態から銃を撃つなら大野《おおの》工房《こうぼう》の射撃場で、という事にしたのだが……やはり部屋に銃が持ち込まれると撃ちたくなってしまうのが人情というものだった。

それが……今のありさまの原因である。

時計を見るとすでに午後二時半。土曜日とはいえ、そして月曜は祝日ということで夢の三連休なのだが……それでもさすがにいかがなものかと思う時間帯である。

「先輩、今日は外に食べに行かずに家で何か喰《く》いましょう」

「そうしようか……。でも材料が……」

「実はさっき買い物してきたんですよ。惣菜《そうざい》とお握り。どうです？」

「さすが。じゃ、それで」

「んで一段落したら……大野工房で。弾買って、シューティングレンジで撃ちまくりで」

すっかりハマったようだ。一緒にハマってやれない自分が、貞夫は少し残念だった。

銃を撃つのは、楽しい。たとえ八メートル程度の室内であっても……楽しい。

実弾と違って、プラスチックの0．2グラムの小さな弾をエアで飛ばすだけとはいえ
……楽しい。これで貞夫も自分の銃を持っていて、二人で競い合いとかができれば……

きっと、さらに、もっと……楽しいのだろう。

「シューティングレンジ行くのはいいけど、お金はあるのか、シノ」

「前回ちょっち予定外の出費で結構ぶっ飛んだんで、日雇いのバイトで貯《た》めましたよ」

「……またヤバイやつじゃないだろうな」

「さっすがに先輩からあんだけ言われたんで、今回は安心安全なやつを」

「一応訊《き》くけど……どんな？」

「単なるパシリですよ。知り合いが丁度人手が欲しいって言ってて。言われた品を買って
くるだけの簡単なやつです」

「あ、そうなんだ。それなら……」

「でもまぁ大変でしたよ。もうね、片っ端からドラッグストア回って、何とかっていう薬を在庫の限り買いあさりましたからね」

「よぉーし紛《まご》う事なきグレーじゃねぇか。違法じゃないってだけだ」

「え？　単なる風邪薬の大量購入ですよ。何か、一部界隈《かいわい》では話題になった風邪薬らしいんですけど、中の成分が何かちょっと〝アレ〟だったらしくって、今度内容が変更されるんで、今市場にある在庫をかき集めろと……」

「その仕事をお前に頼んだ奴って、理科とかの実験好きだろう？」

「あ、何でわかるんですか？　家行ったら理科室みたいな器具があって、笑っちゃいましたね。コリ性だなって。漫画みたいにビーカーでコーヒー飲ましてもらって、これがなかなか。体も温まって、スゲェ目が冴《さ》えて……やっぱインスタントじゃなくてちゃんとドリップしたやつって、カフェインがいっぱい入ってるんでしょうね」

「二度とそいつの家に行くな、そしてそいつから貰《もら》ったものを口にするなよ、マジで」

「あ、先輩、嫉妬ですか？　大丈夫ですって、オレが入りびたるとしたらここですから」

「お前が尿検査で引っかからないために言ってんだよ。っつぅか、風邪薬の大量購入の段階でヤバイと思わなかったのかよ」

「……んー、風邪に備えてるんじゃないですか？　オレも一人暮らしするようになってからは、結構薬を買い置きしてますし」

「それはウチもだ。だが、そいつはおかしい」

「おかしくないですって。アサガオとかを大量に育てて種を集めてるような、自然を愛する男ですよ」

「完璧だよ、完璧にヤバイ奴だよ」

　これ以上話を聞き続けるだけでもヤバイと判断した貞夫は話を打ち切り、二日酔い一歩手前の体で遅すぎる朝食の準備を始めたのだった。

●

「いらっしゃ……あ、サバ夫さん」

　大野工房に行くと、菜花《なばな》が出迎えてくれた。

　貞夫は少しばかり緊張して会釈すると、紙コップを手にしていた小太りの三十代後半と思《おぼ》しき男と目が合った。

「へぇーサバ夫って、凄《すご》い名前してますねー」

　小さな店にありがちな、ナチュラルに始まる客同士の会話。

　昔の貞夫は愛想笑いと微妙な相づちを打つだけだったが、今は会社の先輩に鍛えられたのだ。もはやこうした会話は慣れたもの――。

「あ、どうも、いえ、あの、本名は……違うんですけど、えぇ……」

——だと思っていたが、これがせいぜいだった。

仕事の話であれば何とでもなるのだが、このフリースタイルのトークバトルの場では何をどうしていいのかが、未《いま》だに貞夫にはわからない。

貞夫を先頭にしてシノも入って来ると、菜花が「あら」と驚く。

「シノさん、どうしました？　ひょっとして初期不良とか……」

「いえ？　滅茶苦茶《めちゃくちゃ》快調ですよ？」

「あ、そうなんですね。箱をお持ちだったので……てっきり」

「鞄《かばん》に入れようかと思ったんですけど、手持ちのだと丁度いいのがないし、無理矢理ペラい袋に入れて、何かにぶつけて壊しちゃったら嫌ですからね。箱が一番かなって」

「あ、学《まなぶ》君とサバ夫、来てたんだ」

店内にあるショートシューティングレンジからリラが現れた。箒《ほうき》とちりとりを持っていたので、掃除をしていたのだろう。

「学君さ、銃にダメージを与えないようにっていうのはいいと思うけど……イチイチ箱を持ってたんじゃ大変じゃない？」

「うん、大変」

「じゃいっそガンケースとか買っちゃおうか！」

「シノ逃げろ！　リラさんが早速来たぞ!!」

「はい先輩！　もう余計な買い物はしません！」

「でもぉ、ガンケースがあれば銃の持ち運びはすっごく楽になるし、変な鞄に入れて壊すよりは、衝撃に強く、銃をしっかり保持してくれるきちんとしたガンケースの方が……アタシ、絶対いいと思うんだけどなぁ～」

「先輩、これは買う以外の選択肢がありませんね。早速見繕ってもらいましょう」

「お前落ちるの早すぎるだろ……」

「大丈夫大丈夫、安いのもあるって。クリンコフは小型だしね。さぁこっちこっち」

リラに誘《いざな》われるがままに、シノはショップの奥へと向かっていった。

「何か、すみません……」

菜花に謝られても、貞夫としては苦笑する他にない。

小太りの客も笑いを堪《こら》えているようだ。

「君らって、初心者なんだね」

「は、はぁ。おかげさまで、超が付くようなど初心者です」

「それで、サバ夫さん、今日は何をお探しに？　ガンケース……ではない、ですよね」

「シューティンググレンジを使わせてもらおうと思って。シノの奴、先週クリンコフを買ってから毎晩のように部屋で撃ちまくってて、もう僕の部屋まで床がＢＢ弾だらけで」

それね♪　と、小太りの客が貞夫に微笑《ほほえ》みかける。

「あるある〜、新しい銃を買った後とか、特にね」

「あ、はい、空き缶とか段ボールを的にしてたんですけど……やっぱりもう少し長い距離でも撃ちたいよねってなりまして」

「部屋って、君ら、アパートとかで一人暮らしでしょ？　多分一〇メートル以下だよね。ハンドガンならともかく、普通の電動ガンなら最低でも二〇メートルは欲しい」

「あ、そうですね。何か、しっかり狙って……こう、遠くの物をちゃんと狙って当てる感じの、あの感覚が欲しいよねって、昨晩シノと……」

「フルオートとかも撃ちたいよね」

「あ、それっ、そう！　そうなんですよ！　フルオート部屋で一回やったら、部屋中にBB弾が跳ね回って、もうホントえらいことになっちゃって！」

「あはははは。でもやっちゃわない？」

「いやー実は、昨夜《ゆうべ》、僕、撃たせてもらった時に一回やっちゃいました。あの銃って、セレクターでしたっけ？　銃のモード変える、あのレバー。アレ、何か下まで下げたと思ったら、まだ途中だったみたいで……いきなり、ブァっ！　て出て、部屋がえらいことに」

貞夫と小太りの男は声をハモらせて笑った。

「そうそうAK系はセレクターの並びが他と違っておかしいんだよね。普通はセイフティ、セミオート、フルオートの並びなのに、アレってセイフティ、フルオート、セミオートの順に並んでるから」

「あ、やっぱりそうですよね！　先週、ＨＫ４１７を撃たせてもらったんですけど、それはそんなことなかったんで」

ろくに経験も知識もない、そんな貞夫だったが、何故か不思議とエアガンの話になった途端に口が回り出し……少し早口に、楽しく話せていた。テーマがエアガンで決まり、かつ、小太りの男が話しやすいタイプだから……なのだろうか。

あの、と菜花が申し訳なさそうな顔で貞夫を見てきた。

「すみません、実は今日、〝裏〟がもう、すでに予約で埋まっちゃってまして」

菜花がカウンターの上にあったリモコンに触れると、店内にあったモニターが〝裏〟の映像へと切り替わる。そこでは四人の男が黙々と作業をし、時折シューティングレンジに向かう姿があった。

「あ、そう……なんですか」

「だから俺も今、茶を飲んだら帰ろうと思ってたところだったわけ」

「じゃあ……しょうがないですね」

「本当……すみません。連休ということもあって、ちょっと混んじゃいまして」

菜花が本当に申し訳なさそうにして頭を下げるので、貞夫は少し慌てた。

「あぁいえ全然！　全然大丈夫です！　……えっと、あの……あっと……」

ふと、入店を報《しら》せるベルが鳴り、貞夫は助けを求めるようにそちらを見やる。すると、
そこには……見覚えがあるようなないような、そんな特徴のない男がいた。

「あ、〝裏〟、一杯な感じかな？」

平岡さんだ……多分、と貞夫は心の中で呟《つぶや》いた。顔が思い出せなかった。

「すみません、平岡さん。ご想像の通り、いっぱいです」

「あぁいいよいいよ、空いてたらラッキーぐらいなつもりだったから。お、吉崎《よしざき》君、久々。

あ、サバ夫君も、また来てたんだね」

「お世話になっています、平岡さん。一週間ぶりです」

「どうだいサバ夫君……そろそろ狙撃銃を買ってスナイパーにならないかい？」

その言葉に小太りの客、吉崎と呼ばれた彼が噴き出した。

「来たよ、平岡さんの悪魔契約だ。サバ夫君だっけ？　この人、怖いから要注意だよ。気軽に誘ってくるけど、この人についてって行けたのなんてナバちゃんぐらいだし」

「吉崎君、違う違う。ナバちゃんはおれより上さ。本気のナバちゃんはバケモノだよ」

「いえっ！　そんな……私は、全然ですから」

菜花が両手を胸元で振る。どうやらナバちゃんというのが店でのあだ名らしい。

無論、貞夫にそう呼ぶ勇気などは微塵《みじん》もない。

「まぁナバちゃんと吉崎君はいいさ。サバ夫君、どうだい？」

「あ、いえ……僕としては……それより、その、ＨＫ４１７の方が……」

「お？　気に入ったかな」

正直に言えば、イエスだった。他に触った銃が少ないから、という気がしないでもないが……それでも、あの銃の撃ち心地は貞夫にピンッと来た。

「ＨＫ４１７かぁ、いい銃だとは思うけどねぇ～……サバ夫君って、初心者でしょ？　やめておいた方がいいよ、アレ。重い、長いでしんどいから。やっぱり無難にＨＫ４１６シリーズか、ハイサイとかの方が……」

吉崎の言葉を止めるように、平岡が指をパチンと鳴らした。

「知っての通りエアガンなんて所詮はオモチャだよ。デカかろうが小さかろうが、出てくるのは６ミリのＢＢ弾、パワーも今のご時世では銃刀法で制限されて、皆上限が決まっている。……つまり、重くて長い銃と、軽くて短い銃の境なんて……少し乱暴だが、ほとんどないと言ったっていい。……ただね、デカイ銃には一つだけ他にはないものがある」

滔々《とうとう》と語り出した平岡に対し、時折、菜花が申し訳なさそうに「大きいのと小さいのは、まったく同じってわけではないんですけど……えぇ、でもカスタム次第である程度どうとでもなるので、えぇ、同じと言えば同じなんですけどね……」とやたらと小さい声で、実質独り言で平岡の言葉に補足を入れていた。

「デカイ銃にはね……『ロマン』があるんだ。もちろん、小さい銃にそれがないわけじゃない。その銃が好きだという想いがあれば、いくらでもロマンを見つけられるだろう。……けれど、効率性だけを求めて買っていては見つけられない」

「でもさぁ平岡さん、俺らみたいなズブズブの泥沼にハマってこのまま死ぬしかないような人種なら何丁も買っちゃうからいいけど……初心者にオススメすんのは辛《つら》くない？」

「確かに。……でも、恋愛と結婚が違うように……何も最初から結婚相手を探す必要はないんだ。まずは恋愛をするつもりでいい。純粋に自分の心に耳を傾けて……本当に好きな相手を選ぶ。それでいい。その子のスペックがどうのとか出自がどうのとか面倒なことばかりを考えて相手を選ぶのは、ずっと後でいいんだ。初めから一発で何もかもうまくいかせようと慎重になっているんじゃ何もできない」

「おっと……さすが、言葉巧みに女をたらしこむと有名な平岡さんだ。言うことが違う」

「それ、勘弁してくれ。吉崎君が広げた噂《うわさ》だって聞いたよ」

「あ、バレた？　まぁ今度詫《わ》びのＢＢ弾贈るよ、０．９Ｊ《ジュール》で。……で、ナバちゃん的に今の平岡恋愛ライフル論はどう思う？」

菜花は俯《うつむ》き加減に少しばかり顔を赤らめ、胸元で合わせた指先をもじもじと動かした。

「れ、恋愛と結婚とかはよくわかりませんけど……でも、その通りかなって、思います」

菜花は照れたような顔を上げて男達《たち》を見渡した。

「だって……手にした瞬間、嬉しいじゃないですか。その気持ちって一番大事かなって。うちで扱うエアガンは所詮はオモチャです。だからこそ〝遊び〟が入るし、入れるべきなんじゃないかなと。……趣味って、遊びそのものですから……楽しいのが一番です」

はにかみながら笑う菜花に、貞夫は思わず見惚《みと》れた。

「まぁ、わからないでもないけどねぇ。……合理性だけで銃……いや、BB弾の射出装置を作ると、単なる工業用品みたいなのになるだろうし、性能がいくら良くても、それを使うかって言われたら、多分、使わないだろうなぁ。……あ、でも平岡さんとナバちゃんがタッグ組んでたら使うわ、オレ」

そう言って吉崎は紙コップに残っていたお茶を飲み干すと、映画でも観に行くわと告げ、店を後にしたのだった。

店内では未だリラとシノが商品を選ぶ声が聞こえていたが、貞夫達が長話をしている間にガンケースから、手袋《グローブ》コーナーへと移っていた。

そろそろ止めた方がいいのかもしれない、確実にハメられている、とも思ったが、さすがに手袋ぐらいなら高が知れているので、放っておくことにした。

「あ、そうだ。あの、平岡さん。この間、撃たせてもらったHK417って、カスタムしてましたけど……アレってどのくらいかかってます？　手間とか、お金とか」

「カスタムといっても、アレはほぼ箱出しの銃にスコープ載せただけだから」

「でもシノのクリンコフとは撃ち心地が……」

てっきりベテランの人がいじくり回した結果、あの爽快な撃ち心地になっているのだと思っていたのだが……。

「他の銃でもそうなんですが、電動ガンは同じような構造をしていても銃ごとにそれぞれ撃ち心地は変わったりするんですよ。特にHK417だとモーターもパワフルなものが使われていたりするので、撃った際のキレがいいんです」

それを聞いて、貞夫の心の中でムクムクと湧き起こる感情があった。

エアガンなんて買ったってどうしようもない、高級なオモチャ。

先程の菜花じゃないが、オモチャは〝遊び〟のためのもの。

遊びとは……即《すなわ》ち面白さや楽しさを生み出すためのもの。

それって、結局レジャーに行ったり、名作の映画を観たりするのと何が違うのだろう？

そう考えるとオモチャにお金を使うことは……きっと、無駄ではないのだ。

四六時中仕事のことばかり考え、仕事のためになることしかしない……そんなストイックで機械のような人間でないのは貞夫自身わかっている。

何より、そんな人生は嫌だ、とも思う。

仕事のために生きて、死ぬ……それは人間のすることではない。

ならば……。

だったら……。

そうであるならば……菜花さん……。

「あ、あの……菜花さん？」

「はい、何でしょう？」

「今僕、お金持って来てないですし、そもそもそのつもりもなかったんですけど……あの……ＨＫ４１７って、おいくらですか？」

「八二八〇〇円です」

「おかしくない!?」

思わず、貞夫の心の声が素直に飛び出ていった。

「あっすみません、いやでもっ！　シノのクリンコフの倍……」

「あ、何々、サバ夫、ＨＫ４１７買うのかね？」

ボーナスのチャンスを嗅ぎつけたのか、リラが飛ぶようにして貞夫の下へとやってきた。

貞夫の肩を平岡がポンポンと叩《たた》いた。

「アレは東京マルイ製としてはいろんな意味で最高峰だからね。重さとか、値段とか」

「そうそう、箱にはもう〝ズシリとくる4．5kgのド迫力!!〟って書いてあったのは笑ったよね～。逆にそれがいいだろっていう感じで」

リラと平岡が二人で笑うが、貞夫としてはまったく笑えない。大きいのでクリンコフよりは高いだろうとは思っていたが……少し上とかそういうレベルではなかったのだ。

「あ、あの……サバ夫さん、今のは定価です。うちではもう少し勉強させてもらってまして……実際の販売価格としましては、こちらになります」

そう言って菜花は電卓を差し出してくる。

そうか、言われてみればその通りだという気もした。というより以前、クリンコフの時もそんな感じであったのを貞夫は思い出した。

良かった良かった、早とちりして大声出してしまった……そう思いながら、電卓を見て……轟沈《ごうちん》した。

確かに定価よりはずっと安い……が、それでもクリンコフの定価を上回っている。お世辞にも気軽に買える値段ではない。

「ちょっと……お高い……ですか。すみません、でもうちはアフターケアとかもいろいろありまして……」

「お姉ちゃん、多分、サバ夫が驚愕《きょうがく》しているのは他店と比べてとかじゃなくて、そもそもの値段がっていうところだと思うよ？」

「あ、そうなんですか。ごめんなさい、えっと……」

「そ、そうですね、リラさんの言う通り……その、そもそものお値段が……。何よりやっぱり、その……実用性のないものですから、やっぱその……」

「サバ夫君……大丈夫、愛だよ、愛。その銃への愛さえあれば、重かろうが長かろうが何とでもなるんだ。大丈夫、どんな銃であっても必ず使いこなせる時が来る。そしていつしか君の胸には代えがたいロマンが溢《あふ》れ――」

特徴のない顔でありながら、キラキラした目で最高にダンディでいい台詞《せりふ》を平岡が語り出したので、貞夫は慌ててストップをかける。

「あ、いえ、平岡さん、実用性がないっていうのはサバゲでじゃなくて……純粋に、エアガンってオモチャであって、生活に必要なものじゃないからっていう話で……」

自らのミスを察したのか、平岡はその顔のまま「予定があるので」と言い残して店を去って行ったのだった。

店内は沈黙が支配した。

何となく買う気配を匂わせたことで余計に申し訳なさが溢れる貞夫。

気まずそうに八の字眉毛でいる菜花。

そんな中、きょとんとしていたリラが頬をポリポリ掻《か》く。

「サバ夫さぁ、実用性って言ってもねぇ……」

貞夫にだってわかっていた。というか、今し方、しっかり遊びにかけるお金の意味や大切さを理解したところなのだ。

楽しいと思えることにお金を使うのは、決して無駄なことではない。

人はパンのみにて生きるにあらず、と古い本にはある。その後には神様の言葉で人は生きられるのだとかなんとか、宗教的な言葉が続くが、そんなことはどうだっていい。

食欲、睡眠欲、性欲の三大欲求を満たす事しかしないなど、下等な動物だ。虫を始めとしたそこらを徘徊《はいかい》している動物と変わらない。

下等な動物と人とを分ける大きな目安には、文化というものがある。

そして文化とは、生きるのにはあまり関係のない……何なら意味のない——ともすると生命体としては意図的に損な事をする事、と言い換えたっていいのだ。

どうでもいい無駄な事に時間と労力を使って、楽しいと笑う……それこそが文化的な人間の生活だ。そう、断言したっていい。

そんな考えにたどりついた。真理だとも、思う。

——が、八万という数字はその理性的な結論にさえ、全力のブレーキをかける。

貞夫の一ヶ月に使える金額を余裕で上回っているのだ。とてもではないが……おいそれと買えるものではない。

衣食住を捨ててまで文化的な遊びに傾倒するのは、破滅に他ならない。

文化とは衣食住に対する危機的状況がない時に生み出され、重宝されるものだ。

豊かな文化……それは即ち生物としての安全安心が確保され、なお余裕があるからこそ育まれるもの。それが逆転することは、紛れもなく愚行である。

「あの、どう……しましょうか？」

菜花に言われ、貞夫は頭を掻き、眼鏡を直し、全身にじっとりとした汗をかく。

「あ、その、どのみち今はお金ないんで……ええ、参考までに訊いただけなので……」

「そうですね。銃は欲しいと思った時が買い時ですけれど、無理して買われるものでもないですから。いいタイミングがあったら、是非」

ニッコリと微笑む菜花に、貞夫は申し訳ない気持ちで会釈するだけだった。

「……アレ、先輩、何か買うんですか？」

シノが戻ってくると、手にはガンケースが一つあるだけ。手袋は結局買わないことにしたようだ。……思っていたより、お高かったらしい。

「学さん、こちらのガンケース一点で、よろしいですか？」

「あと、弾も。この後〝裏〟で撃ちまくりたいので」

「あ、すみません。実は今日はもう、予約でいっぱいでして」

シノはあからさまに驚き、そして落胆する。

「あー……そっかー。撃ちたかったんだけどなぁ。あ、じゃあ明日、今から予約とかは」

「明日は……ちょっと待って下さい」

菜花がタブレットを操作し……そして、顔を曇らせた。

「すみません、明日ももう一杯のようです」

「え〜〜〜〜〜……」

「春になって暖かくなってきたので……この時季は増えちゃうんです。それに今日から三連休じゃないですか。それで……あぁ、そんな落ち込まないで下さい」

遊園地の予定が消えた夏休みの小学生のように気落ちするシノの肩を、貞夫は叩いた。

「しょうがないさ。折角だし、カラオケでも行って気晴らししよう」

「でも……広い場所でバッテリーが切れるまで撃ちまくる気で来たから……。ほら、あるじゃないですか。ラーメン喰うぞ！　って、ずっと考えた後じゃ、どれだけおいしい寿司《すし》やステーキでも物足りないっていう……。先輩だって、撃ちたかったでしょう」

「そりゃあまぁ……」

正直、貞夫の気持ちとしては撃ちまくるのも楽しみだったが、気分的には自分も銃を手に入れる……そちらに心が移っていたので、やや曖昧な返事になってしまう。

店内がまたも微妙な空気で満ちてしまった。

そんな中で、はぁ、とリラがため息を一つ吐《つ》いた。

「んじゃあさ、そんなに撃ちまくりたいっていうんなら……いっそ明日、サバゲに行ってみたら？」

Episode 07『旅立ちの準備は万端に！』

「明日、サバゲに……僕達《たち》が？」

貞夫《さだお》の言葉に、リラが当然のようにして頷《うなず》いた。

「そう、丁度三連休の中日《なかび》でしょ？　明日遊んで一日休んでから平日迎えられるし、丁度良くない？　目一杯撃ちまくれるよ。しかも屋外で。まぁ撃ち返されもするけどね」

貞夫とシノは互いの顔を見合わせた。その発想はなかったのだ。

エアガンでの遊び方は的当《マト》て——即《すなわ》ち射撃、そして……サバイバルゲームだというのはわかっていた。だが、貞夫の知識でサバイバルゲームというのはゴリゴリのミリタリーオタクが全身を軍隊の服にして、兵士の如《ごと》き戦いを繰り広げるもの……そんなイメージだ。どう考えても素人二人が行こうものなら、バカにされ、捕虜に……いや、人質になった民間人の役割などを与えられるのではないか。

何よりシノは良くとも貞夫には銃自体ないのだから、行ったってしょうがないはずだ。

そんなことを思わず口にすると、菜花《なばな》は小さな子供を安心させるような柔らかで優しい微笑《ほほえ》みを浮かべ、受け止めてくれた。

「そんなことはないんですよ。もちろん、なりきって本格的に遊ぶタイプのサバイバルゲームもあります。いわゆるヒストリカルゲームとかですね。どの時代のどの軍とどの軍の装備だけで……と、厳密にやったりもします」

菜花曰《いわ》く、それらは本当にマニアックな人達向けの遊びなのだという。

一般的なサバイバルゲームは、もっとカジュアルなのだそうだ。迷彩服などを着る人が大半だが、中にはジャージなどの私服、作業服などで参戦する人も多いのだという。

「迷彩服にしても、軍隊的だからいい、というよりも、迷彩服本来の力がゲームに影響してくるからなんですよ」

「服に本来の力って何スか？　回避率が五％上がるとか？」

「シノ、それはマジのゲームだ」

「でも学《まなぶ》さんのそれ、実はそんなに的外れでもないんです」

迷彩服は、その言葉通り、迷彩効果を生むための服なのだという。

つまり、周りから目立たなくなる色と柄の服装、というわけらしい。

「経験するとわかるんですが、自然界にあまりない青や黄色、赤、他にも真っ白だったりすると屋外ではもの凄《すご》く目立つんです。すると、遠くからでも見つけられたり、視界の隅にちょっと入っただけで反応されたり……。そんな発見される可能性を少し下げてくれるのが迷彩服……そんな風に考えたらいいかなって思います」

「まぁ他にも汚れが目立たないから躊躇《ためら》いなく地面にスライディングしたりできるってい

う利点とかもあるけどねー」

「サバイバルゲームは恐らくサバ夫さんが思っているほど、軍隊的な要素はあまりなく、あくまでゲーム的、スポーツ的な捉え方をするのが妥当ですね。もちろん、コスプレ的な要素のある遊びなので、しっかりキメてくる方もいます」

「じゃあ、オレ達なんかでも参加できるってこと？　服とかなくても」

「汚れてもいい服で、動きやすくて、あとは怪我《けが》をしないために肌の露出が少ないものであれば大丈夫ですよ」

「僕、銃ないんですけど……」

　大丈夫大丈夫、とリラが手をヒラヒラと振る。

「どこのサバゲに行くかにもよるけど、レンタル銃とかだいたいあるよ」

　どこのサバゲ……という言葉自体に意味がわからず、貞夫とシノはきょとんとした。

「サバイバルゲームは、フィールドで……まぁ、専用スペースですね。そこに行って、やるものです。一番多いのは千葉県ですね。かなりの数があって、頻繁に『定例会』という、そのフィールドを運営する人達が主催者となって、知らない人達が集まって行うゲーム会が開かれています。もちろん、貸し切って自分達だけで遊ぶのもできますよ」

　なるほど……と、貞夫はあまりわかっていなかったが、わかった風を装って頷いた。

「あの先輩……すみません、オレ頭がこんがらがってきました。つまり……サバゲには何いってくれた。

「……ですけど、メモってが必要なんですかね？　フィールドって所に行けばやれるのはわかったんですけど……」

ではまとめますね、と菜花がカウンターの下からホワイトボードを取り出し、メモって

★サバイバルゲームに必要なもの

●マスク

とにもかくにも、これが大事。ある意味で銃より大事。

サバゲ専用のマスクが売られているので、きちんと調べてそれを買おう。高いもの安いもの、様々なデザインがあるので自分の好みと顔の形に合わせるのがいい。ただし、マスクによってはスコープが覗《のぞ》きにくい、足下が見えない、構えた時に銃と干渉する（特に頬や鼻先など）ものなどが多々あるので、要注意。

最近はお洒落《しゃれ》なシューティンググラスでプレイする人も増えたが、あまりオススメしない。実銃のショットガンを喰《く》らっても割れないレンズを使っていたとしても正直あまり関係がない。顔面に弾を喰らった際にズレたり、外れたり……そもそも隙間が多いので弾が横から入り込んでくる。フィールドによってはシューティンググラスでのプレイを禁止している所も多く、近距離戦が想定されるフィールドは基本使用禁止になっていると考えた方がいい。また、大抵こうした商品は欧米人向けにデザインされているため、実は形状が日本人にはあまり合わない物が多い（それ故にズレやすい）。どうしてもシューティング

グラスで行く、という場合は『アジアンフィット』と表記のある物から選ぶと万が一の可能性が少しは減らせる。また、鼻、耳に引っかけるだけでなく、ゴムバンドで頭を一周させて押さえる機能がある場合はそれを積極的に利用しよう。

実際の所、唇に被弾すると腫れ上がったり、歯が折れたりもするので、口元までを覆うフルフェイスマスクがオススメ。脱着がやや面倒だが、ゴーグルタイプのものに、口元を覆うマスクを別途合わせて使うなどするのもいい。最悪でもゴーグルタイプの物で目元をガードし、ストールなどで口や鼻などを覆うなどした方が絶対に良い。

※余談：最初はフルフェイスマスクを使っていても、慣れてくると思春期入った中高生のように、お洒落に目覚め、途中から皆シューティンググラスを使いたがる。しかしながら不思議とシューティンググラスにした直後は額に被弾し、眉間に綺麗《きれい》なチャクラを創り出す人が多い。

なお、著者が一緒に良く遊ぶ某人物は、至近距離で顔面にフルオートを喰らって、シューティンググラスが吹っ飛び、危うく失明しかけるという事があった。その後ゴーグルタイプにしたものの、次は口に被弾し、弾に大してパワーもなかったのに前歯が砕け散るという悲劇に見舞われた。これらを間近で目撃した我々はいそいそとシューティンググラスをしまい、堅牢《けんろう》なマスクに戻る事となった。……人は口で言われてもどこか甘く見てしまうが、痛い目を見たり、目の前で実例が出るとしっかりと学ぶものである。

ちなみに、たまにお邪魔させてもらう千葉の某屋外フィールドの管理人さん曰く、そこでは『三ヶ月から半年に一人の割合で歯を失う人が出る』との事。

●服装

動きやすく汚れたり破れたりしてもいいもの、そして怪我を防ぐために長袖のものを。

基本的には迷彩服がオススメ。目立つ服は驚くほど敵から狙われるためであるが、それ以上にやはり専用の服を持っていると汚れを気にせずに遊べるのがいい。単なる迷彩柄の服（レプリカ）でもいいが、放出品などの本物、または兵士向けに商品を作っているメーカーの物ならなおいい。値段はピンキリだが、大抵どれも生地が丈夫で機能的である。

また、迷彩服はあくまで環境に溶け込むものであるがため、季節やフィールドに合わせて迷彩の柄を変える事もある。ちなみに少しやっていると自衛隊迷彩は日本の風土に合わせて作られているのが（優秀である事が）理解できる。なお、室内戦であれば、ぶっちゃけ何でもいいが、やはり地味な物の方が狙われにくい。

しかし、機動性を第一に考えるのもオススメ。ジャージや、レギンスでやっている人もいて、己のプレイスタイルで選ぶのがいいだろう。しかし生地が薄いものは汗で濡《ぬ》れて肌にくっついた際、セクシーになるのは構わないにしても、そこに被弾すると鞭《むち》で打たれたかのようにめっちゃ痛いので覚悟が必要である。

また、ある時を境に、所謂民間軍事会社《いわゆるPMC》風に、私服に装備を合わせるスタイルの人もかなり増えた。カジュアルでお洒落に着飾れるので好みの人も多い。なお、その場合でもきちんとプレイ用とは別に着替えを持っていこう。確実に汗で濡れるか汚れるので、風邪を引かぬため、そして帰りの電車や車のシートを汚さないようにするためだ。

※余談：やっぱり迷彩服はレプリカより本物がいい。何がいいって、耐久性が違う。昔、フィールドの片隅で火事が起こった事があった。近くの農家の焚《た》き火が風で吹っ飛ばされ、フィールドの木々に燃え移って盛大に炎上したのだ。慌てて皆で消火活動をしたのだが、きちんとした迷彩服はそう簡単に燃えないため皆平然と文字通りに火の中に突っ込んでいったが、私服の人はイイ感じに焦げていた。

またさらに余談だが、この時某大手出版社Sの編集さんも来ており、火事の第一発見者で「ねぇアサウラ君、アレなんか滅茶苦茶《めちゃくちゃ》燃え……火事だぁあぁあぁあぁぁ!!」と全力で叫んだ。彼は一生に一度はやってみたい事の一つを達成したと後に語った。

●手袋

なくてもいいが、できればあった方がいい。自分の銃を握る際にメタルパーツなどで切ったりする事もあるが、それより何より転倒した際や、被弾した際の怪我を減らす事ができるのが大きい。そのためプロテクターが付いているものがオススメ。

軍手などでもいいのだが、ゴムイボ付きでないとめっちゃ滑るので要注意。指先が露出している、所謂指貫《ゆびぬき》グローブもある。トリガーの引きやすさや、爪や指先を使う細かい作業の時に効果を発揮するが、無論の事ガードは弱い。様々な種類があり、さらにメーカーによってサイズ感がバラバラなので、靴と同様実際にお店などで試しに着けさせてもらってから買うと間違いがない。

軍用品の他、本物の兵士などでもスポーツ用の手袋を装着している例もあり、コストと機能性、デザイン等々、いろいろ試してお気に入りを見つけよう。

※余談：格好良さや便利さから指貫グローブを愛用する人も多いが、指先にヒットすると地獄のように痛い上に、腫れる事が多い。また手袋越しでも関節部分に近距離でヒットすると結構長引く痛みを受ける事になるので、できるだけしっかりした物を選びたい。

●靴

スニーカーでもやれるが、フィールドのコンディションによってはぬめる坂道で滑って登れない事も。また、室内などの足場が硬い場所だと転がっているBB弾を踏み付けてギャグ漫画のようにスッ転ぶ事があるので、靴底が平らな物は避けた方がいいだろう。

ミリタリー系のブーツでなかったとしても、トレッキングシューズ、ハイキングシューズといったものが履き心地や性能が良く、何より入手がしやすい（店頭で試し履きなどもしやすい）。しかし一般向けの商品は反射材が付いている事が多いため、木陰に隠れている際に靴だけピカピカ光って遠くから足だけバレる事も……。

なお、レンタカーや友人の車に同伴させてもらう場合、帰りの際には泥だらけになっている可能性があるので、荷物は増えるが替えの靴を持っていくのがオススメ。

●膝パッド（&肘パッド）
怪我の可能性を大きく減らせ、かつ、動きにアクティブさが出せるので可能な限り着けた方が良い。射撃の際に片膝を突く際の速度も明らかに上がる。

また、肘パッドは正直なくても良いが、狭いフィールドや建物内部での戦いがある場合はあった方が間違いがない。匍匐《ほふく》前進や伏せ撃ちなどの時には大きな効果を発してくれる。

また、片膝にだけ装着するスタイルの人も多い。

●帽子
あった方が安全。タオルを巻いたり、ニット帽、キャップ、ブーニーハット等々。

迷彩服と同じで、ここに自然界に存在しない目立つ色を配置すると、ヘッドショットの確率が極端に跳ね上がるので要注意。オススメは耳まで隠れるタイプのもの。耳も被弾時のダメージが大きい部位の一つである。腫れる。

●銃

日本のお店で売っているちゃんとしたものであれば、それぞれ個性があるものの、基本的にはどれでも問題はない。自分の愛する銃、得意なスタイルに合わせよう。性能よりもその銃に対する〝想《おも》い〟の強さこそが、そのまま戦力になる……人も多い。

ただし、室内戦のフィールドで戦う際は、パワーの制限がある場合が多く、そのままでは使えない銃も多いので要注意（ハンドガンなら基本大丈夫）。

●ガンケース

銃を剝《む》き出しで持っていくのは完全にアウト、というよりフィールドに辿《たど》り着く前に公的機関とのバトルが発生する。そのため、ガンケースに入れていくのが良い。小型の物であればリュックなどにも収まるが、他の物と一緒くたにして入れていくと、途中で何かが折れたり、曲がったりする事も……。ちゃんとした物に入れていくのが一番安心である。

値段、デザインや愛銃のサイズ、機能性などから選ぼう。

●鞄《かばん》

最初は何でもいいが、徐々に『大は小を兼ねる』を実感していく。サバゲをやっていくと荷物が増えていくためである。

そのためリュックタイプなどが比較的楽だが、それもしんどくなったらキャリーカートなどを利用しよう。サバゲフィールド周辺は砂利だったりもするので、できるだけ車輪が大きく、タフな作りになっている物を選ぶのがいい。

●装備全般の余談
実はサバゲの装備類は他の場面でも利用できるものが多い。軽い登山、キャンプ、そして災害時である。特に最後のは、大震災の際、避難用に荷物をまとめてみるとその半分程がサバゲのために買った装備になった人も。

だから、購入する事に躊躇いを持つ必要はない。

そう、【サバゲ関連商品を買う＝《イコール》危機への備え】なのだ！

……と思えば高価な物に手を出す際、少しだけ勇気を与えてくれる事だろう。


「まぁ、こんなところでしょうか」

結構いろいろ出て来たので、貞夫は普段のクセで手帳にメモを取り……そして、シノは菜花が書き終わったホワイトボードをスマホで撮影した。

「先輩って、そういう古風なところがありますよね。味わい深いっていうか、格好いいで

MEMO
菜花

す。みんな電子煙草《たばこ》スパスパしてる中で一人だけキセル吸ってるみたいで」

「……うるせぇ。お前も社会人になったら嫌でもわかるから……」

　これも社会の古い慣例から来るものだ。メモをするのにスマホやノートPCを使うのは相手にとって失礼だ、とする風潮は今も根深いのである。特に古いタイプの人間が多い会社とやり取りする際には大事なことだった。

「お姉ちゃんのを補足するとフィールドによっては丸ごと全部レンタルできる所もあるから事前に調べるといいよ。予約が必要だったりもするからね。一日レンタルで二五〇〇〜五〇〇〇円ぐらいかな。プラス定例会への参加費三〇〇〇〜四〇〇〇円ってとこ」

「少し……高い、かな？」

「え、先輩、そうッスか？　スノボのレンタルとかに比べると全然安いですよ。それにリフト代って考えれば、まぁまぁいいとこじゃないっすか」

　レジャーで一日遊ぶと考えるなら、確かにそれもそうか、と思わなくもない。

「あ、でもマスクぐらいは自前で持っていくといいかなぁ」

「シノ、来たぞ！　リラさんの罠《わな》だ！」

「はい先輩！　これはさすがのオレもすぐにわかりました！」

「あ、リラが言っているのは商売とは関係がなくてですね。……その、フィールドの人が綺麗に清掃しているとは思うのですが……やっぱり、知らない人が着けたマスクを使うのって、ちょっと……気になるじゃないですか」

「そうそう、今のはアタシからの善意ね、善意。サバゲをやると汗だくになって、息はハァハァ乱れるわけだからね？　……それをアルコールティッシュで拭くぐらいしかしてない状態で次の人に貸し出すわけで……ね？」

確かに、想像してみるとあまり気持ちのいいものではない。

「マスク自体は高いのはどこまでもあるけれど、安いのは大した値段しないから。例えば……この辺とかかな」

いくつか出してもらうと、確かに大した値段ではない。一〇〇〇円代からあって、しかも消耗品とは違うようなので安い気がする。

「あの、菜花さん、レンズタイプとメッシュタイプがありますけど……これは？」

貞夫が手にしたマスクは同じデザインだが、目元だけが別のものだった。

「レンズタイプのは安全でいいんですが、曇りやすいんです。なので曇り止めはほぼ必須になります。一方のメッシュタイプは、当然曇らず、風通しがいいのですが……被弾した際、たまにBB弾が割れて破片が内部に入ってくる事があるんです。また、室内戦などでは接近戦になりやすいので、破片による事故を防ぐためにメッシュタイプは禁止としているフィールドも多いですね」

「そしてお姉ちゃんのにまた付け加えると、メッシュタイプは視界が若干暗くなるってのがあって、日が暮れた時や夜戦だと結構しんどいね」

「そんなのレンズタイプ一択じゃないですか。ね、先輩」

「うん、メッシュを選ぶ目的がないような……」

「ノンノン。レンズの曇りって滅茶苦茶ムカツクし、曇り止め塗ってもダメな時もある。視界がなくなると、ナチュラルに危ないし、敵は見えないし……すんごいストレスなの」

「だからリラは普段はメッシュタイプなんです」

なるほど、と貞夫とシノは頷くが、やはりそれでもレンズタイプの方がいい気がしてしまう。だから二人が選んだマスクは双方共にレンズタイプのフルフェイスマスクとなった。

シノは少しテロリストっぽいのがいい、と言ってガスマスクを模したデザインのものを選択。貞夫は一番安くて、ぬめっとした特徴のないフルフェイスマスクを選んだ。

貞夫は眼鏡を着けているので、レンズタイプだと眼鏡と共に曇るかも、と菜花に忠告を受けたりもしたが、双方に曇り止めをしっかり塗れば大丈夫だろう。

また、マスクに小さなファンが付いていて電池でそれを回すと空気が回《めぐ》り、レンズも眼鏡も曇らないマスクもあるようだが……少しお高いので、さすがに手が出なかった。

「じゃ、今日連絡して定例会参加とレンタル受付ＯＫなフィールド、探してみようかね。今、リストアップするからちょい待ってて」

リラがカウンターに入ると、そこにあったノートＰＣをカチカチやり始める。店内の大型モニターとリンクしているらしく、そちらにも映像が現れ、次々にリストが出来上がっていく様子が窺《うかが》えた。

「学く～ん、今日ってサバ夫家《け》に泊まりだよね？　ってことは、この辺から電車で行きやすい場所がいいよね」

「そう……あ、先輩、前遊びに行った時みたいにレンタカー使って行きましょうよ。オレのクリンコフ、重いし」

「二人かぁ。ちょっと高いかな。カーシェアの方が……いやちょっと待て。おかしいぞ」

「え？　何もおかしくはないですよ。カーシェアなら燃料代含めての値段ですから確かに先輩の言う通り、そっちの方が安い気が……」

「いや間違いなくおかしい！」

貞夫は手にしたマスクを持ちつつ、愕然《がくぜん》とした。

「僕達……いつの間にかサバゲに行く事になってないか!?」

貞夫のその言葉により、店内は〝あー……〟という何とも言えない空気が支配し、妙な沈黙の時間が流れた。

「……そういや、行くって言ってないのに、行く流れになってましたね。もうオレ、明日の今頃は千葉の強者《つわもの》共とバトルしてるイメージしてました」

よくよく考えてみると〝サバゲとはどんなもんじゃ？〟と尋ねたら、マスクを買う事になり、明日いけるサバゲフィールドを探し、移動手段を検討する段階に陥っている。

流れるように彼女らの話術にハマってしまっている気がした。

だが、前回から貞夫もレベルアップしている。さっきは綺麗なお姉さんに声を荒らげるという自分の人生ではあり得ないと思っていたことまでやってのけたのだ。

今の貞夫に恐れるものは何もなかった。

断れる。今の自分なら、断れる。その確信があった。

だいたいおかしいではないか。一日遊ぶのに数千円、移動費を含めると一万円は超える計算になる。確かに普通の社会人の付き合いなら週末にそれぐらい使いもするだろう。

だが、今回のコレ《サバゲ》は身内たるシノとの遊び。それでは少し……高い気がする。

よし、言おう。断ろう。きっぱり、さっぱり。

今なら、それができ――。

「……あれ……サバ夫達って、運転できるの？」

何故《なぜ》かリラが呆然《ぼうぜん》とした顔で貞夫を見ていた。

「先輩はね、こう見えてスーパー営業マンだから、運転めちゃうまだよ？」

スーパー営業マンというほど実績があるわけではないが、運転には確かに自信があった。

あらゆる状況下であっても、法定速度を完璧に守り抜くという、鉄壁の安全運転を成し遂げられる……それが松下《まつした》貞夫という男だった。

背後からのアオリ運転、激しいクラクション、迫り来る便意……それらが束になって襲って来ても絶対にアクセルを踏み込みはしないのである。

「で、明日はカーシェアかレンタカーで行く……と？」

「あ、それなんだけど……！」

貞夫は声を振り絞った。自分は戦後に植え付けられた敗北主義的思想に染まった日本人ではない。ノーと言える男だ。普段はろくに言えないが、今は、今だけは、言える。

行くとは言ってない、というかその気はまだないんだ、いやまだっていうか現状は！　現状は行く気がない、だから——!!

そんな言葉を貞夫は頭の中に用意し、あとは、肺の空気を押し出し、声帯を震わせ、口の筋肉を動かすだけ。

まさに、そこまでいった時……不意に全てが硬直した。

「——じゃ、アタシも乗せて！」

何を言われているのか、まったくわからなかった。

目の前の女子高生が、男二人旅に同伴しようと言った……そう聞こえた。

だが、そんなことがあり得るのか？　そんなのただのエロ本的展開しか待ち受けていないであろうというのは火を見るより明らかだというのに……。

思考の混乱が時を止めたように感じた……が、それはどうも貞夫一人だけだったらしい。

「ま、全然乗れるし、いいんじゃないの？　ね、先輩？」

「こ、コラ、リラ、迷惑だからそんなの言っちゃダメ」

「えー、だってー、足があるってんなら最高じゃん」

貞夫は今し方のリラの言葉の意味がわからず、助言を求めるように菜花を見た。

「あ、実は、サバゲをする上で一番の困難というか問題が……移動手段なんです」

サバゲのメッカは千葉だ。何故千葉にあるかといえば、東京からアクセスがしやすく、土地がある。これが大事なのだという。

何せ広さが必要で、そこで大の大人達が集う以上駐車場なども必要になると都内では土地代がとんでもないことになる。さらに近隣住民に気を遣う必要も出てくるため……サバゲフィールドを都市部で造るのはなかなか大変な事らしい。

結果、都心からアクセスがしやすく、それでいて田舎である必要があるらしい。

「そのため、最寄り駅まではともかくとしても、そこからローカル線のバスや、タクシーなんかを使うんです。送迎サービスを行ってくれるフィールドもあるんですけどね」

「ただね、それより何より……レンタルのサバ夫なら別にいいんだろうけど、装備とかが揃《そろ》ってくると登山並みの荷物になって……それで電車移動ってすんごく大変でね……。行きはいいんだけど、千葉からだと帰りはデスニードラウンド帰りの客に遭遇して、ギュウギュウ詰めの電車内で、しかもサバゲ終わりだから体力もなくなってて……ホント、どんな強敵よりも最強の敵でね……」

「確かにそれを聞くと車が便利だなぁ。……一緒に行くの、いいですよね、先輩？」

「いやダメじゃないか!?」

「先輩、仲良しこよしの男二人旅も最高ですけど、まぁたまには。それにガイドがいると安心じゃないですか」

「そういう問題じゃないって！　相手は、その、じゅ、十代……だし……そもそもまだサバゲに行くって……決めたわけじゃ……」

「リアルＪＫですね、やりましたね。最近女子高生とは縁がなかったでしょ？」

「おいよせやめろ」

生々しい発言に加え、最近も何も貞夫には学生時代ですら縁がなかった存在である。

「大丈夫大丈夫、アタシまだ高校生だけどもう一八で選挙権あるし。大人大人」

こらッリラ、と、菜花もさすがにマズイと思ったのか、おろおろしつつもリラの前に行くと、彼女はかがむようにして妹と視線を合わせる。

貞夫達の方に向けられた菜花のヒップラインに思わず目がいってしまうのだけは、どうしようもなかった。体勢もあって、ピッチリと張ったそれは彼女の胸同様に魅力的だった。

「そういう問題じゃなくて、お客さんのご迷惑になるでしょ？　だから……」

「んもう、そんな事言いながら本当はお姉ちゃんも行きたいんでしょ？」

「行きたぃ」

「先輩……菜花さん、見た目と違って案外自分に素直な人みたいですよ」

何ら抵抗することなく、サラッと自白した辺り……貞夫でも彼女がどういう人間なのかを何となく察することができた。

「よぉーしお姉ちゃん、よくぞ言った。行きたいよね。車《アシ》があるなら……サバゲに行きたいよね!?」

菜花はガックリと力なく項垂《うなだ》れた。

「だって……最近全然行けてなかったし……この間カスタムしたロングレンジ用の銃のテストもできてないし……初速もちゃんとマージンを残しつつも高いレベルで安定したし、これまでの経験から出した秘伝のレシピで組んだし、調整は完璧だと思うんだけど……」

「うんうんわかるわかる。いくらうちが都内最大級の室内射撃場があっても最後の最後はやっぱり屋外だよね。何よりロングレンジとなると五〇メートル超えでテストしたいよね。……さぁ、お姉ちゃん、哀願する目でサバ夫を見てみよう。ＧＯ」

ポンと肩を押された菜花は、恐る恐るというようにして貞夫を見てきた。

その顔は赤く、どこか、憂いを持っていた。

貞夫にはしたこともされたこともなかったが、それがまるで告白の時のようだ……というのはわかった。

菜花の視線は一度貞夫と交わるも、すぐさま床へと逃げていく。

彼女の長く細い指先が、豊満な胸の前で組まれ、もじもじと動いた。

「あ、あの……サバ夫さん……本当に、本当に、ご迷惑だっていうのはわかっているんですけれど……もし、余裕があるのでしたら……あの、ついでに……」

菜花は細い喉をゴクリと鳴らし、そして弱々しい眼差《まなざ》しで貞夫を見つめた。

「私も乗せていただけませんでしょうか!?」

頭を下げる菜花の襟元から、華奢《きゃしゃ》な鎖骨と白いブラ紐《ひも》が見え、貞夫は思わず固まった。

そもそもサバゲに行くとすら決めてない中でのこの流れだった。

この状況で、何を言えというのか。

確かにサバイバルゲーム……やってみたい気持ちはある。

二十歳《はたち》を越えたとはいえ、貞夫も男の子だ。銃を持って、それっぽい格好をして、野山を駆けまわって戦う……そんな遊びに憧れがないわけではない。

だが、金銭的な問題に加え……いまいちよくわからないものに一気に飛び込む勇気が貞夫にはなかった。旅行をする際も移動手段は無論、旅行先の旅雑誌を買いあさり、さらには在住の人間と旅行者のブログを読みあさり、脳内で繰り返しシミュレーションをした上で、ようやく重い腰を上げる……そんなタイプなのだ。

それが、いきなり明日急に千葉の奥地へ戦いに行くなど……。

しかし、考えてみると、だからこそ逆に、〝初めて〟という環境にあって専門店で働く人間と一緒に行けるというのは幸運であり、かつ、それが美人姉妹となればもはや僥倖《ぎょうこう》と言っていいのではないだろうか。

だが、自分はそんな女性二人を接待できるのか？

マドンナ・加藤花枝《かとうはなえ》（五二歳・独身）を大雨の日に家まで送った――正確には送らされた時でさえ「退屈な子ね」と言われた男だ。今回はシノがいるとはいえ……さすがに……。

そう考えるとやはりここは断った方がいい――。

「……あの……やっぱり……ダメ、ですか……？」

お辞儀したまま、菜花が上目遣いで貞夫を見る。

思考を巡らすあまり、どうやら現実世界でも数秒以上の時間が流れたのだと、貞夫は察した。そんな彼の肩をシノが叩《たた》いた。

「先輩はね、こう言っているんですよ。……言うまでもない、ってね」

いやマジで何も言ってねぇし、と思わず口をついて出そうになったものの、視界に入った菜花の安堵《あんど》の笑顔を見ると、もはや声など出せなかった。

彼女の目が潤んでいるのを見てしまっては今更ストップはかけられない。

「あ、あの、その……本当に、いいですか？　ご迷惑なら、無理しなくてもいいんです。本当に、ちょっと、その、かなり荷物多いですし」

「いや、あの……全然、その、荷物は別に……大丈夫ですよ、えぇ」

「本当ですか？　あ、ありがとうございます！　やったぁ」

菜花は少女のようにぴょんと跳ねる。……揺れ動く胸だけは少女とはケタが違った。

そしてそれを見ながら、貞夫は己が流れに身を任せてしまう、ダメな日本人であることを意識したが……致し方ないとも思った。

あんな顔で懇願されて断れる男は、そうはいないだろう。

考えてみればいろいろイイコトずくめじゃないか。そうだ、ありがたいことだ。そうだ、そうそう……と、貞夫は決まった事にポジティブな意識を持とうと心の中で努力した。

「はいはーい、じゃ話がまとまったところで、フィールドの選定をしたいと思います」

「もう、ほら、リラもちゃんとお礼言って」

「超サンクス～。つってもまぁアタシの場合ダメって言われても無理矢理乗ってくつもりだったけれどね。……はい、というわけでこちらでいかがでしょう？　千葉県に昨年できたばかりの新フィールド、『ストレートエッジ』。何せ新しいし、今日中に連絡すれば全身レンタルが可能と。オススメポイントはブッシュが濃く、広いフィールド。そして何より……トイレが超綺麗！　先週プレイした人のブログとかでもお墨付き！」

屋外でやるサバゲは文字通りにアウトドア。それ故、そうしたトイレや更衣室などの清潔感は大事らしい。確かに男はともかく、女性となると重要な項目かもしれない。

ちなみにそこは舞白《ましろ》姉妹もまだ行ったことがないらしい。

初めて尽くしで、いきなり明日……。

不安はある。だが、それを噛《か》み締めているほどの時間的余裕はなさそうだ。

「じゃリラちゃん、それで。予約お願いできる？」

「アイアイサー。上下迷彩とサバ夫の銃、膝パッドのレンタルね。手袋はイボ付き軍手が現地で一〇〇円で売ってるって」

「ＯＫ、それで。じゃ、先輩、車なんですけど、菜花さん荷物多いっていうんなら小型車しかないカーシェアよりはレンタカーの方がいいですよね。学割が利くところあるんで、オレの方で予約しておきます」

「すみません、すみません……ご迷惑をおかけします……」

リラがノートＰＣをカタタッと叩き、シノがスマホでレンタカーの予約を始め、菜花が恐縮しきった様子でペコペコとシノと貞夫に頭を下げる。

そんな中、貞夫は一人、何もすることがなくなってしまって、先程買うことに決めたマスクを顔に当ててみたりした。

「ハイ、レンタルの予約と定例会参加申請終わり！」

「こっちもレンタカーの予約完了！　……結構早い時間だけど、これでいいの？　高速使えばかなり早く着いちゃう気が……」

「あ、それは『デスニードラウンド渋滞』を避けるためです」

千葉のネズミの国……デスニードラウンド。その集客力は相も変わらず凄《すさ》まじく、全国から人が集まってくる。それには無論のこと、車で来る家族連れが多いのだそうだ。

そのため、休日の高速ではほぼ確実に大渋滞が発生するのだという。

「そうした渋滞を避けるために、そのルートを通る場合は時間を極端に早めるか遅めるかをしないといけないいんです」

「まぁチェリーボーイズなら早めに行って、現場の空気感やら何やら慣れておくのもいいしね。サバゲにおいて早起きは三文の得以上にお得！」

行動力のある人間が複数人いると、あっという間にあらゆることが決まっていく。そんなことを思っていると、リラがスマホを出して寄ってきた。

「じゃ、待ち合わせだけど明日の朝七時に店の前でＯＫ？　それじゃ……四人のＬＩＮＥグループ作ろうか」

「……え？」

「あれ、サバ夫、ＬＩＮＥやってない、とか？　まさかスマホですらないとかって……」

「あぁいや、やってるやってる！　スマホだし！」

思わず固まったのはそこではない。こんなにナチュラルかつ唐突に女性と、それも綺麗で若い女の子と連絡先交換ができるというのは……思ってもみなかったからだ。

貞夫は慌てながら、しかし慌てているのを隠しながら、スマホを取り出し……学生時代の友達しか入っていない友達リストの中に、新しい二人を加えたのだった。

「んじゃ、今グループに招待するね」

そうして入ったグループは『ドキドキ♡初体験サバゲ』。

名前はかなり酷《ひど》いが……それでも、ちょっと……嬉《うれ》しかった。

「はい、じゃモロモロOKな感じで……。さて、学君、サバ夫はレンタルするからいいけど……学君は愛銃のクリンコフでいくわけだよね？」

「もちのろん」

「今君はバッテリー一個に、マガジンも最初に付属していた一個なわけだけど……追加でいろいろ買おうか！」

「え!?」

「一日サバゲをするならクリンコフのバッテリーは二個は欲しいね。そしてマガジンは一個じゃ全然足りない。特に学君はアタシと同じアタッカー気質っぽいし、そうなるとノーマルなら少なくとも三～四個、多弾なら一つは最低でも欲しいかな」

★電動ガンのマガジンについて

●ノーマルマガジン

いわゆる付属してくるマガジンで、スプリングの力で弾を押し出し、銃に送り込む。一

般的には、軽くて安め。現実のマガジンと同じ装弾数のものと、それとは関係なく一〇〇発ぐらい入るものもある。

通常、電動ガンを購入するとこちらが一つ付属している場合が多い。

●多弾マガジン

中にゼンマイ仕掛けがあり、マガジンの底にあるダイヤルをギコギコ回してそれによって弾を押し上げるシステム。数百発ほど一気に持ち運べる利点はあるのだが、代わりに走る度にBB弾が中で跳ね回り音を立てたり、いざという時に残弾はあるのに撃てないという事も（ゼンマイを巻き忘れたりとか）。

東京マルイ製のハイサイクル電動ガンではこちらが最初から付属している。


「これって、ノーマルマガジンに利点がない気が……。安いってことぐらい？」

シノの質問にリラは「だよねー」と応じるが、菜花が優しげに微笑む。

「人によりけり、プレイによりけり……です。多弾のガチャガチャ言うのが嫌だって人もいますし、ダイヤルをひたすら回さないといけないのを嫌う場合も。……ただそれより何より、ノーマルマガジンの方がリロードの楽しみがあったりしますし、次世代電動ガンだと弾がなくなると実銃同様に無意味な空撃ちができなくなる、というギミックもあるので、そちらを利用する人も多いんですよ。私はノーマル派で、リラは多弾派ですね」

自分を追い込むこと、それが楽しい……不思議な世界だと、貞夫は思う。けれどゲームとかでも〝縛り〟プレイがある種の楽しさに繋《つな》がる場合がある、というのもわかる。

そして何より〝それっぽい〟のが楽しいのだろう。

「うーん、だとしたらオレ、本物っぽい方がいいからノーマルかなぁ。ほら、『ニュースメーカーズ』でもやってたけど、リロードがカッコ良かった」

「ＯＫ、それじゃ三個ぐらい追加購入かな。デザインがいくつかあるけど……学君の趣味からするとメカメカしい近代的なのよりかは、最初から付属しているタイプの、如何《いか》にもＡＫな感じのマガジンがいいよね」

「さっすがリラちゃん、わかってる。ＡＫはやっぱり古めかしいのが一番いいよ。……って、言ってもそんなに詳しくはないんだけど」

「近代化カスタムしたＡＫはそれはそれで格好良さがあるけど、でもやっぱりＡＫ好きってドノーマルのがいいって人が多いよねー。んじゃ、この純正のノーマルマガジン三本ね。バッテリーは……」

あ、と菜花が手を挙げる。

「バッテリーならウチのをレンタルでどうかな。車に便乗させてもらう事になったんだし」

「まーそれもそうか。んじゃ、バッテリーはなしで。……でもノーマルマガジン《ノーマルマグ》を合計四本持つから、それを無理矢理ポケットに入れるにしても、リロードするとなると……ドロップポーチが必要だね」

ドロップポーチ、またはダンプポーチなどとも呼ばれるもので、腰に下げる大きな袋のことらしい。

「現実の戦闘だったら命かかってるから別にいいんだけど、サバゲって所詮は遊び。だから空《カラ》になったからってマガジンをポンポン捨ててたら一日で破産しちゃうからね」

リラが言うには、現実の兵隊も普通に使っているものらしい。言われてみると、たまにネットニュースなどのイイ話系のサイトで、兵士が現地の子犬や子猫を拾って、大きなポーチに入れているのを見たような気もする。

見せてもらうと安い物はとことん安いが、高い物、特に本当に軍隊で使用されているようなものは新品のゲームソフト一本分より高価だった。

特に、やけに薄いペラペラのレジ袋みたいなものがその値段なのを見た時、貞夫の衝撃はかなりのものがあった。きっと高品質なのだろうが……理解が追いつかない世界である。

「まぁ本当はこれをぶら下げるためのベルトかベストとかがあるといいんだけど、さすがに一気に買うのもキツイでしょ？　普通のベルトにも取り付けられるから、日常使いのやつで間に合わせちゃってもいいんじゃないかな」

「じゃ、そうさせてもらおうかな」

「はい、じゃガンケースとマスクとマガジン三つに、この安いダンプポーチで……合わせて一二八〇〇円になりま――」

「たけぇ!?」

思わず、シノではなく、貞夫が叫んでしまった。バッテリーこそ貸して貰《もら》えるから追加で買っていないが……先週から一体いくら使わせようというのか。

「でもどれも消耗品じゃないし、一度買っちゃえばずっと使えるものばかりだし……先行投資先行投資♡」

「だとしても……！」

貞夫がチラリとシノを見やれば……彼は財布を開いて固まっていた。

「学君どぅするー？　これとか買わないと明日楽しめないよー困ったね？　でも一回買っちゃえば……もう今後悩むことはないよねぇ？」

完全に、悪魔の囁《ささや》きである。

「あの……先輩、三〇〇〇円、貸してもらっていいですか？」

LEFT 4 SURVIVAL GAME

Episode 08 『出陣は胸躍らせて』

出陣の朝。それも、かなりの早朝……。

貞夫《さだお》は半ば酒の力で強引に眠り、そして夢も見ずにスマホのアラームで目覚めると……半裸で床に寝ているシノを見つけた。腕にはクリンコフ。

「相変わらずだな……」

今日はいよいよサバゲデビューだから、というのもあるのだろうが……クリンコフを買ってからというもの、彼はいつも銃を抱いて寝ている気がした。

「行くぞ、シノ。レンタカー借りて来よう……っと、その前に最後にチェックするか」

★専用品ではないがサバゲに持っていくと便利なもの
・箱ティッシュ&ウェットティッシュ（割と使う）
・工具各種（いざという時に物を言う）
・ゴミ袋&養生テープ（何かと便利。合わせて使えば百人力）
・絆創膏《ばんそうこう》や消毒液（あると安心）
・虫除《むしよ》けスプレー（冬以外、虫はそこらにいる）
・多めの着替え&多めの汗ふきタオル（言うまでもない。夏は多めに）

※一人で全て持っていくと大変だが、数人で行く場合は分散させて持っていくと楽。

「……よし、大丈夫だな」

確認を終えた貞夫は一度大きく頷《うなず》いた。

●

どんな時だって、ハンドルを握れば真剣勝負。それが車に乗る者にとっての常識だった。

自分一人死ぬのは、我慢できる。だが、他人を巻き込むのだけは……受け入れられない。

それが大事な後輩のシノ、そして……うら若き女性二人ともなれば、尚更《なおさら》だ。

晴れた空の下、貞夫はレンタカーに乗り込むと、教習所の生徒もビックリの点検をしてから、大野《おおの》工房《こうぼう》へと向かった。すると、店の前には〝夢を求めて田舎から出て来たガールズバンド〟らしき二人組。——無論、菜花《なばな》とリラだ。

二人揃《そろ》って大きなリュックサックにボストンバッグ。そしてデカく、長い、樹脂製のハードなガンケースが二本、菜花の足下に置かれていた。

また、シノのと同等程度の比較的小型サイズのソフトガンケースが一つ、リラの股の間に挟まって立たされている。

貞夫は彼女らの前で停《と》めて、車を降りた。

「おはようございます！　お待たせしましたか？」

「おはようございます。私達《たち》も今さっきです」

ジーンズと格好いいミリタリー関係であろうジャケットを羽織った菜花は被《かぶ》っていた帽子《キャップ》を軽く持ち上げて頭を下げた。今日の彼女は、ポニーテールだ。

頭を上げた菜花は照れ笑い。その表情はとても魅力的で……思わず貞夫の息が詰まった。

「よーく言うー。久々だからめっちゃテンション上がって三〇分前には来てたくせにぃ」
リ、リラぁ、と菜花が悲痛で、それでいて愛らしい声を上げた。
そんなリラはジーンズの上に菜花とは色違いのジャケットを羽織り、頭にはニット帽だ。いつものツインテールをそのままねじ込んだのか、ニット帽は頭の左右に凸状に膨れており、何だか、猫耳のように見える。

二人共ジャケットに、ベルクロ《マジックテープ》を張り付ける場所があり、そこには『大野工房』と書かれたパッチが張られていた。菜花に至っては帽子にもだ。

貞夫はジャケットがお店の制服かと思ったが、訊《き》いてみると関係なく、単に私物に、店のロゴを入れたパッチを張っているだけらしい。

「そうなんですね、何か格好いいなって」

「タクティカルジャケットというもので、ミリタリー向けの商品ですね。最近ではスポーツ向けとしても利用されているそうです。いろんなメーカーから様々なモデルが出ていますから、サバ夫さんも機会がありましたら是非」

軽量で多機能、収納も多い。菜花が普段の店員としてのクセなのか、自分の着ているそれのポケットを開いて見せたりしてくれるのだが……前をはだけて内側を見せてくれた時は、そこにある収納ポケットより彼女の胸の膨らみの方に貞夫の意識は向いていた。

「なんかお洒落《しゃれ》だし、普段使いしても良さそうだから……ちょっと考えてみますね」

リラが半笑いの顔で口の端を吊《つ》り上げる。胸を注視したのがバレたかと少し焦る。

「まー、そう言って買う人もいるけど、サバゲオタかミリオタなんだろうなっていうのは、少し齧《かじ》ってる人間なら三〇メートル離れててもわかるからね。それでもいいって言うならいいんだけど、オタ趣味を隠しているなら気をつけた方がいいよ」

サバゲーマー、ミリタリー好き……そうした者達には独特のファッションがあるらしい。

【第一段階】迷彩柄のパンツなどのあからさまなものを身に着ける（特に色落ちした安い放出品や、柄が迷彩柄というだけの一般向けの衣料メーカーの商品）。

【第二段階】ブーツ、タクティカルジャケットなどの普通に見てもお洒落、格好いいけれどサバゲーマーが好む商品、またはミリタリーファン向けの商品を私服に交ぜる（レプリカの場合も多い）。そして周りに何か言われた時は「いや、コレ機能性がいいんで選んだんですよ」と恥ずかしがる必要はないのに何故《なぜ》か誤魔化してしまう。また、どれだけ普通のファッションに馴染《なじ》ませても、不思議な力により一瞬にして同族にはバレる。

【第三段階】アイテムの質が上がり、高級品を使い出す。また一周回って軍用品ではなく、実際の兵士が最前線に持ち込んで使っている一般向け商品を好み始める。この段階に来るとサバゲーマーであることを隠すことはない、というより周りがもう理解している。

【第四段階】もはや何も気にすることなく軍服、またはフル迷彩服で街を闊歩《かっぽ》する。もはや誰も何も言わない……というより誰も何も言えない。何気に話してみると常識を持ち合わせたイイ人が多いという不思議な現象も。

「ってトコかなぁ。ま、アタシの個人的な意見だけどねー」

「ちょっとリラ、それ凄《すご》く大雑把だし、偏見すぎない？」

貞夫としてもいろいろいいたいところはあったが、特に第三段階と第四段階の間に何があるのだろうか、と疑問を抱《いだ》かずにはいられなかった。

「そういえば学《まなぶ》君は？」

アイツなら、と貞夫は車の助手席を開ける。グッタリしたシノがシートベルトで座席に張り付けられるようにしてそこにいた。

実は昨夜、貞夫が寝た後、クリンコフが出てくる海外の動画をネットで漁《あさ》り、その後にイメージトレーニングを延々と朝までやっていたらしい。ほぼ寝ていないのだ。

「フフッ、サバゲあるあるですね」

菜花が口元を手で隠しながら小さく笑う。貞夫も、笑った。

「車で良かったね。寝ていけるし。……んじゃ、荷物積んじゃっていい？」

リラの声に促され、貞夫はバックドアを開いた。

「あ、車、荷台の大きなのを選んでくれたんですね」

「ええ、シノのチョイスです。商用車なんですけど、安いし、荷物も多く載るので」

それは貞夫にとっては非常に馴染みのある車……トヨタのプロボックスバンだ。普通乗用車の荷台の部分が後ろに延びたようなデザインのそれは、ちょっとした資材なども運べるため、貞夫の仕事関係でもよく見かける車種である。使い勝手がいい。

「サバ夫達は荷物少ないし、四人なら全然余裕だね。ガチ勢が五人とかになってくると、日産のキャラバンとか、それこそ最終兵器、トヨタのハイエース一択になるし」

その車も貞夫は仕事で知っていた。リフォーム工事をする職人さん達がよく愛用する大容量のワゴン車で、人も荷物も大量に運べる車種である。

リラ達は訓練された兵士のように、プロボックスの荷台に物を運び込み、多少揺れたりしても動き回ることがないようにうまく荷を敷き詰めていく。貞夫が手伝う間もなかった。

「アレ、サバ夫さん、この車ってナビが付いてないんじゃ……？」

「あ、そうなんですよ。レンタカーで商用車ってなると、付いてないのが多くて」

「では、私が助手席でナビしましょうか」

「え!?」

「あ、といっても、スマホでですけどね。そこまで道に詳しくは」

菜花はスマホを取り出して照れたように笑う。貞夫が驚いたのは自分の助手席に女性が座るという経験がなかったから……というだけなのだが……。

車が事故を起こすと一番危ないとされる助手席……万が一の事故があってはいけないと貞夫は少し緊張した。

夢うつつのシノをリラと共に後部座席に押し込み、貞夫と菜花が前に乗り込み……そしてついに、車は発進した。

訊いてみると菜花達もまだ朝食前だったので、途中でコンビニに寄って、簡単な食事を購入。飲料水は普通サバゲフィールドで買えるらしいので、車内で飲む分だけにした。

そうして高速に乗って、東京を脱出。交通量は時間帯の割に少し多めではあったが、十分に流れている。ストレスはなかった。

……が、問題はやはり、『デスニード渋滞』、これが来た。

時刻はまだ朝の八時前、即《すなわ》ちあの悪夢の国が開園する前だというのに、葛西《かさい》インターチェンジに近づくにつれて車の密度は上がり、速度が下がっていく。明らかにそこを目指す家族連れや遠方のナンバーを付けた車両が少しでも先に入ろうと熾烈《しれつ》で醜い争いがそここで始まりつつあったが……それでも、まだ、車が停まる程ではない。

この様子からするに、あと三〇分出発が遅ければ長い渋滞に巻き込まれたことだろう。そして、トロトロとした走行の果て、ついに「ここだ！」という直感が貞夫の脳裏に浮かぶ。アクセル。急加速した瞬間、前方を行く車群を横目に、プロボックスバンが走る。そして葛西インターチェンジ前の渋滞をバックミラーで見る。

あらゆる束縛から解き放たれたかのような〝自由〟が貞夫の体を包んだ。

周りを走る、休日など関係なく働く土建屋さんらのタフな仕事車もグングン加速し、千葉の奥地へ向かってひた駆ける。右手側に〝灰被り姫の城〟が高速道路脇に聳《そび》えていたが、それらを一瞥《いちべつ》して、貞夫はなおもアクセルを吹かす。今の貞夫達にメルヘンはいらない。

「これで一安心ですね。ここさえ抜けちゃえば、もう怖いものはないですよ」

ニッコリと笑う菜花を横目で見て、貞夫も嬉《うれ》しくなる。しかしそこに仮眠と朝食を終えて体調が復活した後部座席のシノが顔を差し込んできた。

「いやぁ、良かったですね、先輩。もしあそこでガチ渋滞に巻き込まれたらオレ、クリンコフで突撃してネズミ狩りしてましたよ」

「シノ、ちゃんと座ってろって。危ないから。リラさんは……あ、寝てるのか」

バックミラーで見ると、リラは口を開けて「くかー」と寝ていた。

自分の運転する車内で若い女性が無防備に眠ってくれる……何だか、それだけで嬉しいと思うのはおかしいだろうか。

「リラも久しぶりだからと、昨夜遅くまで準備していたんです。そうしたら夜中にハンドガン撃ち始めちゃって、もぅいつ寝たんだか」

「あ、菜花さん、それ一つ訊きたかったんですけど……ハンドガンってやっぱり必要なものなんですか？」

貞夫もバカではない。ある程度予習のためにとユーチューブや個人のブログなどにあるサバゲーマーの戦いの記録を昨夜少しだけ見ていたのだ。

それで気付いた。大抵の人はみんなハンドガンを装備している、ということに。

「必要か否か、という問いでしたら、基本的には必要はないですね。ちゃんとしたメインアームがあるのならそれで十分です。つまり……」

★ハンドガンの必要性について

実は初心者にとってはあまり必要ではない。何故ならメインの電動ガンなどと一緒にハンドガンを装備となると、それを入れておくためのホルスターが必要になる。そして、そのホルスターを身に着けるためのベルト、またはベストなどが必要になってくる……と、次々に必要なものが出てくるクセに、丸一日遊んで一回も使わずに終わる事が割と多い。

ハンドガンだけで戦う猛者《もさ》もいるが、そういう人はベテランか、若くて体力に自信のあるタイプが機動性を求めた結果である。体力的にしんどくなったので今日はもう長物《ながもの》を担ぎたくない……という場合も多々あるが……。

これは何故かといえば、ハンドガンは基本的に電動ガンなどと比べるとパワーが弱く、射程は短く、さらには実銃同様に精密な射撃も難しいため。また弾も大量に携行できない。

ではいつ必要になるかといえば、建物の中に突入するなどの、長物だと邪魔になる狭い環境での戦闘や、はたまたメインアームが何らかのトラブルで撃てなくなった際だ。

まとめると〝あると安心の保険のようなもの〟である。

しかし、ガスガンなどで激しくガシャンと実銃のブローバックするのは撃つのが楽しく、これで敵を撃ち落とした時（特に相手が長物の時）は小躍りしたくなるぐらいにテンションが上がるので、興味があるのならトライするのもオススメ。

電動ハンドガンという、その名の通り、見た目は普通のハンドガンながら小型の電動ガンという代物もある。冬はこちらがいい。

「私、メインアームの一つに、ボルトアクションの狙撃銃を使うんですが、そういう時は必須ですね。出会い頭とか、近距離に詰められた時はそれがないとお話にならないので」

狙撃銃を使う人の中には、いざという時のためにと小さめの電動ガンを背負う人もいるそうだが、菜花は体力的にしんどいのでハンドガンを添えているのだという。

いろんな銃があり、いろんなスタイルがあるのだと、彼女の話を聞いているだけでも、貞夫は感じることができた。そしてそれらをどう選ぶのかは貞夫達――即ち、サバイバルゲームプレイヤーに委ねられている。

言うなれば、本当の意味で自由なキャラメイキングができる……それだけ取ってみても、他のスポーツにはない楽しさなのだろう。

しかしながら、と貞夫はハンドルを握りつつ、思う。自分が若い女性と当たり前のように話をしつつ、運転する……そんな日が来るとは思ってもいなかった。というより、自分はこんなにちゃんと女性と喋《しゃべ》れるのだと、驚いてしまう。

学生時代、共学であったにも拘《かかわ》らず女子との会話なんて数えるぐらいしかなかった。そんな自分が……息苦しさを覚えもせずに会話できる、それは奇跡のようですらある。

サバイバルゲームへ行くという同じ目的でいることが口を滑らかにさせているのだろう。そして、向こうは経験者でこちらは初心者という関係もいいのかもしれない。

喋りたいこと……というよりは聞きたいことはいくらでもあった。

「あ、サバ夫さん、次のインターで降りて下さい。あとは下の道で、二〇分です」

高速を降りると途端に田舎に来た印象を覚える。緑が多く、如何《いか》にも地方という感じだ。

後部座席が静かだな、と思い、バックミラーを覗《のぞ》けばリラだけでなく、シノまでもまた寝息を立てていた。貞夫はハンドルを握り直し、気合を入れる。

『目的地周辺です。お疲れ様でした』

スマホの音声と共に【P→】の看板が見える。貞夫は逸《はや》る気持ちで右にハンドルを切る。

そこには今日、貞夫の初体験となるバトルフィールドがあ――。

「……ラブ、ホ……？」

思わず、貞夫はブレーキを踏んだ。どう見ても目の前にあるのは、当初はかわいらしいお城風に造ったものの、経年劣化した結果、悪魔城に成り果てた場末のラブホテルである。

しかもラブホの駐車場の前にホウキとちりとりを持ったババアがこっちを訝《いぶか》しそうな顔で睨《にら》んでいるのである。

「あの、菜花さん……？」

ちらりと横を見やれば……菜花がきょどった顔を赤く染め、何やら小さくぷるぷるしていた。

「あの……？」

「ご、ごめんなさい！　間違えました！　いえ、本当は間違えてないんですけども！」

綺麗《きれい》な女性の道案内で、自然とラブホへ……童貞のロマン溢《あふ》れ、美人局《つつもたせ》等々の犯罪の気配を感じざるを得ない素敵な展開である。

貞夫はババアがこっちに向かってくるのを見た時に、思わずハンドルを握り締めた。

「菜花さん、老婆が……老婆が来ます！　どうしますか!?　僕こういう所初めてで……どうしたら!?」

「サバ夫さん、バック！　バックでお願いします!!」

貞夫は即座にギアをバックに入れ、全力後退。

車体を激しく揺らしつつ、公道へと飛び出した。

「す、すみません……今日行くフィールド、出来たばかりでまだ地図になくて、近くのラ……ホテルを目印にするのがいいってネットにあったので、それで設定していたんですけど……あ、そこの十字路を右に」

どうもサバゲフィールドというのは、ラブホが近くに建っている事が多いらしく、そこを目印にする場合が結構あるのだとか。恐らく人気《ひとけ》のない場所が好ましいが、同時にアクセスはしやすいのが望ましい、という求められる特性が似ているせいだ。

しかしながら落ち着いてみると、ラブホの敷地内で「どうする？」「バックでお願い」とはなかなか卑猥《ひわい》なやり取りで、思い出すに貞夫に生唾を飲ませるものがある。

「あ、看板、ありましたよ。あそこですね」

【サバイバルゲームフィールド：ストレートエッジ→５００ｍ】と書かれた手作り感満載の看板は、農家の私道のような砂利道へと車を誘い込む。

ガタガタと揺れる振動で、後部座席の二人の頭がガラスにガンガンとぶつけられて呻《うめ》きが上がる頃……ついに、そこへと車は辿《たど》り着いたのだった。

サバイバルゲームフィールド、ストレートエッジ。背の高い木々に囲まれ、まるで高い緑の城壁に守られているかのような、そこ。

砂利の敷き詰められた広めの駐車場、その先にベンチと長机がいくつも並ぶスペース。休憩したりする、セーフティエリアという場所だろう。その長机の上には、テントの屋根部分だけのもの――いわゆる日よけのタープテントがあって日差しや雨を凌《しの》げるようになっているようだ。パッと見だけで一〇〇人ぐらいは収まりそうな広さである。

そして、奥には青いネットシートがカーテンのようにして垂れ下がり、二メートル以上の高い壁となって世界を区切っていた。あの先が、きっと、戦闘領域なのだ。

すでに数台の車が駐《と》められていたので、それに並ぶようにして貞夫は車を駐めた。

「……アレ、ここは……？　あ、着いたんッスか!?」

「はい、到着ですよ。サバ夫さん、お疲れ様でした」

「よっしゃ～、んじゃ早速場所取りして準備だ～」

寝起きのリラがテンション高いのか低いのかイマイチわからないノリでシートベルトを外すと、即座に車外へ出て、膝の上に置いていたリュックサックを颯爽《さっそう》とセーフティエリアの長机へと置く。場所取り、ということなのだろう。

「私達も行きましょう」

菜花に促されるように、エンジンを切って、貞夫も外へ。

……うわぁ。思わずそんな声が出た。

鼻を通して伝わる、爽やかな木々と柔らかな土の匂い。

久しく嗅ぐことのなかった、〝自然〟の空気に全身が包まれているのを感じる。

そして、静謐《せいひつ》、という言葉を思い出すような耳の気楽さ。車の音も垂れ流されるノイジーなBGMもない。遠くで鳴く鳥と、自分の足が立てる砂利の音が心地いい。

まさにアウトドアだ……気持ちがいい。

「お疲れ様でーす」

かけられた声に、気が緩んでいた貞夫は反射的にそちらに体を向けて深く一礼した。

「お、お疲れ様です！」

顔を上げてみれば、隣の車の持ち主だ。筋骨隆々で大柄で厳《いか》ついサングラスをかけた男。

思わずビビりかけるが……その相手の車が赤、というより若干ピンクに近い、かわいらしいデザインの軽自動車なのが若干気になるところではあった。

彼は貞夫の一礼にきょとんとした後、がははは、と快活に笑う。

「今日はよろしくお願いしますね」

大男は丁寧な口調で言うと、大きなリュックを手にセーフティエリアへと向かっていく。

貞夫達も車から荷物を取り出すと――といっても自分達の荷物はほとんどないので代わりにリラのを持って――リラが押さえたセーフティエリアの席へと移った。

「それではちゃっちゃと準備しちゃいましょう。まず着替えて、銃を出して、って感じです。今日は定例会、つまり知らない人達が大勢集まって行われるゲーム会の日ですから、あまり机を広く使いすぎないように注意しましょう」

「あの、菜花さん、それって、具体的には……？」

「定例会は何人来るかわかりませんから、できるだけ大勢の人が使えるよう、必要のない荷物は車に戻したりとかですね。ガンケースとか。あ！　貴重品の管理はしっかり。これだけは忘れずに」

★貴重品の管理について

鍵のかかるロッカーなどは基本的にないと思った方がいい。そのため財布などの貴重品の管理はしっかり。トラブルが発生しても基本的に自己責任のため、注意が必要。

車の中に置いて鍵を掛けるのもいいが、かつてセーフティエリアから駐車場が離れているフィールドで、車上荒らしが発生した例もあるので車内といえども油断は禁物。侵入されてもそう簡単に持って行かれないように隠そう。

一番いいのは肌身離さない事だが、サバゲをエンジョイしているとプレイ中に紛失、スマホに至っては砕け散る可能性も。特に初心者はサバゲの運動量と興奮を甘く見る傾向が強いため、涙を呑《の》みやすく、特段の注意が必要。

これらに関しては一概にどれが一番いいとは言えないため——そもそも電車移動で来たら車もないため——自分の責任において工夫を凝らしていただきたい。

ちなみに財布を車内などのどこかに保管する場合は、ドリンクやお菓子、ＢＢ弾を途中

購入するため、少額のお金を入れた別の財布を一つ用意して携帯すると便利である。


シノに言わせるとこうした貴重品の取り扱い問題はサーフィンなどの屋外レジャーでは〝あるある〟らしい。

菜花達を見ると、スマホぐらいはセーフティエリアの机上に置いてあっても割と大丈夫のようだが、それでも席を立つ際は物の下に差し込んで隠したりしていた。

自分らの写真も撮りたいし、とシノが言ったこともあり、スマホは菜花達同様に出して置いて、財布は車の中で保管することにした。

《受付開始してますので、お手すきの方からどうぞー》

フィールドのスタッフが拡声器を使って声を上げていた。見れば、セーフティエリアの隅にちょっとした小屋があり、その前に受付コーナーが設置されている。

貞夫達は財布を持って向かい、そこで氏名年齢、電話番号等々を書いていると何となくカラオケの入店を思い出した。最後に昼食の有無の確認の項目だ。

「あのお昼って……」

「五〇〇円でストレートエッジ特製のカレーライスが出ますんで」

なるほど、と思い、貞夫は『昼食必要』に〇をして、ペンを後ろに並ぶ菜花に渡す。

「あれ？　そのパッチ、ひょっとして大野工房の関係者さん？」

「店員で働いてますが……どうして」

菜花が不思議な顔をすると、スタッフは苦笑いを浮かべた。

「工房長がオープン直後からちょくちょくお客として来てくださってて。あ、大野工房のポスターもトイレ前に貼ってありますよ」

「あーそれはそれは、お世話になっています」

世間は狭い、ということなのか、それとも業界が狭いのか……はたまたその工房長なる人物が有名人なのか。貞夫には知る由もなかった。

「あ、松下《まつした》貞夫さん？　予約のレンタルの方ですね。先に迷彩服をお渡ししますね。銃は後ほど、他の方と一緒に使い方のレクチャーなどもしますので、お声がけします」

貞夫は参加費三〇〇〇円と昼食代の五〇〇円、それに迷彩服レンタル代一〇〇〇円、膝当てレンタル代五〇〇円、レンタル銃代の二五〇〇円を支払った。

シノと共にカレーの引換券、そして大きめの迷彩服――米軍とかが使っている柄のもののようだ――を受け取り、一旦セーフティエリアへと戻る。

菜花達は更衣室に向かったので貞夫も行こうかと思うが、荷物を誰も見ていないのも不用心かと思い、シノと共にその場に留まっていると……ふと、他の参加者達がその場で着替えているのが見えた。上着はもちろん、下も脱いでいる。

「先輩、アレじゃないですか。女性は更衣室で、男はオープンで着替えるっていう」

「あー……なるほど」

一応男性用更衣室もあるようだが、遠目に見ても一人用の小さいものだ。

貞夫は周りの参加者達に合わせることにした。しかし……今はまだいいが、タイミングを逸すると女性サバゲーマー達の前でパンツ一丁になるはずだが、それは問題ないのだろうか？　貞夫はそんな疑問を抱くも、さすがにそれは菜花達にぶつけにくいものがある。

「何にせよ、急ぐか」

壁も屋根もない所でジーンズを脱ぐと、開放的だという感想以上に、無防備感が襲って来る。慌ててレンタル迷彩服を身に着けた。それに菜花達を拾う前に寄った百円ローソン《ローソンストア一〇〇》で購入した鍔《つば》付き帽子《キャップ》とイボ付き軍手、とどめにレンタルの膝パッドを合わせれば……どうだ、何ともサバゲーマーっぽいではないか。

貞夫は受付の近くにあった姿見の前へ行き、己を見る。まるで本職のようだ。

「先輩先輩、写真撮りましょうよ！」

シノもレンタル衣装を纏《まと》い、頭にニット帽を被った彼はミリタリーというより、その顔と体、そして発散される爽やかさからどこかのロックバンドメンバーのようになっていた。

互いの姿をポーズを付けてスマホで撮影し合っていると、ふと視線を感じた。

スタッフが微笑《ほほえ》ましいものをみるような柔らかい表情で近寄ってくると、貞夫とシノのツーショット写真を撮ってくれた。

少し、いや、結構……嬉しかった。撮ってもらった写真を見るだけでニヤけてくる。

たまらず貞夫は、その場で、肩を組んだ写真を待ち受けに設定したのだった。

「……よしっと」

存分に写真を撮り終えると、シノはクリンコフの準備を始めた。一方、貞夫は特にすることもないので、サバゲマスクを顔に着けたりしていささか無為に時を潰す。

そうこうしていると徐々に駐車場に車やバイク、果ては四輪バギーなどという珍しいものまで現れ始め、セーフティエリアに徐々に人が増えてきた。

ほとんどは男性だが、女性も少数ながら来ているようだ。

来たばかりの人は皆、目が合うとド新人感丸出しの貞夫にも「よろしくお願いします」と声をかけてきてくれるので、その都度立ち上がり、腰を曲げて「お願いします！」と返していると、皆あの大柄マッチョのように、一瞬キョトンとした後、笑顔を向けてくれる。

「何か、銃で撃ち合いに来たのに、思ったよりほのぼのしてるんだな」

「そうですね。自然豊かで、空気が澄んで、土の匂いがして。完全にレジャーですね」

シノはクリンコフにバッテリーを収めると、セレクターをセミオートに入れて、トリガーに指をかける。

「はいストーップ、セーフティエリアで空撃ちはダメ！　トリガーに触れてイイのはフィールドの中か、シューティングレンジのどちらかだけ！」

リラの声。それに貞夫が振り返って見れば、何ともかわいらしい彼女がいた。

ニット帽や、シャツ、ややピッチリ目のジーンズはそのままに、全身至る所に様々な装備が付け加えられている。詳しくない貞夫には何がどうとはわからないが……格好良くて、しかもかわいらしい。洒落ていた。

その感想を口にしたかったが、何と表現したらいいのか、貞夫は躊躇《ちゅうちょ》してしまう。

何せサバゲだ。かわいいは失礼な表現の可能性もある。だが、同時にその逆で、かわいいを目指したのに格好いいと言われて不快に思われる可能性だって――。

「あ、リラちゃんスゲー！　何かちょっとSFッぽいね」

言葉を選ぶのに手間取って声を出せない貞夫と違い、シノのそれは実に素早い。

「ありがと。本当はカジュアルに民間軍事会社《PMC》的なノリを目指したんだけど、装備を固めていくと何か違う別の感じになっちゃったんだよねー」

プレートキャリアー――本来は超重い防弾プレートを中に入れつつ、表面にポーチ類を付けられる代物だが、リラのそれはプラスチックの板が入っているだけの軽い物らしい――をベースに胸と背中に長細いポーチがいくつか付けられていた。また、彼女の細い右太ももにレッグホルスター、左太ももには長細いマガジンポーチが巻き付き、かつ腰のベルトへと接続されていて、そこだけ見ると某巨人と戦う漫画の装備を思い出す。

加えて膝・肘パッド、そして首にはストールが巻き付いていた。

「よっ……こらせっと！」

リラは自分のガンケースを開くと、その中に収まっていたややずんぐりとした銃を抜く。

貞夫でも、さすがにその銃が何かは知っていた。

コンパクトで曲線の多い近未来的なデザイン……『Ｐ90』という銃だ。ゲームとかでも頻繁に登場していた事もあり、何となく知っている。

「アタシの愛銃『ＰＳ90ＨＣ』、ハイサイクル電動ガンのリラカスタム！」

……微妙に違った。ハイサイクルとスタンダードで形は一緒でも名前が違うのだそうだ。

「まー実銃だとＰＳ90はＰ90の民間向けモデルでいろいろ違うんだけど、電動ガンだと同じようなもんだよ。みんな普通にＰ90って呼ぶか、ハイサイクル《ハイサイ》のＰ90って呼ぶし」

本当に皆もそう呼ぶのか、それとも単に気を遣われたのか……貞夫にはわからなかった。

ただ、少なくともリラは愛銃の事を基本的にはＰ90と呼んでいるようだ。

彼女の銃は、リラカスタムと言っているように、確かに普通のＰ90とデザインが違った。上に小さなスコープのようなものが付いているのはともかくとして、銃口付近にまるで肉《にく》叩《たた》き棒の先端部のような、大量のトゲトゲが付いているのだ。訊いてみた。

「あ、これ？　ストライクレイルシステムってやつ。横とかにレイルってのが付けられるんだけど……まぁそれより何よりデザインのためのカスタムだね。格好いいでしょ？」

リラが太もものレッグホルスターに挿《さ》していたグロック18Ｃ《ハンドガン》を抜くと、そこにも同じデザインの凹凸《おうとつ》のプレートが取り付けられていた。

　実銃の場合だとその凹凸部分を敵や物に叩き付けたり、押しつけた状態で銃を撃ったりするためのものらしい。だからこそ〝打撃《ストライク》〟の名なのだそうな。

とはいえ、サバゲにおいて、敵プレイヤーに接触するのは基本的にＮＧであり、同時に高価で精密機器である銃を物に叩き付けたりするのはアラブの石油王でもしないため、それらの凹凸は完全にお洒落のためなのだという。

「自分の愛銃を好きなようにカスタマイズできるのもエアガンの楽しみ方だね。学君のクリンコフは拡張性がちょっと低めだけど、やりようによってはいくらでも姿形は変えられるから、慣れてきた頃に試すのもアリかな」

「あのさ、リラちゃん。さっきオレがトリガーに触れた時みたいな、サバゲで注意する事って他に何かある？　先に聞いておきたいんだけど」

「そんなにはないけど……でも、そうだねぇ？」

★サバゲで注意しておく事

●弾速チェック
ゲームが始まる前段階で、銃のパワーをチェックする。定例会などではほぼ確実に実施されるので、ここで合格していない銃は扱ってはいけない。

この際はホップアップを解除《オフ》（または最大初速が出る状態）で計測する。

日本国内のまともなショップで販売されているものは問題ないが、海外製を輸入してそのまま販売している店の商品や、内部を自分でカスタムしたものは違法なパワーが出ている場合もあるので注意が必要。

●セーフティエリアでの銃の扱いについて
セーフティエリアは弾が出ようが出まいが発砲は全て禁止。とにもかくにもトリガーに指を置かない。マガジンを抜いて、セイフティをかけておくのを忘れないように。

●銃の扱いについて
身内同士であっても、セーフティエリアで銃口を人に向けるのはやめよう。もし、万が一、ひょっとしたら……周りの人間はそう考えてしまうもの。怖いし、ヒヤヒヤする。同様に銃を置いておく際も、できれば人のいない方向に銃口を向けておくとよりグッド。とはいえ、人が多かったりするとどうしようもない時も多いのだが……。

●ゲーム終了時の銃について
セーフティエリアへ戻る際には銃からマガジンを抜き、銃の中に入っている弾を抜くために一～二発撃つ必要がある。大抵は出入り口付近にドラム缶や弾抜き用の箱、はたまた

水を張ったバケツなどがあるので、それに向かって撃てば良い。

これによって銃は完全に安全な状態になるものの、それでも〝もしかしたら〟があるので、銃口管理は常にしっかりやり続けよう。


「……ってなぐらいかな。まーあとは大人として当然の行動をしてれば大丈夫だね」

「とにかく安全に、って感じなんですね。おもちゃといえども……っていう」

「そうそう。初心者でイキってる奴《やつ》ほど暴発とかやらかすんだよねー。サバ夫ぐらい慎重で臆病なぐらいな方が、実は一番安全に物を扱えるかなー」

……とりあえず、褒められているのだろうと貞夫は思うことにした。

「折角だから、サバゲの基本的なルールとか、そういうのも教えておこうかね？」

本当はネットとかで調べていたのだが、貞夫は「是非に」と口にした。

説明してくれるというのなら積極的に聞いておく。社会に出るとこれが意外と大事だったりするのだ。……いろんな意味で。

★サバゲの基本
●サバゲの基本ルール
二チーム（大抵は黄色と赤色）に分かれ、互いの陣地にあるフラッグをゲット（昨今は大抵電子ブザーを鳴らす）する『フラッグ戦』、そして敵全員を倒す『殲滅《せんめつ》戦』の二つが

一般的なルール。時間はフィールドの広さ等によって様々だが、五～二〇分程度が一般的。

また、フラッグをゲットする際に、敵を完全に制圧してからでないとゲットできない──つまり弾が飛び交っている間は手を出してはいけない、といった細かいルールもあったりするので、しっかりと開始前の説明は聞いておこう。

●ヒット判定について
体はもちろん、服の一部や持っている銃なども、弾が当たったら、アウト。

「ヒット！」と大きな声を出し、フィールド外へ手や銃を上げて出て行く。この時、黙っていたり、手を上げていないとかなりの確率で激しく撃たれるので要注意。

全ては自己責任かつ自己判断。審判などいない。そのため、〝当たったような気がするな〟と思ったら確実でなかったとしても、ヒットと声を出して去って行くのがベスト。

こうした事から〝サバイバルゲームは紳士のゲーム〟と言われる。逆にこれを無視する者を〝死んでも動いている奴〟という事で『ゾンビ』と呼び、忌み嫌われる存在となって、最終的にフィールドマスターから警告を受けたり除外されたり……。

●ゾンビ
弾が当たっているのに、当たっていないフリをする行為及び、それをしている人。暴力、窃盗、暴言の次ぐらいに来るネガティブな行い。

もしそれを発見した場合はゲーム主催者へ連絡する。割と盛大なトラブルに発展しやすいので、悪質な行為を目撃した際でも直接当人に文句を言わず、主催者に伝えよう。

こうしたゾンビが発覚すると当の本人はもちろん、他の健全なプレイヤーも一日嫌な気持ちになるため、やってはいけない。とはいえ、無意識に、または悪意なく気が付かない事もあるので、どうしようもない場合もあるのだが……。

●味方撃ち（誤射）について
ゲーム主催者によって、味方撃ちの扱いは千差万別なので事前に確認するのがいい。大抵は次のようになる。
1．撃った人も撃たれた人もヒット判定で退場。
2．撃った人だけ退場。
3．撃たれた人だけ退場。
4．味方撃ちが明確な場合に限り、どちらもおとがめなし。
どのようなルールであるにせよ、撃ってしまったらまず謝ろう。人として。

また、おとがめなしルールであっても、「後ろから来たから味方の誤射だろう」、と自分一人で思い込んでゲームを続けていると、実は先程の弾は背後に回り込んだ敵からの攻撃で、知らぬ間にゾンビ行為をしていた……というような事もある。そのため、撃った方と撃たれた方、互いに顔を見てきちんと確認するのがいい。

●跳弾

壁や障害物に当たって跳ね返った弾に当たった場合、これをヒットとするか否か。これも主催者やフィールドによって判断が分かれるので事前の確認が必要。

●ブラインドファイア

基本的に禁止されている。障害物に隠れつつ、銃だけ出して撃ちまくるもので、パニック映画とかでよく見るが、サバゲにおいてはゲームが成り立たなくなる場合もあるため（銃に当たっても本人気付かず、同時にどこに撃っているかわからないので味方やすでにヒットコール上げている人が撃たれまくる事などなど問題が多い）、ほぼ許可されない。

常にきちんと構える必要こそないが、銃を撃つ際は弾道が確認できたり、しっかり照準《サイト》を覗ける状態で撃とう。

●ナイフアタック＆フリーズコール

初心者が迫り来る敵にビビると無意識にやる事があるため、要注意。

密《ひそ》かに敵に近づきナイフを当てる、または「フリーズ」と声をかけてそれでヒットとするもの。憧れるプレイだが、トラブルに発展しやすいため禁止される事がほとんど。エアガンはパワー規制がされているとはいえ、近距離で撃たれるとかなり痛いし、怪我《けが》をする場合もある。だからこそこのルール……のはずなのだが、接触する直前に敵に気付かれて振り向かれるとその瞬間からゼロ距離でのガンファイトに発展するという地獄のような状況に陥ったりと、とにかくトラブルに陥りやすい。

相手を気遣うのなら、相手の装備の厚い所に一、二発撃ち込んであげるのが一番間違いがない。ベテランの中にはパワーの弱いハンドガンに持ち替えて一発だけ撃つといったクールな気遣いが出来る人もいる。……が、その間に撃たれる人も少なくない。

●フィールド内の障害物について
基本的に動かしてはいけない。許されるのは開閉する扉ぐらい。

●ゲーム中のマスク（ゴーグル）の扱いについて
初心者が一番注意すべきところ。何があっても外してはいけない。
セーフティエリアからフィールドに入る前に装着し、そこから出るまで絶対に外してはいけない。汗が目に入ろうが、曇って見えなくなろうが、絶対に外すべからず。

よくあるミスとして、ゲーム終了、または撃たれてセーフティエリアへ戻る際に気が抜けてマスクを外す事がある。これは本当に……本当に、とにかくマジで多い。

そのちょっとしたミスで失明する事態に陥っては撃った方も撃たれた方もたまったものではない。そのためもし万が一フィールド内でマスクを外している人がいたら敵味方は無論、知り合いか否かとかも関係なしに急いで声をかけてあげよう。


「結構、いろいろあるんですね」

貞夫はメモ帳に走り書きを終えると、そんな感想を口にした。

「まぁ、基本は敵のフラッグゲットが目的で、体のどこに当たってもヒットだ、ってことだけ覚えておけばいいかな。あとはゲームマスターの説明をちゃんと聞いていれば大丈夫。野球とかバスケットとかの細かいルールに比べれば簡単簡単。……よし、それじゃ学君、シューティングレンジ行って動作確認しようか。この後、弾速チェックあるからホップアップ調整はその後ね」

小柄な二人がフィールドの隅にあるシューティングレンジへ向かっていくのを貞夫は見送った。二人の腰に大きなダンプポーチが揺れていたが、何だか尻に小さい座布団が付いているように見えて、かわいらしい。

レンタル銃の貞夫は……やはりすることもないので、マスクを着けたり外したりする。

「あれ、リラと学さんは？」

菜花の声だ。貞夫はマスクを外してその声の主を見やる……のだが……。

「あ、今、シューティングレンジへ調整に……うぉっ!?」

思わず変な声が出た。どこかSFチックなリラに比べると菜花は比較的シンプルな衣装だ。だが、それ故にカッコ良く、そして……エロい。

やや太めのパンツにリラと同じレッグホルスターが巻き付き、肘・膝パッドで関節を守っている。また首元にストールが巻かれていた。……いや、それらは別にどうでもいい。パンツのベルトの上に銃のマガジンを収めるためのプラスチックのパーツ——マガジンホルダーという類いの物らしい——が多量に付いた大型のベルトを巻いている。

それも……どうでもいい。大した問題ではない。

問題は、上だ。貞夫の知らない間に開発された新兵器かと思うような、それ。

コルセットのような何かが、菜花のウェストをギュッと締め上げているのだ。

ウェストがキュッと締められており……彼女の豊満な胸が……おそろしい程に強調されているのだ！

ギュッと締められたコルセット的な硬い素材から溢れるように、こぼれるように、立体的に溢れ出ている二つの大きな大きな宝物。

貞夫もさすがに目を見張って、凝視してしまった。それ程のインパクトだった。

その二つの山を、指貫《ゆびぬき》グローブを塡《は》めた菜花の手が隠す。

「あんまり、見ないで下さい……」

菜花が顔を赤らめ、首に巻いたストールに口元を埋《うず》めるように顎を引いて貞夫を見る。

そのかわいらしい姿に、思わずまた、息を呑んだ。

「あ、ご、ごめんなさい！　つい……ビックリして……」

「これ、痛くないように中にパッドを着けているので……ちょっと目立つんですよ」

「あ、そ、そうなんですね」

仮にパッド入りのブラなりインナーなりを着けているのだとしても、そもそもが大きいからこそそのエロさだと貞夫は思う。

実際、菜花が現れてから、辺りの参加者の視線が貞夫達に……いや、菜花に集中している気がする。それだけの〝引き〟があった。

お互いに照れつつ、貞夫と菜花は互いの顔をちらりと見ては視線を逃がすを繰り返した。

「……大野工房長《おじ》が、こういうのが好きでして。……着けてサバゲをするとその時のサバゲの参加費は経費でいいっていうので」

菜花は恥ずかしがりながら、ボストンバッグより大野工房のチラシを取り出すと椅子の一つに養生テープで貼り付け、スマホでそれと一緒に自撮りする。証拠らしい。

……つまり菜花を客寄せパンダとして利用しているのだろう。

誰も損をしない秀逸なシステムだ、と貞夫はまだ見ぬ大野工房長へ心から感謝を述べた。

「先輩、屋外で撃つのってめっちゃ面白いですよ！　風の影響とかもあって、それで……うぉおぉぉお！　菜花さん、超エロいッスね！　ヘタな水着とかより全然いいですよ！」

菜花は顔を赤らめつつも、ニッコリと笑って「ありがとう」と口にした。

本当に、このシノの素直な言動は時折羨ましくなるものがある。

「じゃ、私も準備しちゃいますね」

菜花が長く大きな樹脂製のガンケースから取り出したのはスコープが載ったボルトアクションエアライフル……『ＶＳＲ－10　プロスナイパー　Ｇスペック』なるものらしい。いわゆる狙撃銃だ。

さらに彼女は、もう一つのガンケースからやや細めの、長い銃を取り出す。

『Ｍ14　ソーコム』というスタンダード電動ガンらしいが、貞夫には何となく映画とかで見た記憶があった。こちらはこちらで狙撃銃のようなデザインだが、銃の上に載っているのはスコープではないようだ。

ダットサイトという光学機器らしい。リラのＰ90に載っているのも、それだという。覗かせてもらうと、スコープと違ってズームはせず、光の点が視界の中に浮いているだけだ。こうした機器がない——つまりアイアンサイトと呼ばれる銃の頭とお尻にある凹凸のポッチだけを頼りに狙いを定めて撃つより、素早く精確な射撃になるのだという。

「そういえば菜花さんって、エアコッキングはともかくとしても、次世代電動ガンでもハイサイクルでもないいんですね」

「はい。私は、この曲銃床という、ストックとグリップが一体型になっているのが好きなんです。何て言うか……如何にも銃らしい銃って感じが。それに基本、狙撃なもので」

「お姉ちゃんも次世代電動ガン持ってはいるんだけどねー、買ったその日の内にリコイルウェイトを取っちゃって……あー、つまり折角の振動機能をカットしちゃってね」

「え、もったいな!?」

シノが声を上げると、菜花は申し訳なさそうにもじもじした。

「だ、だって、衝撃は楽しいけど……電力は使うし、音はするし……」

チーズバーガーのチーズを抜くようなものに思えたが、人それぞれのスタイルというものがあるのだろう。そうでなければスタンダード電動ガンが今も売られている理由がないはずだ。……特段安いというわけでもないし。

準備を終えた貞夫とシノは、女性二人がテキパキと動くのをしばらくボーっと見ていた。元気に動くリラのぴっちりしたヒップ、豊かに揺れる菜花の胸……これを眺めているだけで〝来て良かった〟と、心から思う。

《これからレンタル銃をお渡ししますので、申し込まれた方はシューティングレンジ横へお越し下さい。また、弾速チェックも始めます。準備が出来た方から使う銃を持って、

シューティングレンジ前にお並び下さい。ハンドガンもチェックします》

スタッフの拡声器の声。それにより後ろ髪をひかれつつも貞夫は受付へと向かった。

貞夫同様にレンタル装備はあと二人程いたようだ。二人共に貞夫と同世代である。

「松下貞夫さん、竹田《たけだ》康介《こうすけ》さん、梅原《うめはら》義昭《よしあき》さんの三名……あ、三人揃って松竹梅ですね」

あー……と松竹梅の三人は微妙な相づちと共にどうしようもない愛想笑いを浮かべた。

スタッフだけは「何かいいですね」と上機嫌である。

「それでは銃はこちらになります。いわゆるM4ですね。使い方は……」

配られたのはスタンダード電動ガン一丁に、三〇〇発入る多弾マガジンが一つ。

シューティングレンジで松竹梅で並んで試射してみると、結構イイ感じに飛んでいる気がした。次世代に比べると良くも悪くも軽やかな撃ち心地だ。

「バッテリー切れ、弾が出ない、何か壊れたとか、諸々《もろもろ》何かありましたらいつでもスタッフにお知らせ下さい。はい、では今し方説明させていただきました安全な使い方を忘れずに、今日一日頑張ってきて下さいね。ゲーム開始は二〇分後です」

では、と、松竹梅の三人は互いに微妙な挨拶をして散った。

セーフティエリアに戻ると誰もいない。また、すでにガンケースなどは車に戻したらしく、机の上はすっきりしていた。

……その代わり、『ご自由にお持ち下さい』と書かれた板と共に大野工房の宣伝チラシが山積みにされていたが……これも参加費を経費にするための条件なのだろう。

皆、弾速チェックのために銃を手にし、シューティングレンジ前に並んでいるようだ。

その数、総勢三十数人。迷彩服はもちろんベストや銃などの装備まで迷彩柄で統一する人もいれば、全身黒ずくめの特殊部隊っぽい人、はたまた本当に私服に膝当てを着けただけの人……いろんな人が、いろんな装備をしていた。

その様子は……何だか同人誌などのイベントを思わせるものがある。

それを強く思わせるのは……列の中にメイドさんがいるせいだろう。

そう、メイドである。如何にもなメイド服を着た……オッサンが大きなマシンガンを担いで列に並んでいるのだ。ご丁寧に髪は三つ編みのウィッグである。

その体からして駐車場で挨拶したあのマッチョ男で間違いないだろう。

「……本当に、いろんな人がいるんだな、サバゲって……」

椅子に座っていると、弾速チェックを終えたシノが「先輩の分も買っておきました」とスポーツドリンクを出してきてくれる。本当に気が利く後輩である。

「そういえば先輩、今日はラッキーだそうですよ。スタッフさんから聞いたんですけど、周辺のフィールドじゃ連休企画で、声優さんとのサバゲイベントとか、雑誌主催のイベントとか、あと出会い系サバゲとかやってるらしくって、みんなそっちに行っちゃったらしく、今日はサバゲがマジでしたい人達だけが集ってるんじゃないかって。だから人数は少ないですけど、白熱すると思いますよって。やりましたね、初体験でこれは――」

「うん、あのさ……それって、ガチ中のガチ勢が揃ったってことじゃないの？」

「……あ」

「ベテランの中に、僕ら素人が交じるわけだから……批難されたりしないといいなぁ」

大丈夫ですよ、と、戻ってきた菜花とリラが微笑む。

「パワーバランスは様子を見て調整されるでしょうし、ルール違反とかさえしなければ、みなさん新人さんに関してはウェルカムだと思います」

「そーそー、動く的《マト》が来やがったぜってね」

菜花の言葉に安堵《あんど》し、その直後のリラの言葉に心が重くなる。

「ま、まぁまぁ、とりあえずBB弾、マガジンに詰めましょうか」

「あ、さっきの受付の所にあった売店で買えるんですよね。オレ、行ってきますよ」

「あ、学さん大丈夫です。お店から持って来たので」

BB弾はフィールドでも買えるが、街のショップで買ってきた方が少しだけ安上がりの場合が多いのだという。フィールドの弾の値段が高いのではなく、単にお店の方が値引きがあったり、ポイントが付いたりするからだ。

とはいえ、BB弾は何気に重い。一〇〇円やそこら安くするためにキロ単位にもなる袋を担いで持ってくるのか？　となると……何がベストなのかは人によるだろう。

「フィールドによっては使える弾が制限されていたりもするから、現地調達が間違いないんだけどね。……よいしょ」

リラが笑いつつ、ＢＢ弾の袋を開けると、専用のものらしいボトルへと流し込んでいく。

「今日持って来た弾はアタシ好みに合わせた、０．２グラムね。みんなで共用で使う感じで。ちなみにお姉ちゃんだけは別」

彼女は０．２５と書かれたＢＢ弾ボトルと、何だか小さい箱に収まるＢＢ弾を取り出した。こちらには精密、とか、競技用とかの文字が躍っている。

「私のＭ14と、Ｇスペックはそれぞれ、ちょっと重量のある弾を使うように調整してありまして。あ、ハンドガンだけは共用でお願いしますね」

★ＢＢ弾について

●弾について

屋外フィールドで使えるＢＢ弾は土に還《かえ》る『バイオＢＢ弾』のみである。間違ってもプラスチックのＢＢ弾を使ってはいけない。『セミバイオ弾』というのもあるが、基本ダメ。

●重量について

ＢＢ弾は０．２グラムと０．２５グラムの二種がスタンダード。

どちらを選んでもいいが、無論、差は結構ある。重ければ重い程、一発当たりの値段が

高く、また風などの影響を受けにくい……と考えてもらって間違いない。

値段は些細《ささい》な差に見えるが、マシンガンやハイサイクルで大量に撃ちまくっているとジワジワと財布にダメージが来る。また、たかだか0．05グラムの差とはいえ、重い方がわかりやすく速度が落ちる（場合が多い、というか普通はそうなる）。

通常の電動ガンならばこれら程度の感覚で考えて選べばいいのだが、内部カスタム等々を始めると、銃のセッティングと弾重量のバランスを取り、より遠くへ、より安定した弾道を求めて調整していく事になるのだが……それは今の貞夫達にはあまり関係のない話なので割愛する。

●弾関係であると便利なもの
・『ＢＢ弾用のボトル』
パックに収まっているＢＢ弾をこれに入れると、使い勝手がいい。あって損はない。
・『ＢＢローダー（単にローダーとも）』
ＢＢ弾をノーマルマガジンやハンドガンのマガジンなどに簡単に込める道具。

これがないと弾を込めるのが割と大変。なお、多弾マガジンには必要ない。

貞夫のレンタル銃の多弾マガジンは蓋をパカッと開くと、そこにBB弾をジャラジャラと流し込むだけでいいので、ローダーは必要ないようだ。簡単である。

最後にマガジン下についているダイヤルを音が変わるまで巻いたら、準備完了だった。

「はい、お疲れ様でした。これで全員の準備完了です。後はサバゲを楽しむだけです」

菜花にそう言われると、何だかここに来るまでに随分と長い道のりがあったような……そんな気がした。

別にサバゲをするために今までがあったわけではないのだが……何となく、貞夫はそう思った。

《チーム分けとルール説明をしますので、受付前にお集まり下さいー》

スタッフの声に、セーフティエリアで寛《くつろ》いでいたプレイヤー全員が一斉に席を立つ。

「さ、行きましょうか」

菜花の声に促され、貞夫とシノもまた席を立つ。

さぁ、いよいよだ。

貞夫はゴクリと生唾を飲んだ。

FIELD:STRAIGHT EDGE MAP

FIELD：ストレートエッジ MAP

※フィールドマップはデフォルメされており、
あくまでイメージです。
詳細は現場でお確かめください。

マップ製作協力：O野

Episode 09『初陣、大事なのは怪我をしないこと』

とりあえず、ということで適当に二列に並ぶと丁度綺麗《きれい》に半々になったらしく、それをそのままチームとすることになった。一チーム一八人。合計三六人である。

貞夫達《さだおたち》は赤色チームだ。左右の二の腕に巻くための赤色のテープを渡された。

そしてルール説明を受けたが、事前にリラ達から聞いた話の通りだ。

覚えておくべきは味方撃ちは両方死亡《ヒット》扱い、ナイフアタック、フリーズコールはトラブルの因《もと》として禁止、そしてシューティンググラスでのプレイも禁止、跳弾によるヒットはなし……ということだけである。

《さて、フィールドの解説ですが……》

スタッフがフィールドの地図を皆に見せて、解説を始める。

このサバゲフィールド『ストレートエッジ』は……東西に延びる楕円《だえん》型のフィールドで、最長で計算すると二五〇メートルほどあるそうだ。

地図が緑色の塗料で描かれていたので、何となくミトコンドリアを貞夫は連想した。

基本的には木々の下を駆け、草木や所々にある障害物を盾にしての撃ち合いになるようだ。しかし、フィールド中央部は草木が少なく、代わりに二階建ての館が建ち、その周辺には倉庫のような建物がいくつも存在している。これらの中は通り抜けができるらしい。

これらを利用してもいいし、わずかに残されているフィールド両端部の森部分をひっそりと抜けて敵陣地へ攻め込んでもいい……と、進行ルートの選択もできるようだった。

《フラッグ位置は左右の端っこ、ココとココ。皆さんお察しの通り、この中央にある、〝都市部〟を如何《いか》に抜けるか、如何に押さえるか……これが勝負を分けます》

中央の都市部を抜かれれば防戦一方になるのが目に見えている。サバゲ経験はなくとも、この辺の考え方はFPSなどのゲームをやっている貞夫には難しいものはなかった。

《以上です。何か質問は？　……では、皆さん、マーカーを取り付けましたら、フィールド内へ。最初赤は西、黄色は東が陣地で、五分後に開始します》

解散。皆々が各々のテーブルへと戻っていく。

「先輩、テープ巻きますよ」

シノが赤色のテープを貞夫の両腕に巻いてくれたので、お返しをする。

そして、今度はと菜花《なばな》達にテープを持っていくのだが……その二人はすでに自前のマーカーを腕に巻いていた。貞夫達のテープとは違い、向こうはゴム製である。

「テープは粘着面が服に残ったりするからね。だから気になる人は自前で用意すんの」

リラに言われて気付いたが、貞夫の着るレンタルの迷彩服、確かに二の腕の所には白いコペコペのカスみたいなのが付いている。どうやら服に残ったテープの粘着面のようだ。

レンタルだからいいが、自前のお洒落《しゃれ》な服でこうなると……かなり凹《へこ》むだろう。

　そうして各々が準備を終えるとマスクを装着し、銃を持つ。先程まで軽かった印象のプラスチック製のレンタル銃が、妙に重く感じた。

「さぁ、行きましょう」

　フィールドの入口に掛かっていたメッシュ材のカーテンを菜花が開けてくれる。彼女は透明のゴーグルで目元をガードし、口はストールで守っていた。

　そうして……ついに貞夫とシノは、戦闘領域に足を踏み込む。

　緑の多い場所である。足下には土と草、そしてここで繰り広げられたこれまでの戦いの痕跡たる大量のＢＢ弾。

「はーい、入口で立ち止まらない。ゴーゴーゴーゴーゴー」

　リラの声に押され、赤チームの集う西のフラッグを目指すのだが……貞夫には一つ気になることがあった。

「あの、リラさんのそれ……滅茶苦茶《めちゃくちゃ》強そうですね」

「アタシ、アタッカー気質だからガードは堅めにね」

　シノや貞夫もフルフェイスタイプのマスクだが、リラもまたフルフェイスマスク。だが、そのマスクは貞夫達のペラペラのものとは違う、強化プラスチックの厳《いか》ついドクロマスクである。触らせてもらうとかなり硬く、肉厚。相当に強固なものであることが窺《うかが》えた。

大野工房

また、そうしているとふと、貞夫は気が付く。

「あれ？　リラさんの胸の、そのマガジンポーチ、逆さまに付いていません？」

腹を守るプレートキャリアーに縦に取り付けられた細長いポーチだが、蓋が下に付いているのだ。彼女の太ももにも取り付けられたポーチ類は蓋が上を向いているのに……。

「あぁいいのいいの。コレわざと。P90のマガジンってね、細長いから、胸に取り付けたやつを上から抜こうとすると視界を覆うんだよね」

つまり、胸のポーチから抜こうとすると、マガジンをにゅーっと頭上まで引っ張る感じで抜くことになるようだ。だから上下逆に取り付け、蓋を開くと自重でスルリと手の中に落ちてくるようにしているのだという。

ミリタリー装備は拡張性が高く、同時に様々なものがあるため、自分なりに一番いいと思える使い方こそが正解なのだ……とリラは雄弁に語ってくれた。

楽しそうだ、と思うと同時に、お手本がないと自分のような素人には難しいな、と貞夫は素直に口にする。

「そういう時は、何も考えずに好きな映画とかゲームのキャラのコスをすればいいの。デザインした人がちゃんと考えて装備をまとめているはずだからね」

なるほど、と思う。確かにその通りだとも思うし、同時にコスプレ的な楽しみもできる。

何せサバゲは顔も隠すから憧れのキャラに似ていようが似ていまいがあまり関係ないし、

装備を固めると自然と体型も隠すことができる。

ハードルは低く、ゲームとしても機能的で楽しめる……。

恐らく騙《だま》されているというか、ノせられているのだろうとわかってはいたが、リラの話を聞いているとサバゲ趣味というのは何ともお得な感じがしてきた。一つの事をやるだけでいくつもの趣味を複合的に楽しめる……のかもしれない。

話をしつつ、フィールドを見ていく。森の中のエリアはちょっとしたジャングルのような茂り方をしていて、何となくベトナム戦争の映画を彷彿《ほうふつ》とさせた。

その一方で、都市部と呼ばれていた中央エリアは……思ったより都市的ではない。地図で建物に見えていたのは、実際には雑に置かれたコンテナ群であり、中が通り抜けられるようになっているだけだ。

フィールドの中心にある二階建ての館は、鉄骨とベニヤ、そして金網で造られた建物となっており、こちらは結構本格的である。小ぶりだが、ちゃんとした建物の印象だ。始まるまでにまだ時間があるからと、菜花が館を下見しようとしていたので、貞夫も付いていってみた。仕事も遊びも下調べは大事なのだ。

館は入ってみると少々特殊な造りであると知れた。

二階部へ行くには三ルートあるようだ。東西、即《すなわ》ち自陣、敵陣の両方へと延びているスロープと、館内部の階段である。

覗《のぞ》いてみると外からは館に見えるが、中はがらんどうだった。張りぼて同然である。

一階部は天井がやや低く、床もなくて土が剝《む》き出し。二階へアクセスするための簡素な階段があるだけで他に何があるわけでもなかった。

【一階と二階で、床の隙間を通しての射撃は危険なため禁止です】

そんな貼り紙があった。確かに股下から撃たれようものなら……。恐ろしすぎる。

二階に上ってみれば、開けた中央の都市部を一望できる。だが、その先、つまりフラッグへ続く道はさすがに木々の枝葉で隠れており、見えはしない。秋になって葉が散れば、広いエリアを押さえられそうな感じである。

「いいですね、ここ。ここを押さえたら……菜花さん、大活躍できるんじゃないですか」

狙撃手のための場所……そう思えた。だが、菜花は首を傾《かし》げる。

「狙撃ポイントとしていけるかなと思ったんですが……どちらかといえば、ここはリラとかのアタッカーの方が向いてそうですね」

「そうですか？　結構、広い範囲を押さえられるように見えますけど」

「うーん、一見そうなんですけど……守りが薄いんですよ、ここ」

菜花が言うには、二階部分は四方の窓が大きい上に数が多く、狙いやすいが同時に外からも撃たれやすいのだという。そのくせして窓の下の壁部分はかなり低く、貞夫は無論、恐らくリラでさえもしゃがみ歩きで頭が出るほどの高さしかない。

撃って、隠れる。この〝隠れる〟が、この場合伏せないといけないから大変なのだという。そのくせして〝伏せ撃ち《プローンポジション》〟が出来る程には窓枠が低くない。

「立って撃って、しゃがんで隠れる、っていうぐらいが丁度いいんですけどね。……ここは少し厳しいです。ただ、それより何より……周りのコンテナ群が……」

コンテナを利用されれば比較的簡単に館の下まで来られてしまうのではないか、と彼女は不安がっていた。

上から見てみると、適当に置かれているように見えたコンテナ群は、それらの中を通り抜けられる事を考えるに、あらゆる方向からこの館へ続くトンネルのようにも見えてくる。

「下まで来られたら、もう階段部分で上下の撃ち合いになりますけど、私って、ハンドガンですし、その間は狙撃もできません。外のスロープを使われて敵に一気に走り込まれても……マズイですね」

階段と違ってスロープは単なる坂だ。それ故、脚力に自信があったり、走り込んだ際の勢いがあれば、一気に二階へ上がられてしまう可能性が高いのだという。

「ってことは……スロープを守る人と階段を守る人、最低その二人がいて、ようやく狙撃ができるって感じですか……」

「さらに窓からも撃ち込まれ続けるでしょうから……うーん。まぁ、ここからじゃなく、逆にここへ向けて狙撃するのがいいかもしれません。……行きましょうか」

籠城は膠着《こうちゃく》を生み、膠着は退屈へ繋《つな》がる。恐らくそれを防ぐため、フィールドの設計は、盛り上がるようにわざと館の防衛を甘くし、コンテナを館へ続く道に使えるように配置したのだろう、と菜花は言う。

そんな話を聞いていると、無意識に銃を握る手に力が入っているのに貞夫は気付いた。

知らぬ間に、緊張している。

そりゃそうだ、と貞夫は思う。こんな射線が通るだの、下から狙われるだの……そんな会話、これまでの人生でした事がない。

耳にするにしても漫画やアニメだが……それでこんなに手に力を入れさせることはない。何故《なぜ》なら……自分でやらないからだ。

敵がこう来たらこうする、こう来られたら不利だ……そんなやり取りなどフィクションならただの会話。……だが、今の貞夫には違う。

今の菜花との会話は、この後の自分が直接関わる戦いの作戦会議なのだ。そして失敗すれば、撃たれる。――自分が。この、本物の体が。銃で、撃たれるのだ。

所詮はオモチャの弾。だが、それは至近距離であれば空き缶を貫けるだけのパワーがあり、薄い服越しではアザにもなるし、素肌に当たれば血だって出る。

痛い思いをするかもしれない、それを考えるに……緊張するのだ。

「はーい、赤チームの皆さん、全員揃《そろ》いましたかー？」

赤チームの陣地では目立つ黄色い安全ベストを羽織り、フルフェイスのマスクを着けたスタッフが無線機を持っていた。

また彼の後ろには『西』と書かれたポールが立てられており、そこには鍵穴の付いた金属の箱が取り付けられている。

「このポールにある箱、これの中にあるブザーボタンがフラッグです。箱には鍵がかかってるんですが、その鍵自体はこのボックスから紐《ひも》で……コレですね、このぶら下がっている鍵を差し込んで、右に回すとロックが外れて、箱の蓋が開きます。蓋が開くと中にスイッチがあるので、これを押してフラッグゲットってわけです。……現場に鍵があるなら初めから開けとけーと思うかもしれませんが、これがね、結構手間取るんですよ。走ってきたり、敵と戦って興奮してたりすると思うように鍵穴に入らない、で、モタモタしている間に敵が戻ってきて、そこを……ってなわけです」

なるほど、と思わず貞夫とシノは口に出した。

「皆さん、頑張って下さい。私達が外へ出たら、拡声器で開始の合図を出しますので」

スタッフがいなくなると、貞夫達を含めた一八名の仲間達が知り合いと喋《しゃべ》りつつ、マガジンを銃に挿《さ》していく。フル武装の人間がこうも大勢揃っていると壮観であると同時に、弥《いや》が上にも緊張は増してくる。

何せ、これと同じだけの敵が自分達を目指して迫ってくるのだ。

味方にいないことを考えるに、あのマッチョなメイドでマシンガンの彼は向こうにいるはずだし……尚更《なおさら》である。

が、素人松竹梅トリオであった竹田と梅原も向こうだと思うと……逆に安心感が出る。

「えーっと……どう、しましょうか？　作戦とか……」

黒ずくめの特殊部隊の格好をした男が気を遣うように、声を出した。

あーそうですねぇー、と自衛隊と思《おぼ》しき装備をした人が頷《うなず》く。

「まぁ、最初ですし……各々の判断とかでいいのではないかと」

じゃそれで、と誰かが口に出すと、全体の会話が終わった。

「……え？　これだけ？　先輩、オレ、どうしたら……」

シノが明らかに困惑……というより、若干怯《おび》えていた。貞夫も同じ気持ちである。

てっきり指揮官らしき男がいて、指示を受けられるものと思っていたのだが……。

「サバゲって結構こんな感じだよ。たまにガチガチに作戦立てたりもするけど、だいたいはゆるゆる～」

リラがそう言って笑った。

貞夫としてはもっと軍隊っぽい感じだと思っていたのだ。

何せ、ネトゲとかでさえ『遊びでやってんじゃねぇんだよ！』とキレる人がいるぐらいである。サバゲなら尚更……と思ったのだが……。

それを伝えると菜花とリラが苦笑すると共に、話が聞こえていたらしい特殊部隊の彼もガスマスク越しに小さく笑っていた。

「初めての方ですか？　サバゲって結局は遊びなんですから。気楽に気楽に」

ふごふごとガスマスク越しに特殊部隊が笑ってくれる。表情はまったく見えないが、いい人そうだった。貞夫も笑顔で応じようとするが、それより先に拡声器によるスタッフの声がフィールドに鳴り響いた。

《みなさん準備はよろしいでしょうか!?　これよりゲームを開始します。一ゲーム一五分。開始まで残り三〇秒！》

「うわ、ヤバッ！　先輩、ど、どうします!?」

「そ、そんなの……！」

「学《まなぶ》さん、サバ夫さん、まずはマガジンを装着して、セイフティを解除しましょう」

菜花に促され、小学校の先生に従う子供のように貞夫とシノは言われた通りにするのだが……それで焦りが消えるわけではない。

特殊部隊が有名なサブマシンガン、ＭＰ５のストックを肩に引き付け、貞夫達を見る。

「初心者でしたら、最初は誰かの後ろにくっついていくといいですよ。それでプレイの仕方とか、空気とかがわかるはずですから」

「あ、ありがとうございます！」

リラが、手の平でドクロマスクをグッと顔に押しつけるようにしてズレを直すと、膝を曲げ、前傾姿勢になる。

「じゃ学君はアタッカーっぽいからアタシの後ろ。サバ夫は……元気にガンバっ！」

「えぇぇぇぇ!?」

《五、四、三、二、一……スタート!!》

その声を切っ掛けに、貞夫の周りにいた男達が地を蹴り、一斉に走り出す。

リラ達数人は短距離走のように全力で、数人はゆるいランニングのように。

そしてまた幾人かは本職じゃねぇの？　というレベルで、銃を構えたまま素早く、それでいて慎重な足取りで木々の間へと消えていった。

「えーっと……」

貞夫は周りを見渡すものの……菜花はおろか、誰も残っていなかった。

「これって、防御の人とかいた方がいい……よな」

誰も居ない以上、必然的に貞夫がその役を担うことになるのだろう。

とりあえずフラッグの前に立ってみる。無論、それで何があるというわけではない。

木漏れ日が暖かく、思い出したように吹く緩い風が心地よい。

「空気、やっぱりおいしいんだよなぁ」

左手側には密度の濃い森があり、右手側にはドラム缶が要所要所に置かれていて、弾よけの遮蔽物となるように並べられていた。

そして、フラッグのあるポールの周りだけが少し開けていて、それより後ろは背の高い草むらが茂り、さらに後ろにはフィールドの終端を示す青いネットフェンスの壁がある。

何だか、自然豊かなキャンプ場に一人で来ているみたいで、気分がいい。

インドア派だと思っていたが、案外自分にはアウトドアの趣味も合うのかもしれない……そんなことを考えているとリラ達が走り去っていった前方から、凄《すさ》まじい勢いの銃声が聞こえてくる。

当然、オモチャの銃。エアをピストンで噴き出し、0．2グラム程度の小さく軽い弾の撃ち合いのはずなのに、ズバババババと盛大な音が至る所で鳴り響き続ける。

——ヒットォ!! ——右、右抜けてる!! ——ヒットヒットヒットォ! ——スナイパーいる、この道はダ……あ、ヒットォ!!

何人もの威勢のいい声が次々に聞こえてくるが、それを聞くに、どうやら前線ははるか先。貞夫の所まではそうそう来はしないだろう。

だが、音や声を聞いていると、何だか、体が疼《うず》いてくる。

貞夫は一人、リラを真似《まね》て体を前傾にし、銃を構えてみる。少しぐらい撃ってもいいだろう。近くの木に向かってフルオートを一瞬。ババッバッ、と軽快な音を立てて、弾は真っ直《す》ぐに飛んで一〇メートルほど先の木に当たって、白いＢＢ弾が跳ねた。

「おぉ～……当たるなぁ……」

正直、楽しい。そう、これだけで割と結構……楽しい。

部屋の中で撃つと、やっぱり跳ね回った後の弾が気になって仕方なかったが、今はそんな気兼ねはいらない。しかも迷彩服で、外で……。その環境も楽しさに拍車をかけていた。

貞夫は一人、木々やドラム缶に次々に狙いを付ける、というだけの動きをして楽しんだ。

M４も、いい銃だ。貞夫個人の感覚としては、クリンコフよりも扱いやすい気がする。とはいえ、プラスチックの塊のせいもあって、軽くて扱いやすいのだが……ちょっと物足りなさを覚える。貞夫は、金属の質感が恋しかった。

もし、自分が買うなら金属類が多く使われている銃がいい。例えば……。

貞夫はそんな事を考えながら、頭の中で知っている銃を並べていく。……当然、知識的にそんなに数はないが、やっぱり気になるのは……あの銃だ。

「ん？　アレ？　遠くなったか」

何となくではあるが、銃声とたまに聞こえてくる声が遠く――つまり敵陣側へと寄っていっている気がする。

――学君、ゴーゴー！　撃ちまくって！　――ハイッ！　うぉおおあぁあッヒットォ!!

リラの声が聞こえ、その直後、勢いに乗ったまま死んだであろうシノの声が聞こえた。

《あははは、あ、失礼……残り五分です！》

拡声器にスタッフの笑い声交じりの声が響き、何とはなしにフィールド内にも笑い声が漏れたような気がした。貞夫もマスクの下で微笑《ほほえ》む。……楽しい雰囲気だった。

あと五分……。敵陣に押し込みもしている。フラッグをゲットできないまま時間が来ると引き分けらしいが、この感じなら少なくとも負けはしないだろう。

「特にすることもなかったけど……」

楽しかったな……そう貞夫が口に出そうとした。

まさに、その時だった。

誰かに後ろ肩を叩《たた》かれたような……デコピンを何発か肩に受けたような痛みに満たない、鈍い衝撃がスタタタンと、貞夫を叩く。

「あ、イタッ。……え？」

地に落ちた白いBB弾が跳ねる音がかすかに聞こえ、目でもそれを捉えた。

何が起こっているのか、理解できなかった。

何故BB弾が自分の体を叩いたのか。

しかも、フラッグを背にした状態で、ほぼ背後からのそれ。

――撃たれた。やられた。

それを理解した瞬間、貞夫の全身の毛穴が開き、冷や汗が噴き出した。

けれど、どうして？　何で？

前線ははるか先、しかも後ろから弾が来るわけが……防衛に味方が残っていた？　誤射？　あり得ない。誰もいなかった。

じゃあ……なんで、後ろから弾が来た？

「え……あ、そ、あ、そうだ……ヒッ、ヒット……！」

混乱しつつも貞夫は銃を掲げ、ヒットコール。味方に撃たれてもそうするのだ。

恐らく味方の誤射だ、そう思ってゆっくり振り返ると……誰もいない。そう見えた。

だが、フラッグの後方、フィールドと外界を分けるブルーネットの前にある幅数メートルほどの草むらから、ぬっと緑の塊が現れた。

貞夫は最初、妖怪のたぐいが出たのかと思った。

何せ、人の形をしていないように見えたのだ。しかし、そいつがフラッグ――貞夫の近くへ寄ってくるにつれて、フードを被《かぶ》っているのだと知れた。

ギリースーツというやつなのか。モサモサの草のようなものが付いた布が頭から肩、二の腕ぐらいまでを覆っていた。その下にはベストにマガジンポーチがいくつも付いて、当然のように二本の足が生えてブーツに至っている。全身緑、完全な迷彩のそいつ。

しかし、持っているやたらと長い棒のような銃だけは真っ黒だった。

プレイヤーだ。だが、後ろから現れた以上は味方だと思うのだが……腕に巻き付いているチームカラーを示すバンドは黄色。……敵だ。

彼はフラッグの前に来ると一度その長い黒い銃の先を辺りに向けて警戒した後、銃を肩紐《スリング》に任せて手を放してぶら下げ、腰に下がるホルスターからグロック《ハンドガン》を抜く。

その状態でフラッグの鍵を使ってボックスの蓋を開け、当たり前のように、物音一つ立てずにブザーを鳴らす。

ビーッという音がフィールドに響き、前線の方から「え⁉」「なんで⁉」といった声が聞こえて来る。

それで、わかった。彼は、敵陣と正面から戦わずに、その脇を抜けてもぬけの殻となった敵陣を進み、グルリと後ろへ回って貞夫を倒し……そして、フラッグへと至ったのだ。

パッと見では人だとも思えないような姿で、しかも撃たれた衝撃が来るまで貞夫に勘づかせない程に気配を殺し、音すら出さずに……。

素人の貞夫にもわかった。——格が違う、と。

緑のそいつは、ハンドガンを収め、長い銃からマガジンを抜くと、貞夫に向かってペコリと会釈して、セーフティエリアへと戻っていく。

まるで狐《きつね》につままれたように、貞夫はフラッグの前で銃を掲げ、固まったままだった。

Episode 10『勝って楽しい、負けても楽しい。それがサバゲ』

貞夫《さだお》が遅れてセーフティエリアに戻ってくると、リラとシノの二人がペットボトルの底を空へ向け、ゴクゴクと喉を鳴らしていた。

「クァ――――――――ッ!!」

シノがペットボトル一本を凄《すさ》まじい勢いで飲み干すと、怪鳥のような声を上げた。

「ヤッバイッ！　あ、先輩、コレ、ヤバイですよ！　オレ、今、最前線でしたよ!?」

ハァハァと息を切らせるシノが言うには、どうやらシノは初サバゲながら、リラと共に常に最前線に身を置き、道を切り開いていったらしい。

「結局誰も倒せなかったんですけど！　でも……でも、何て言うか、スゲー……」

よくわからないことを言うシノだが、たった一回、それも一〇分程度のゲームをしただけだというのに興奮した目、そして肌に汗を煌《きら》めかせる彼を見るに、相当凄《すご》かったようだ。

「初めてにしては学《まなぶ》君、結構やってたよ。元が機敏なんだろうね、ネズミみたいに素早く障害物に隠れるけど……射撃の瞬間も動いちゃってるから、それが落ち着けられればすぐにワンヒットぐらい取れるね」

「マジで!?　やった、次オレ、次、やりますよ！」

初陣のせいか、シノのテンションはかつて見たことがないぐらい高い。

そんな彼と共に最前線にいたであろうリラは、素早く消費した弾の補給を始めていたが、軽く汗ばむぐらいで、シノのように全力で数百メートル走った感じではなかった。

「慣れない人だと、運動量以上に緊張で疲れちゃうんですよ。やっぱり痛いぐらいの銃弾を受けるって経験、普通の人生じゃまずあり得ないですからね」

そう言う菜花《なばな》に至ってはほとんど汗もかいていないようで、銃をGスペックからM14に切り替えていた。あんまり狙撃に向いていないフィールドかも、とのこと。

「でも何で負けたんだろうね？　アタシ達《たち》結構イイ感じに押してたし、漏れもなかった気がしたんだけど」

「敵もブザーに驚いてたようだったし、ダッシュした人がいたのかも」

「あ、僕、防衛でフラッグの前にいたんですけど……」

一同の視線を受けつつ、貞夫は今し方経験した、怪談のような体験を語った。するとリラと菜花が苦笑する。

「その動きからすると、だいぶベテランの方のようですね」

「やっぱりそうですよね。僕、何も出来ずに……ホント、幽霊にやられたみたいで」

ちなみにケースバイケースではあるのですが、と菜花は前置きする。

「最後の壁としてフラッグを守るのなら、実はフラッグの前に立つのではなく、フラッグの後ろで守った方が良かったりするんですよ」

　これは、フラッグ前に来ると皆、フラッグという〝勝利〟に目が眩《くら》み、誰もがそれに夢中になりがちなのだという。そのため、フラッグの近くまで来ると大抵のプレイヤーは警戒心が薄くなり〝早く〟〝自分の手で〟〝ゲットしよう〟としてしまう――その瞬間こそが最も叩《たた》きやすいのだという。

　だが、フラッグの前に敵がいれば……気が緩む前の状態で戦闘になる。

「そのベテランはサバ夫さん以外の防衛を警戒したんでしょうね」

　だからあえてフラッグの横を抜け、後ろへ回り、完全に防衛が貞夫一人だと確信してから貞夫を叩いたのだ……ということらしい。

　リラが弾を満杯にしたマガジンをポーチに収めつつ、言う。

「特にここのフラッグって、鍵開け作業があるから、その間って完全に無防備になるしね。一人で潜入してきたんなら、尚更《なおさら》警戒するよねー」

「でもアレですね。サバ夫さん、初めてなのに防衛に回るなんて偉いですね」

　菜花が何を言っているのか意味がわからなかったが……何でも、防衛は好きな人や得意な人こそ居はするが、基本的に退屈であることが多いらしい。

　確かに勝っているのなら棒立ちで終わり、戦闘があるとしたら劣勢の時であり、しかも勝敗を左右する責任を負う可能性もある。好んでやる人は少ないらしい。

サバゲであまり作戦を立てないのも、その辺に理由があるらしかった。

軍隊などであれば階級という明確な上下関係があり、かつ、仕事として命令を受け、使命を果たす。だが、サバゲは逆なのだ。

階級を持たぬ見ず知らずの人間が集まり、全員が休日を使って、お金を払い、遊びに来ている。それなのに、見知らぬ誰かに命令を強要され、責任を負わされ、その上何もせずに棒立ちでゲームを終えるなど……なかなかに酷《ひど》い話ではある。

だからこそ、各自の判断に任せる事が多いのだという。

「サバゲは実は結構勝敗に拘《こだわ》る人は少ないんですよ。自分のチームの勝ち負けより、自分達がどんな楽しいプレイができたか、の方が重要だったりします」

「そうそう、勝ち負けに本気で拘り出すんだったら、そういう意識を全員が持ってやるんじゃないと。そうじゃない人を無理矢理巻き込んでやろうとし出したら、もうダメかな。厚顔無恥に声のデカイ奴《やつ》か権力持ってる奴が楽しいだけ。サバゲって、いい意味で〝遊び〟なんだから、楽しむことがベストで、楽しんだ人が一番の勝者だね」

なるほど、と貞夫は思う。〝遊び〟でやる分には確かに楽しいスポーツとかでも、本気で勝ち負けに拘り出すと途端に〝楽しくない要素〟がウェイトを増す。

無論、そこに夢とか国の期待とか、お金が懸かっているとかならわかるのだが……レジャーとしてやるのと、世界大会を目指してやるのとでは意味が違う。

勝って楽しい、負けても楽しい……それこそが、最高だ。

「だから自然と防衛に回る人って少なくて。でも、午後になれば疲れてきて動きたくないからと、そっちに回る人も多いんですけどね」

《そろそろ次のゲームに入りたいと思います。休憩する人以外は、フィールドインをお願いします。マスク、ゴーグルをお忘れなく》

行きましょう、という菜花の声に促され、貞夫達は今一度銃を手にしてフィールドへと足を踏み入れていった。

敵陣と自陣の位置が入れ替わるようだ。黄チームは西へ、貞夫達赤チームは東へ。

「先輩、次は先輩も前に出ましょう。最前線はマジで熱いですよ」

「学君の言う通り、その方がいいね。チェリーボーイはいろんなことを試した方がいい。あ、お姉ちゃんも一緒にやろうよ。M14にしたんだし、中距離狙撃でさぁ――」

リラはアレコレ提案するものの、菜花はあまりノリ気ではないようだ。

「まずアタシと学君、サバ夫で中央の館の二階まで全力ダッシュ。そんで、階段とスロープを上から押さえて、後から来たお姉ちゃんが狙撃……どう!?」

「いいけど……多分、地獄になるよ？　いいの、リラ？」

リラはマスク越しに「当然！」と笑ったようだったが、サラッと出て来た〝地獄〟という言葉に、貞夫とシノは一瞬足が止まった。

『東』と書かれたポールの周辺は、西とは少し様相が違うようだ。西側は草木に囲まれていたが、東側はもう少し開けており、廃車が障害物のように、幾台か並び置かれていた。

全員がポールに集まって来ると自然と、先程のゲームは何だったのか？　という事で、雑談が始まる。そこで目撃者たる貞夫が話をすると、おぉ……っという感嘆の声が漏れる。

その中で、自衛隊がボソッと漏らした声に全員の視線が集まった。

「ジラフさんだな。……あぁ、あのスネークフード着けてる人ですよね。半分だけのギリースーツみたいなやつ。……そう、あの人はヤバイですよ」

自衛隊曰《いわ》く、たまに一人で定例会に現れては驚異のフラッグゲット率を誇る人らしい。隠密《おんみつ》行動が凄まじく、また、その人が使用する得物からして今時珍しい物なのだという。

「スタンダードのＡＵＧ使いですけど、最近ではあまり見かけなくなった超長いサイレンサーを付けた『ファントムカスタム』で、内部も相当イジって高レベルな消音を実現しています。……横にいないとまず発射音が聞き取れないレベルで、多分初速すら犠牲にしてるんじゃないのかって噂《うわさ》でしたね」

貞夫がスナイパーライフルだと思ったそれは、単に長いサイレンサーだったようだ。

「ジラフさんって、妙な名前だよね。ネットとかで有名人とか？」

リラの疑問に、自衛隊は首を振った。

「単に俺と一緒にいた奴らがそう名付けただけですよ。ゲーム中は本当に〝幽霊《ファントム》〟みたいに消えますけど、それ以外じゃ結構目立つっていうか……あ、ジラフって名前、あの人、ベストにキリンのパッチを付けているんですよ。かわいくて派手なパッチを付けているため、それが印象に残ってキリンの英語読みであるジラフがあだ名になったのだという。

隠密に特化しておきながら、かわいいの」

サバゲは普通自己紹介をほぼせず、敵チームともなれば言葉を交わすこともあまりない。だからこそ作戦を立てたり、雑談の際などにはそのプレイヤーの装備や格好など、誰もがその人だと連想できる特徴的な所に着目して勝手に名を付けることが多いのだという。

実際、貞夫の中で比較的自分達を気に掛けてくれる二人を特殊部隊、自衛隊と呼んでいるのも、自然な流れだったのだろう。

では貞夫とシノは何と呼ばれているのか、少し気になる。初心者一号二号辺りだろうか。

「ん？　あれ？　かわいいキリンのパッチ……？」

ふと、貞夫は自分の仕事鞄《かばん》に取り付けているキーホルダーを思い出した。どこぞのグッズショップが作った女子向けのそれではあったが……ひょっとして彼《ジラフ》も？

《それでは次のゲームを開始します！》

――ヤバイ、まだ何も作戦が！　――どうしましょうか。――アタシ達、真ん中の館を押さえます。――あ、じゃ僕もお供します。――俺らちょっとフラッグ守りますね。そのジラフって人、見てみたいんで。――では、他の皆さんは……よしなに。――北側かなぁ。

全員が早口で喋《しゃべ》り、作戦会議とも言えない会話が一段落つくと同時に、スタートの声。

リラがロケットのように飛び出し、シノがそれに続く。貞夫はその後だ。

木々の下、草の間。アスファルトやグラウンドと違い、整備されていないそこは集中していないとすっころんでしまいそうだ。

軽いはずのプラスチックの銃が激しく揺れ、やたらと重い。

フルフェイスマスクの中で吐いた息を再び吸い、それを吐く。隙間だらけでスカスカだと思っていたマスクなのに、すぐに息が苦しくなる。

リラとシノ、二人から離れまいと貞夫はしがみつくように走る。

折れた枝を踏み付け、転がる石を蹴飛ばし、足を前へ。

全身が熱くなっていく。

まだ、銃声は一つとして聞こえない。

「行くよ！　階段押さえて！」

リラは足を緩めるどころか、加速するようにして館の二階へ続くスロープを一気に駆け登る。シノと貞夫もやや速度を落としつつもスロープを一気に登った。

二階。リラは走り込んだ勢いをそのままにスライディング、敵側に続くスロープ前へと滑り込む。彼女が銃を構えるとほぼ同時に敵側スロープから迷彩服の男が駆け登ってきた。

迷彩服はリラの後ろにいた貞夫を見て、その手にしていたハンドガンを向けようとするのだが、彼の足下にはすでにリラがいるのだ。

リラのハイサイクルが吠《ほ》え、ズババッと数発弾着。迷彩服の下っ腹に弾が叩き込まれ、彼は呻《うめ》きと共にヒットコール。その場で膝を突く。

リラが一番槍《いちばんやり》を決めた。その彼女は動きを止めずに、迷彩服の脇で膝立ちになり、敵側スロープへと撃ちまくった。恐らく後続者がいたのだ。次々にヒットコールが聞こえる。

スロープを全力疾走で登っている最中は、銃など構えている余裕はないから一方的だ。

「先輩、下、下来てますって！」

シノは二階内部の階段の上に陣取り、下に向かって撃ちまくっていた。

床板の隙間を見ると、貞夫達と同じレンタル迷彩服の男が二人――竹田と梅原が館に入り込んでいる。

シノの銃撃によって竹田達の二階への侵入は足止めできたが、銃撃が早過ぎたのか、仕留められずに逃げられ、彼らは角度的にシノからは狙えない位置へと避難していた。

ヒットこそ取れなかったが、これでとりあえず館の二階は押さえられ――。

「あ、ヤバッ!?　弾切れだ！　リ、リロードします!!」

そんな慌てふためくシノの大声が聞こえたのは貞夫だけではない。

ここぞとばかりに、階下の竹田と梅原、一気に階段を駆け上らんとする。

だが、自分がいる。貞夫は階段横手で、アバウトに銃を構え、階段降り口に照準を合わせる。

ここまで走ってきたせいか、貞夫の心臓は信じられないぐらいに高鳴り、息が乱れていた。苦しい。

銃口がよっぱらいの足並みのようにフラついて、定まらない。先程は一〇メートルほど先にあった木に簡単に当てられたのに、今は……どうだ？　いけるのか。ダメっぽい。

貞夫は割り切った。うつ伏せになり、肘を立てて銃を構える。これで震えは減る。

——来た。竹田が上って来た。シノはリロードのために階段上から少し下がってマガジンを抜いていた。上って来た竹田にとっては理想的な的《マト》でしかない。

彼らの気持ちが手に取るにように貞夫にはわかる。

恐らく彼らも先程の銃を借りる際の仕草からして初心者だ。初ヒットを取りたいはずだ。だからこそ、彼には横合いで伏せて構えている貞夫が見えていない。

初ヒット、その甘美な栄光に完全に心奪われている。

——取った。

その確信と共に、貞夫はトリガーを引く。……が、トリガーがその途中で引っかかる。

ハッとした。……セイフティを、外していない。

ゲーム開始前に雑談に気を取られ、いきなり始まったので……忘れていた。

——心奪われていたのは、自分もか!?

貞夫はマスクの下で目を見開く。シノは無理だ。慌てたせいか、腰を抜かしたように尻餅をついている上、マガジンのリロードも間に合わない。リラもスロープ上から下に向かって撃ち続けるのに忙しく、背後の状況を把握できていない。

自分が、どうにかするしかない。だが、間に合うのか。セイフティの解除……慣れた人なら見もせずに、当たり前の行動としてそれが出来るのだろう。

しかし、貞夫は初心者だった。初めて触った銃だった。

セイフティの位置は何とはなしにしかわからない。グリップを握る右手の親指を伸ばせば、どこかにあるはず。

焦る。焦りながら、何とか親指を伸ばす。ない。どこだ？　手元を見た方が速いのか。しかしそんな時間があるのか。――あらゆる思考が貞夫の脳内を錯綜《さくそう》する。

そうしている間にも階段を上り来る竹田。彼は手にしているＭ４をまるでハンドガンか何かのように片手で持って、シノへ突き出す。

――ダメだ、間に合わなッ――。

パシパシッ。そんな軽やかな銃声が、貞夫の背後から聞こえた。

その音の直後、ＢＢ弾が一直線に竹田の剥《む》き出しの側頭部に吸い込まれていく。

「痛《イ》ッつぁ!?」

竹田がその痛みに首を曲げて、バランスを崩す。右の片手持ちをしていたＭ４は暴発するようにフルオートで盛大に弾を吐き出すも、それはシノのすぐ横に着弾し、そのまま舐《な》めるように天井へと奔《はし》った。

竹田が二階部へ上ると同時に転倒。その後ろについて来ていた梅原はヤバイと思ったのがマスク越しにもわかるほど表情に出ていたが、全力で上って来たために止まれずに、階段を上り来る。貞夫の方に銃を向けようとするも、それが終わるより先に、また、貞夫の背後でパシパシパシッと音。梅原の胸に三発の着弾で、彼は仰《の》け反った。

「「ヒッ、ヒットぉ!!」」

二人ほぼ同時のヒットコール。それと共に、長い髪を揺らし、そして長い銃を構えたままその人は——菜花は二階部へと足を踏み入れてきたのだった。

全ては一瞬。恐らくリラが二階部へ飛び込んでから五秒に満たない。

その間に行われた、濃密な攻防。

しかも驚くべきは貞夫のミスとシノのピンチを救った菜花だ。彼女は……スロープを走り登りながら、長く重い銃を構え、的確に二人の男を倒してみせたのだ。

いつだったか、大野《おおの》工房《こうぼう》で平岡《ひらおか》が放った言葉を貞夫は思い出す。

——ナバちゃんはおれより上さ。本気のナバちゃんはバケモノだよ。

その意味が、今なら貞夫にも、わかる。

経験などなくても、知識など空っぽでも……関係ない。はっきりとわかった。

この人は、強い。

「誰かチェンジ！　弾切れる!!」

リラの声で、貞夫は現実に引き戻される。

そう、戦いは五秒だけで終わらない。まだまだ続く、現実だ。

膝立ちだったリラが後ろに倒れるようにして、そのまま後転して敵スロープから距離を取ると同時にＰ90のマガジンを抜く。

竹田と梅原が撤収していくのを横目にしつつ、貞夫はようやくＭ４のセイフティを解除。リラと代わってスロープ下に向かって銃を向けるが、手を上げている人がいるだけ。

生きている敵がいない。そう結論を出しかけるも、やや離れた場所から銃声が聞こえた。ん？　とそちらを見やれば、白い弾が群れをなして飛来するのが見えた。

「うぉおぉ!?」

貞夫は転倒するようにして、伏せて弾を躱《かわ》す。それらの弾は二階内部の壁に当たってパチパチパチと音を立てた。

伏せつつも顔を上げると、並ぶコンテナの陰から体を半分ほど出してこちらを狙うプレイヤーが……少なくとも三人。貞夫の中に絶望感のようなものが一気に溢《あふ》れた。

これは、無理だ。そう思っていると、貞夫の脇で誰かが膝を突く。いつの間にか現れた特殊部隊の彼が、ＭＰ５《サブマシンガン》を見事に敵へ素早く点射していく。

「もうちょい下がった方がいいですよ！　転がって！」

貞夫は言われるがままに地面をゴロリと転がって、敵側スロープから距離を取る。特殊部隊も、膝立ちのまま後方へ下がる。

――館二階、押さえられた！　――展開した方がいいかも！　――囲みますか!?

敵の声が聞こえてくる。あからさまに自分達のことを言っている。

そのことに震えそうな程の怖さを覚えると共に、何だか……興奮する。

自分達が槍玉《やりだま》に挙げられている。自分達を倒さんとしている敵がいる。……それは、こんなにも腹の底を擽《くすぐ》るのか。

「このままここを死守すれば敵の足は大きくブレーキをかけたことになる！　その間に他の味方がうまくやるはず、いけますよ！」

特殊部隊がそう興奮気味に声を上げるものの、それと前後して二階部に飛び込んで来る弾数《たまかず》が明らかに増え始めていた。

伏せていれば当たらない。だが、伏せているだけでは攻められない。

また今スロープから決死隊に突入されたら……。

様々な状況が貞夫の頭に浮かぶが、それらに対抗するためのアイディアが浮かばない。

シノは階段を守るのに徹し、膝立ちでリラと菜花は館を取り囲もうとする敵へ銃撃を加え続ける。特殊部隊はスロープを押さえているが、彼もノーマルマガジン派なのか、頻繁にリロードするので、その時だけ貞夫がしゃがみ歩きで前に行き、威嚇射撃を繰り返した。

「あ……ジラフさん！」

その声に、二階部の全員が菜花の顔を見た。彼女は南側を窓から見ている。

「チラっと今、木々の間から様子を見るみたいに、シルエットが……すでに中央部を抜けられています！　ダメです、この距離は届かない！」

貞夫達の赤チームは防衛組四人と館組五人、そして〝よしなに〟で動いた結果、他の九人は北側で戦っていた。最初に館の奪い合いでリラと菜花が一気に敵を倒したこともあり、北側はゆっくりと、しかしグイグイと力押しで敵陣へと押し進んでいた。

つまり、赤チームは押してはいる。押してはいるが……フラッグ奪取率が異常とされたジラフは野放しで、手薄な南側を抜けているのだ。

これを優勢と見るのか、劣勢と見るのか。貞夫にはわからなかった。

「無線使います、眼鏡さん、スロープお願いします！」

特殊部隊が自分に言っているのだと一拍置いてからわかった。眼鏡は自分だけだ。

特殊部隊と場所を替わり、スロープ下へ向かって銃を向け、挑発するように時折体をチラ見せしてくる敵に向かって散発的な射撃を繰り返す。

「聞こえますか、聞こえますか。……はいッ、今ジラフさんが南側から侵攻中のようです。防衛陣は注意して下さい。ジラフさん、南側から……」

後ろからそんな特殊部隊の声。無線機というのは便利そうだった。

だが、そんな貞夫の感想は、遠方に現れた人影を見た瞬間にぶっ飛んだ。

厳《いか》ついメイド服の男が、M60《マシンガン》を構えながらこちらに向かってくるのだ。

「メイドマシンガン!?」

貞夫の言葉が合図であったかのように、マシンガンの猛烈な連射が始まる、と同時に、消極的だった敵達もまた一斉に射撃を開始。

貞夫は爆撃から逃げるように、後方へジャンプするようにして伏せる。それで全員が事態を察したように、身を投げ、床に抱きついた。

その直後に来る、硝煙弾雨。それも信じられない程の豪雨。外から二階部へ撃ち込まれまくる猛烈な量のＢＢ弾。天井や壁に当たって一発一発がバチバチバチバチバチッと痛そうな音を立てて、伏せた貞夫達の上に降り注いでいく。

跳弾がノーカウントでなければ、何百回死ぬかわかったものではない。

「これはヤバイね!?　こんな火力のごり押し、久々！」

リラの嬉々《きき》とした声が銃声の間に聞こえたが、誰も応じる余裕はなかった。

——今だ、行けぇ!!

野太い声。見なくともわかった。メイドマシンガンからの声だ。

そして、それが〝行け〟と言った、その意味……。

伏せた状態の貞夫は目を見開くと同時に、その場にいる全員が顔を見合わせた。

「来るぞ!?」

特殊部隊が声を上げづつ、銃を外へ向けて撃とうと膝立ちになった瞬間、そのボディに猛烈な銃撃が叩き込まれ、悲鳴が上がる。

文字通りに彼は仰け反り、ぶっ倒れた。呻くようなヒットコール。

スロープを全力で駆け登って来る、小柄な男。手にはＡＫ。

「ふんッ！」

リラが伏せていた体を転がして仰向けになり、その体勢のまま、腹の上でＰ90を連射。

ＡＫ使いを薙《な》ぎ払った。

「下だ！　下、来てる!!」

シノが悲鳴のように声を上げて、階段下へ撃ちまくるが……彼のクリンコフはあっという間に弾切れを起こす。

「先輩！　弾切れッ、敵が……え!?　アレッ!?」

撃たれたのか。そう思ったが、シノは驚いた様子のまま、階下を見ていた。

貞夫もまた敵を確認しようと床の隙間から階下を見て……そして、度肝を抜かれた。

一階部に入り込んだ敵二人、彼らは一階部を全力疾走で抜けて行ったのだ。

「僕らをスルーするのか!?」

そのままフラッグに向かわれればどうなるか、素人にだってわかる。ジラフ一人でさえ脅威なのに、そこに別方向から二人が突っ込もうものなら防衛組は一溜《ひとた》まりもないだろう。

「まだっ!!」

菜花だ。彼女はM14を床に捨てると、自陣側スロープへ素早く匍匐《ほふく》前進。レッグホルスターからハンドガン――グロック34を伏せたまま抜き、即座にバキャバキャと速射。コンテナの中に飛び込もうとした二人の敵、その背を叩く。

勢い止まらずコンテナ内に走り込んだ二人から、くぐもったヒットコール。

「凄い……凄いですよ、菜花さん！」

貞夫が言うと、彼女はニッコリと笑う。

「ありがとうございます。でも、コレ、ダメですね。ここで釘付《くぎづ》けにされちゃいました」

「凄いね、あのメイドマシンガン。こんなぶっ通しで連射って、スイッチかモーターが焼けちゃうって。……アレ？」

リラが仰向けのまま手の平を広げ、指を折っていく。

「アタシらって、今三人倒したよね？　その前にアタシが三人、お姉ちゃんが二人……んでメイドマシンガンがいて、ジラフがフラッグ狙ってて……で、それで計一〇人」

菜花はチラッと一瞬だけ北側の、結果的に赤チームの主力となった一団を見やる。貞夫も確認すると、全員が見えるわけではないにせよ、優勢な印象であった。

「北側で味方が何人かと戦って手間取ってるわけでしょ。ってことは……もしかして……このド真ん中の道……フラッグまで抜けられるんじゃない？」

貞夫とシノは彼女が何を言っているのかわからず、天井から跳ね返って降り注ぐ大量のＢＢ弾をただ見上げるばかりだった。

Episode 11 『フラッグを獲る時は、落ち着いて、確実に』

「もちろんメイドマシンガンがいるけど……あの人一人じゃないのって、話」

リラの言葉で、貞夫《さだお》もようやく理解はした。先程からかなりの人数を倒してはいる。それを考えて計算すると……確かに、今、このフィールドの中心部にいる敵はメイドマシンガン一人だけという可能性は十分に考えられる。

「こっちは初心者のサバ夫と学《まなぶ》君を含めて四人、敵は一人。高低差も考えれば確実に有利だよね。向こうが攻めずに、ひたすら撃ちまくってこっちを抑え込もうとしているってのも、それの証明にならない？　足止めとラッキーヒット狙いでさ」

「あれだけ派手なタイプの人が落ちると敵も気付く。良くも悪くも北側で防戦している敵残党は確実にこちらを意識する。それは、リラ、わかってる？」

「わかってるよ、お姉ちゃん。その上で言ってる」

「あの、どういう……事ですか？」

貞夫がたまらず、訊《き》いた。リラが応じる。

「作戦はこう。多少の犠牲を覚悟で、メイドマシンガンをアタシらで落とすわけ。その直後、生き残った人間が全力ダッシュでフラッグまで行く」

「物理的に考えてもこちらの銃口は四、向こうは一で有利です。タイミング合わせて全員で仕掛ければ、うまくいけば一人、最悪でも二人を犠牲にして彼を道連れにできます」

頭上から降り注ぐ大量のＢＢ弾の下で、貞夫とシノは生唾を飲んだ。

現在、ジラフがすでにフラッグを間合いに収めている可能性は十分にある。

特殊部隊が無線で警告したが、それで対処できていると考えるのは楽観的と言えたし、北側で戦う赤チーム主力がフラッグまで押し込むというのも淡い希望だ。

仮にそれが出来るのだとしても……やはりジラフが気になった。

彼が先にフラッグをゲットする可能性が否が応でも頭を過《よ》ぎる。

「……やるか、シノ！」

「や、やりますか、先輩！」

よしッ！　と、リラが声を出すと、まるであらかじめ決まっていたかのように、貞夫達《たち》四人は伏せたまま、館の二階内部で横一列に拡《ひろ》がった。

菜花《なばな》、シノ、リラがマガジンを交換し、各自セレクターをフルオートへ。

「準備OK!?　それじゃ……三、二、一ッ今ッ！」

リラの声に合わせ、四人が一斉に立ち上がる。心臓が破裂しそうな程高鳴り、皮膚からは汗が溢《あふ》れるのを感じながら、貞夫は銃を構えた。

狙いを付けるより先にトリガーを引く。震えそうになる歯を喰《く》い縛り、M4から飛び出すBB弾を叩《たた》き付ける先――メイドマシンガンを撃ちながら探す。

いた……が、遠い!?　遮蔽物に体の七割方を隠しての、四〇メートル強。

それは一般的な電動ガンの射程ギリギリだ。しかし高低差がある。貞夫達の銃でも十分に届くかとも思われたが、狙った所と着弾位置のズレが大きい。

弾は彼の近くで曲線を描いて地面に吸い込まれていく。他のみんなも同じようなもの。

だが、そんな中で菜花の弾だけは違った。M60《マシンガン》から吐き出される大量の弾に逆らうように真っ直《す》ぐに飛び行《ゆ》き、メイドの額を……撃ち抜いたのだ。

野太い怒声のようなヒットコール――と、同時に菜花の体を大量のBB弾が襲い、甲高い悲鳴のようなヒットコール。

菜花さん！　そう貞夫は声を上げかけるが、その声をリラが打ち消す。

「GOォ――――――――――――――――!!」

メイドマシンガンを倒したら、即座にフラッグまで走る。そういう作戦だった。

貞夫は言葉を呑《の》み込み、走った。リラが先を行き、貞夫が続き、シノが最後に就く。急なスロープを飛ぶようにして駆け降り、そのまま地を蹴り、前へ、前へ、前へ。

敵が待ち構えていたら三人共いとも容易《たやす》くやられてしまう……そんな全力疾走。

距離は大した事はないはずだ。せいぜい一〇〇メートル程度。だが足場は悪く、何より今し方の戦いで心臓が弾《はじ》け飛びそうだった。苦しい、辛《つら》い……だが、走る。

かすかに聞こえてくる味方主力と敵の撃ち合いを無視し、ただひたすらに走りに走る。

――メイドさんが落ちたぞぉぉ!?

敵のそんな声が横手で上がるも、その声はすぐに後方になっていく。

フラッグ、見えてきた。敵は、いない。

雄叫《おたけ》びを上げたい衝動を堪《こら》えつつ、貞夫は空気を吸って、吐いて、なおも走りに走る。

営業で培った足腰の全てを今、絞り出すかのようにして、足を前へ。

こけそうになっても、銃が邪魔で捨てたくなっても、前へ。

そしてついに、リラがフラッグに手を伸ばしかけるも、その手を引っ込めてP90を握り直し、スライディングする。――発砲。

ポールの後ろの草むらに、一人だけ敵がいたのだ。

彼が構えたショットガンがリラのマスクを捉え、パチンッと甲高い音を立てるも、同時にショットガンナーの腹部にリラの放った弾丸が突き刺さった。

二人は仰向けに脱力し、同時にヒットコール。

残されたのはシノと貞夫……だけ。

「先輩、お願いしますッ!!」

心臓が弾け飛びそうだった。だが、同時に頭の中でドバドバと音を立てて脳内麻薬が噴き出しているのを感じる。

生まれてから一度とて味わったことのない状況。

興奮で頭が破裂し、手足が千切れ飛ぶような、そんな感覚。

苦しみの中にとんでもない濃度の楽しさと興奮が溢れている。

シノはフラッグに背を向け、守るように銃を構える。

貞夫は銃を地面に置き、フラッグボックスに飛び付いた。

鍵、ない。どこだ？　あった。紐《ひも》で当たり前にぶら下がっている。

それをつかみ、鍵穴に差し込もうとするのだが……入らない。カチカチと金属音が鳴るだけ。どうして？　鍵が違うのか？　そうじゃない。手が震えて穴に入らないのだ。

「先輩早く!!」

「やってる!!」

「早くしないと敵が、敵……敵だぁ!?」

振り返ると、小型のサブマシンガン——コンパクト電動ガンのスコーピオンを手にした、

ランニングシャツ一枚の恐ろしく軽装な男が迫り来ていた。腕には、黄色マーカー。敵。

「うわっやられかけてる!?　やっぱ抜かれてたのか!?」

ランニングシャツは貞夫に銃口を向け、そのトリガーを引きかける。しかしそれより先に、聞き覚えのある銃声と駆動音が聞こえた。クリンコフ。シノだ。

シノの銃がランニングシャツの素肌を叩き、呻《うめ》きを上げさせた。ヒットコール。

「やっ!?　……やったぁ!?　獲《と》った！　初ヒット獲った!?　先輩!!」

一緒に喜んでやりたいところだったが、それよりフラッグであり、まず鍵だ。

貞夫は軍手を脱ぎ捨て、素手で鍵を持ち、鍵穴に突き挿《さ》し、右に回して解錠。箱を開ける。赤いブザーボタン。

「僕達の勝ちだ!!」

大きなボタンを貞夫は万感の気持ちで押し込む。

――ブ――――ブ――――――!

押した。ブザーは、鳴った。だが……!

《ゲーム終了！　ほぼ同時に二つのブザーが鳴りました！　わずか、ほんのわずかですが……東側からのブザーが早かったようです！　ですので、勝利は黄色チームです！》

フィールド内外から歓声が聞こえてくる。

貞夫とシノはその場に力なく膝、そして手を突いた。

悔しい、というより何より……ドッととんでもない勢いで疲労が来たのだ。

酸素が欲しいのに横隔膜と肺が慌て過ぎて空気を吸えず、咳《せ》き込み、そして喉が痛くなり、唾を飲もうとするも、その間は空気が吸えなくて、また咳き込み、苦しくなる。

「お疲れサバ夫、学君。今のは……ちょっと、惜しかったね」

苦笑するリラにシノと貞夫の銃を持ってもらい、男二人は互いの体に寄り掛かり合いながら、セーフティエリアへ戻る。マスクを投げ捨てるようにして外した。

「お帰りなさい。あ、限界みたいですね」

先に戻っていた菜花の言葉にすら、今の貞夫とシノは応じられなかった。

椅子に座った瞬間、汗がドバッと溢れ出て、衣服を湿らせた。水を浴びたかのようなそれは、髪先から雫《しずく》を垂らすほどだ。

「ほいよ、サバ夫、学君、飲んで飲んで。水分とミネラル補給は大事だから。……あ、奢《おご》りじゃないからね」

リラがペットボトルの麦茶を買って来てくれた。冷たい手触りが、心地いい。

力任せにキャップを剝ぎ取り、口へ。滑り込む冷たい液体。暴力的なそれにまた咳き込みそうになる。だが、そんな体の反応を貞夫は無視した。飲む。ペットボトルを握り潰しながら、少しでも早く体内へと送り込む。一瞬で半分以上を飲み干し、口から外す。

「「あぁ――――――――――――ッ！」」

ビールでもなかなかやらないような、感嘆の声を上げ……また盛大に咳き込んだ。
でも、最高のうまさだった。
貞夫は椅子の背もたれに体重を預け、激しく乱れた呼吸のまま天を仰ぐ。
勝った負けたという以上にとんでもない体験をした、そんな気がする。
漫画やアニメの主人公でさえ、こんな展開はない。
クールでもなく、ハードボイルドでもない、何より……勝ってない。
でも、だが、けれど……それでも！
死に物狂いの果てに、知らない世界の知らない何かをやったのだ。そんな気がした。
曇り止めを塗ったはずの眼鏡が、白く濁っている。全身から湯気が上がっていた。
「……あぁ、すっげぇ……」
眼鏡を外して見上げた空は、青く、どこまでも広かった。

Episode 12『昼はカレーがスタンダード』

先程の紙一重で負けたゲームで、全エネルギーを使い果たしたと思っていたのだが……
ゲームが始まるとそれまでどれだけヘトヘトでも走れてしまう自分がいるのを、貞夫《さだお》は不思議に思っていた。

あれからすでに三ゲームを経たが、全部ちゃんと走れていた。

恐らく、動かないとやられる、という感覚が背中を押しているのだろう。

フィールド中央付近、コンテナ群の端っこにある遮蔽物の板に背を預けてしゃがみ、乱れている呼吸を落ち着けようと貞夫は必死だった。

シノは流れ弾に当たり、リラは単独で突っ込んでいった結果……貞夫は現在孤立している。他の味方も見えはするが、互いに援護できる距離にはない。はるか遠くだ。

しかし……敵は少なくとも二人、貞夫の背を預ける板の向こう、二〇メートル程の所で同じように板に張り付いているのを確認している。

遠いようにも、近いようにも感じる距離だった。

これがフィクションで、自分が格好いい主人公なら、素早く飛び出し、宙を舞いながらの華麗な銃捌《さば》きで、あっという間に二人を倒してみせるのだろう。

だが、これは現実だし、自分はしがないリフォーム会社の営業マンなのだ。これまで五ゲームを経験したが、未《いま》だ一人も倒せておらず、ゲーム終了時まで生き残っていたのも、あの全力ダッシュでフラッグまで走った時だけで、それ以外は何だかんだと死んでいた。

それでわかったのだが、電動ガンの弾は……結構、痛い。ジラフに撃たれた時は肩だったせいか、それとも驚き過ぎたのか痛みらしい痛みは感じなかったが、他の時はかなり……痛かった。思わず「あガッ!?」という声を上げてしまう。

細い鞭《むち》で打たれたような、皮膚表面にキツイ痛みが来るのだ。……しかも、確実に数発来るので、その痛みは連続する。

その経験が、貞夫を板の陰に引きとめていた。

当然だが、誰だって痛いのは嫌である。それがそこそこのレベルとなると躊躇《ためら》いが生まれないわけがない。

もし先にこの痛みを経験していたら……あのリラの〝四人の一斉攻撃なら、誰かは生き残るはず〟という無謀な作戦に二つ返事で応じられていたかどうか……。

撃たれるかもしれない。そう思うと、怖い。大の大人が、オモチャの銃で、レジャー中に……恐怖を感じる。おかしな話ではあるが、それが今貞夫を包む現実だった。

今、板の陰から飛び出せば……運が良ければ一人ぐらいどうにかなる可能性もある。

だが、確実に死ぬ。撃たれる。痛いだろう。

ただそれより何より、後ろに味方がいない状態で自分が死ねば、この道を敵は進撃していくことになる。何気にフラッグにも近い位置……赤チームが負けるかどうか、その責任を今自分が負っている可能性は十分にある。

それらを考えるに、ここで後五分ほどを粘り続けるのも立派な仕事と言えるのではないだろうか。しかし、それは痛みを恐れるがあまりの〝逃げ〟ではないのか、とも思う。

　貞夫は板の横から一瞬顔を覗《のぞ》かせる。二〇メートル先の板の左右から人影が半身と銃を出して、貞夫を狙っていた。発射音。貞夫は即座に身を隠してその弾が板を叩《たた》く音を聞く。実銃と違って、やはりオモチャなのだ。BB弾は高速ではあるが、音よりははるかに遅い。二〇メートルも距離があれば、発射音を聞いてから身を引くだけで十分躱《かわ》せる。だからこそ、今、膠着《こうちゃく》していた。相手の虚を衝《つ》いたとしても、発射音を聞いてから躱《かわ》せるので、なかなか決まらない。

「でも、このまま壁に隠れているだけってのも……なっ」

　また貞夫はチラリと顔を出す。撃たれて、隠れ、パチパチという板を叩く音を聞く。何かしたいとは思うが、どうしたらいいのかは思いつかない。

「……ん？　何か、やたら撃ってくるな」

　先程顔を出してからずっと、パチパチパチパチとセミオートでの速射が続いていた。向こうも痺《しび》れを切らしてきたのか。

　多分そうだ。何だかそのシンクロが貞夫には少しおかしく、思わず笑みが漏れ——。

「……あ」

　しゃがむ貞夫のすぐ横に、敵が立っていた。貞夫のレンタルのM４とは違う、もう少し大きく、金属の重厚感のあるやたらと格好いいM４が……貞夫の胸に狙いを付けていた。銃口がスッと動き、貞夫のトレッキングシューズにタタンと二発。痛みもない。

「ひ、ひっとぉ～……」

その弱々しい声が上がると共に、その格好いいＭ４使いは銃を構え、まるで映画かゲームのそれのように、美しさすら醸しだしながら前進していく。貞夫に威嚇射撃を繰り返していた男も、同様のスタイルでＭ４使いの後を追っていった。

一言も発さず、決められた動きのように的確に、敵である貞夫への気遣いすら見せて……去って行く。

「かっこいいな、アレ……」

立ち上がり、彼らが消え去った方向を見つつセーフティエリアへ戻っていると、黄チームの勝利を示すブザー音が聞こえてきた。

●

「サプレッションですね。例えば一人が連続して撃ち続け、敵が障害物から銃や顔を出せないようにしておいて、その間に仲間が前へ進んだり、または逆に逃げたりする……というテクニックです。要は敵の動きを抑え込むチーム行動です」

セーフティエリアで今し方の経験を話すと、そんなふうに菜花《なばな》が解説してくれた。

「チームワークってやつですか」

「そうそう、エアガンって実銃と違ってそんなに派手な音するわけでもないんだけど、不思議と近くでパチパチ着弾するだけで結構ビビっちゃうんだよねー」

リラが顔をタオルで拭きつつ、そんな事を言った。

《ご飯が炊きあがりましたので、これよりお昼休憩に入ります。カレーを購入した方は、受付前までお越し下さい。ゲーム再開は一時間後の午後一時半からを予定しています》

スタッフの声に、セーフティエリア内のプレイヤー達《たち》一同が一息吐《つ》いた。

「あっつー」

そんな声と共にリラはストールとニット帽を剝ぎ取ると、プレートキャリアーも素早く脱ぎ捨てた。菜花はストールと腰に巻いていたマガジンホルダー付きのベルトを外すだけ。

「サバ夫達も汗かいたよね。休んでると冷えてくるから、中のシャツとか替えておくといいよ。そんじゃ、舞白《ましろ》リラ、カレー行ってきまーす」

リラに続き菜花もカレーに向かったので、その隙を突くようにして貞夫は迷彩の上着を脱ぎ、シャツを交換する。いくら男とはいえ、若い女性が二人もいる中で貧弱な自分の体を晒《さら》すのは抵抗があったので……今まさにこの瞬間しかないと、大慌てである。

「いやぁ先輩、これ楽しいんですけど……結構キツいですね。汗凄《すご》いですよ、ホント」

確かに脱いだシャツは絞ったらボタボタと簡単に雫《しずく》が垂れる程に汗で濡《ぬ》れ濡れである。

貞夫はすぐさまゴミ袋を取り出し、その中に濡れたシャツを封印した。

上着は椅子に引っ掻《か》け、貞夫達もまたカレーの引換券を握りしめて、受付前の列に並ぶ。

バラバラとはいえ、戦闘服の人間が大勢並ぶと、何かの配給みたいで非日常感が凄い。

カレーは受け取ってみると、なかなかに盛りが良かった。オニオンフライと福神漬けが取り放題だったので、シノと共に多めにかけ、自分達の席に戻る。

「折角だから屋根のない席で食べようよ。この辺、散らかってるしね」

そんなリラの提案もあり、通りかかったスタッフに確認をした上で、誰も使っていない席にペットボトルとカレーだけを持って移動。

そして、手を合わせての……いただきます。四人の声が重なった。

カレーは平たい大皿に盛られたシンプルなもの。ご飯の盛りは良く、ルーのとろみはややサラッと系だ。しかしスープカレー系などではなく、家のカレー……いや、これはどちらかといえばキャンプの時のカレーだろうか。温かで、マイルドな……何一つ奇をてらわない、日本のカレー。その匂いは空《す》きっ腹《ぱら》を優しく惹《ひ》き寄せる。

乱雑に、しかしそうであるからこそ余計に見てくれがいい不揃《ふぞろ》いのゴロッとした人参《にんじん》とジャガイモ。玉ねぎはパッと見には存在しないが、細かく刻んで炒《いた》めてあるようで、スプーンですくってみると、かすかに形を残している物が発見できる。

ラーメンでもそばでもうどんでも、貞夫はまずは汁から味わう派である。カレーを果たしてそれらと一緒くたにしていいのかは知らないが、汁気のあるものなら、まずその汁から楽しむスタイルなのだ。なので、ルーだけをすくって、口へ。熱々だ。ルーに差し込んでおいた金属製のスプーンが貞夫の唇をその熱で刺激してきて、思わず呻《うめ》く。

舌先で唇をなぞる。……火傷《やけど》はしていな……あ、うまいっ。

それでスイッチが入った。スプーンに息を吹きかけて冷まし、ルーを喰《く》らう。

辛さよりも甘味。しかし、甘味というよりも……旨味《うまみ》の濃厚さ。味に力強さがあった。

二口目は湯気上げるご飯と共に。

大量に炊いたご飯はうまい。炊き立てなら尚更《なおさら》だ。カレーと一緒なら最高だ。

ルーの汁気がふっくらとしたご飯を解きほぐし、口内を踊らせる。リズムを刻むように咀嚼《そしゃく》し、飲み込めば……エネルギーを使い果たした体にじわりと染みていく。

思わず噛《か》み締めるようにして「くぅっ」と変な唸《うな》りが出た程だ。

体が〝次〟を欲している。食べ盛りの子供のようにスプーンに山盛りにして頬張った。口をいっぱいにしての咀嚼は、気持ちがいい。オニオンフライが時折交じり、サク、ザクという食感もいいアクセントだ。

そんな時、貞夫は気付いた。カレーのルーに浮かぶ、サイコロ状に切られた肉の存在に。スプーンで掬《すく》い上げてみれば、それは豚肉なのだと知れた。それも脂身の多い、豚バラのブロックを切り分けたものだ。

見つめてみれば、脂身部分に焦げ目が入っており、ひょっとしたら脂身部分をまず焼いて、余計な脂を搾り出してからカットしているのかもしれない。そして、その際に出た脂で玉ねぎなどを炒めていたり……？

だからだ。だから、このカレー……妙に力強く、やたらと味に厚みがあるのだ。

食べる。噛み締めるたびに溢《あふ》れ出る肉汁が嬉《うれ》しい。

長時間煮込んだタイプのカレーではないが故に素材の個性が活《い》きている。豚肉の重厚な旨味が疲れた体に吸い込まれていくようだ。

普段、脂身があまり好きではない貞夫であったが、これは……いや、今は、最高だ。うまいというのもあるが、それ以上に体がカロリーを欲している。

「……あぁ……」

ルーを舌に絡ませ、肉を噛み締め、飯を腹に落とす。カレーを喰うというその行為。当たり前のそれが今や、経験した事がないほどの快感だった。

緊張して、走って、白熱して、汗を流して……そして、冷たい飲み物と共にカレーを喰らって、太陽輝く青空を仰ぐ。その全てが……たまらない。

「何だこりゃ……最高だって……」

貞夫の気持ちを、シノが代弁するように口にしてくれる。

彼もまた貞夫と同様に空を仰ぎ見て、瞼《まぶた》をキュッと閉じていた。

「やっぱり空の下で食べる食事っておいしいですよね。運動した後なら尚更ですよ」

「サバゲフィールドで食べるカレーで外れってないよねー。全部おいしくて、フィールド毎《ごと》に結構個性があったりしてさ」

「どこもそれほど奇をてらった料理じゃないのにね、不思議だよね」

そんな舞白姉妹のガールズトークならぬシスタートークを聞きながら、貞夫とシノはカレーをひたすら貪り喰らった。

食べ終わり、最後に麦茶のペットボトルを飲み干せば、確かな満足感と……まだもう少し喰えるかな、という腹の余裕を感じる。普段ならお腹《なか》いっぱいになる量だが……。

《カレー若干あまってますので欲しい方はお皿を持って来て下さい。早い者勝ちです》

スタッフの声に、一瞬貞夫はピクッと体が反応しかける。だが……やめた。

まだ昼、少ししたら午後のゲームが始まる。満腹になったらとてもではないが動けないだろう。

シノも同様らしく、視線が合うと思わず互いに苦笑いが浮かんだ。

「いやーさすがにもう一杯とか喰うとヤバイですよ。食べれそうな気はするんですけど」

同意するように貞夫が笑うと……ふと、横からチラチラと視線を感じる。

見やれば……赤い顔をして俯《うつむ》き加減の菜花だ。

何か、もじもじしている。そのせいで、彼女の豊満な胸が妖しく揺れていた。

——よっしゃ、喰い終わった！　おかわりいってきます！　——あ、待って俺も俺も！

――すみません、まだありますかー？　――大丈夫ですよー。――まだあるってー！

そんな声が聞こえて来ると、菜花のそわそわ感は一層増した。

「あの、菜花さん……？」

「んもぅ、お姉ちゃん、おかわりいきたいならいってきたらいいのに」

「だ、だってぇ……」

チラリと、また、菜花の視線を貞夫は感じた。

アレだ、男子二人がもう喰えないと言っておきながら、女の自分だけがおかわりにいくことに躊躇いがあるのだろう。シノは余計な事を言ってしまったのだ。

「あの、菜花さん、おかわり……」

「い、いえ、どうしようかなーっていうぐらいの感じだったんで、大丈夫です！」

ぷるぷると赤い顔と手を振って、菜花は否定するのだが……綺麗《きれい》に平らげられた皿とリラのニヤニヤを見るに……。

シノは責任を感じているのか、申し訳なさそうな顔をしていた。

……それを見て、貞夫は腹を決めた。

シノは後輩だ、そして後輩の責任は先輩たる自分が……取るッ！

「あの、菜花さん、僕おかわりいこうかと思うんですけど」

「えっ、あっ、いかれるんですか？」

「はい。なので、一緒にいきません？」

「あ、は、はい……その、ご一緒させて下さい！」

まるで告白を受け止めてくれたような菜花のその行動に、視界の端でシノがホッとし、リラが声を出して笑っているのが見えた。

貞夫は菜花と一緒に受付前に行くも、レディファーストで彼女に先をゆずった。すると奇跡が起こった。何と、菜花のおかわりで丁度ルーがなくなったのだ。

ご飯はまだ幾らかあるようだがルーがなければさすがにおかわりはない。僥倖《ぎょうこう》だ。

「あ、あ、さ、サバ夫さん……すみません。良かったら、これ……」

折角もらった二杯目を菜花が貞夫に差し出そうとしてきたので、貞夫は笑顔で手を振る。

「いえいえ大丈夫です。お菓子とかも売ってましたし、後で何か買い食いしますから。気にしないで下さい。……いやホントに、マジで、ガチで、えぇ……」

そんなやり取りを受付でやっていると、スタッフが、「あっそうだ」と声を出した。

「お客さん、安心して下さい。ふりかけがあったんで、これ、サービスしますね」

サービスがいいのも困りものだな、と貞夫は少し思う。

しかし……腹こそ苦しくなったが、疲れた体にふりかけのわかりやすい塩味は、思いの外心地よかった。

Episode 13『休憩はランチの後で』

食べ終わった。腹はいっぱい。貞夫《さだお》は満足だった。

だが、それはこの後そのまま何もせずダラダラとできるのならば、である。

また午前中のようなハードなゲームが一発目に来ようものなら、おいしくいただいたカレーを大地へお返しすることになるだろう。

「はいはーい、食べ終わって満足しなーい。じゃんけんするよー」

リラがグーを掲げていた。何のこっちゃ？　と思っていると、どうも食べ終わった食器を片付ける奴《やつ》を決めるジャンケンをするようだ。

確かに四人が各々片付けに行く必要もなく、また大した労力でもないので乗ってみると……シノが一発で負けた。

彼を笑顔で送り出すと、貞夫は少しでも休憩しておこうと、背もたれに体重を預け、空を見上げるようにして瞼《まぶた》を閉じる。

太陽の光が降り注ぐ中のそれは、まるで日光浴……なんとも、気持ち良かった……。

「あの～……どうも」

ん？　と声に瞼を開くと、貞夫の知らないTシャツ姿の男二人。

菜花達《なばなたち》の知り合いかとも思ったが、彼女らの様子を見るに初対面のようだが……。

「午前中はお世話になりました。あの、何か、ショップの人だって聞いたんですけど」

敵だった人だろうか。マーカーもなく判別がつかな……あ、と貞夫は声を漏らす。

「片付けてきました～……って、あっ、特殊部隊と自衛隊装備の人だ！」

貞夫が解答を口にするより先に、カレー皿を片付けたシノが戻ってきて、一発で当てた。

そう、自衛隊と特殊部隊の二人だ。上はTシャツだが、下は貞夫達同様着替えていないのである。そこに着目すれば、わかる。

装備を外すとここまで印象が変わるのかという感じだ。正直二人共に厳《いか》つい男のイメージだったが、素顔は三十路《みそじ》前後の優しげな顔をした二人である。

「はい、私達は大野工房《おおのこうぼう》という東京のショップでして。あ、リラ、チラシ持って来て。ダッシュで。……ありがと。こちら、よろしかったらお持ち下さい」

菜花は先程のおろおろとした様子とはうって変わって、店員としての顔を見せる。

特殊部隊と自衛隊はチラシを受け取ると、取り扱い品や駐車場の有無を尋ね始める。

……どうやら大野工房長の思惑通りに、新しいお客をゲットできたようだ。

彼らの会話が先程の第二ゲーム、メイドマシンガンを特攻攻撃で倒してフラッグまで行った時の話になったので、貞夫もそれとなく交じってみた。

特殊部隊がゲーム中に無線で警告していたが、その相手がこの自衛隊だったらしい。

それによると、やはり……勝負を決めたのはジラフだった。信じられない静音の射撃で防衛に当たっていた四人を抜き、フラッグをゲットしたのだという。

「無線があったんで警戒してたんですけど、いやぁ、ビックリしましたよ。奇襲で来られたら一人か二人は確実に持ってかれますよ、アレ。銃もそうですけど、本人の気配が本当になくて。……あの時も二人やられた後、残った二人で倒そうとしたんですけど……ゆっくり退かれて、その後回り込まれて……それで、防衛の俺達二人を生かしたままフラッグ取られちゃって」

「うっそ、そんなんできるの!?」

「二人だったんで油断して少し攻め込んじゃったんですよね。それでフラッグ周りのガードが甘くなってたってのはあります。……多分ジラフさん、退いた後、北側の方まで行ってからフラッグの後ろに回り込んだんじゃないかと。ほら、北側ってこちらのチーム陣営が大量に向かってたから、前線ラインより後ろは全員油断してたんじゃないかなぁ」

そうして、ジラフは防衛二人を泳がせたまま、誰に気付かれることもなく悠々とフラッグを獲《と》ってみせたのだという。

「ジラフさんと実際戦ってみて、正面切っての撃ち合いは正直そうでもないと思うんですよ。でも静かで、慎重で、そのくせして機動性が高い。……強いっていうより、やたらうまいって感じですね。あの〝隠密行動《スニーキング》〟のテクニックは凄《すご》いですよ」

そんな話を聞きながら、貞夫はセーフティエリア内を見渡す。どこかにジラフはいるはずだが、やはり装備を外しているせいで誰が誰やらわからない。……メイドマシンガンだけは一〇〇メートル離れていてもわかるのだが。

「そういえば、あのゲーム、ジラフさんがブザー鳴らした直後に重なる感じでブザー鳴りましたけど、あれって……」

特殊部隊の疑問に、シノが貞夫の武勇伝を大仰に語る。

皆、おぉー、と感嘆の声を上げてくれるのが嬉《うれ》しく、そしてちょっと恥ずかしい。

「それで……あ、そう！　オレ、あの時初ヒット取ったんですよ！　しかも先輩を撃とうとしている敵を、横からスパパーンと！」

その興奮の声はかなり大きかったようで、離れた席の人達からも「おぉーおめでとー」と周りから声と拍手が上がる。

「あ、ってことはボクが初めてかっ!?　どう、チェリー卒業の感想は!?」

あの時のランニングシャツの男が、遠くの方で声を上げていた。

「最高でしたっ!!」

「よっしゃぁー!!」

うぇーい、と二人は距離を空けたまま、両手を掲げてそれぞれダブルサムズアップ。

……シノにまた変な知り合いが増えたな、と貞夫は思う。

良く悪くもそんな目立ち方をしたせいか、昼食を終えた人が一人二人と近寄ってきては雑談がてらチラシを持っていってくれる。

一息つけたのは休憩時間終了まで残り二〇分になってからだ。

その頃には貞夫達も本来の席に戻り……四人全員がグデっとなっていた。丁度昼食が吸収され始めた頃なのだろう。異様な眠気が貞夫を襲う。

「あ、貞夫さん、今のうちに休んでおいた方がいいですよ。午後もありますし……その、帰りの運転も……」

「そうそうアタシらの命預かるんだから、休める時に休んでよね」

では、と貞夫は五分でも一〇分でも寝ようと思い、瞼を閉じ――。

《これより午後のゲームを開始します。皆さん、フィールドインして下さい》

拡声器の声に、貞夫はガバッと身を起こした。

「アレ？　もう？　まだ二〇分は残って……アレ？」

時計を見るに……どうやら寝落ちした事すらわからないまま二〇分爆睡していたらしい。

「ヤバッ、えっと、銃も、あ、弾込めもしてない！　何で起こしてくれなかったんだ！」

きっと貞夫の身を気遣って……というか、帰り道の自分達の身を案じて、起こさなかったのだろう。そう思った直後、貞夫の隣で寝息を立てている菜花の姿を見つけた。

机に突っ伏し、腕を枕にして〝すやすや〟という擬音が聞こえてくるような、安らかな寝顔が、そこにあった。薄く開いた口が、何だか妙に愛らしい。

見てみれば、シノは椅子にもたれたままイビキを掻《か》き、リラは……。

「よっしゃ午後も行くかぁー!!」

リラは、一人、元気満タンでフィールドへと走っていく背中が見える。

「えーっと……とりあえず、菜花さん起こすか」

しかし寝ている女性を起こす時はどうしたらいいのだろう?

貞夫の中にその答えはない。かといってシノを起こすのも何か違うような気がした。

悩んでいる間に入場が締め切られてしまい、強制的に一回休みとなってしまった。仕方ない。準備も終わっていないのだ。

「さて……どうするかな」

ちらり、と貞夫は菜花を見る。彼女の寝顔が、何ともかわいらしい。起こしてしまうのが少し、もったいなかった。……でも、勝手にそれを見つめているのも失礼だろう。

貞夫は、勇気を出して菜花の肩に触れた。温かくも、少しだけしっとりとした彼女の肩を、そっと揺らす。

「あの、菜花さん、午後のゲーム始まってますよ。……菜花さん?」

「……はひっ!?」

ガバッと急に顔を上げるも、その目は虚《うつ》ろで、何を見ているかわからない顔をしていた。

きょろきょろと辺りを見回し、貞夫を見つけるとじーっと惚《ほう》けた眼差《まなざ》しで顔を見てくる。

「あの、菜花さん、大丈夫ですか？」

「あ……アレ？　サバ夫さん。あ、私、寝ちゃってましたか……すみません」

「いえ、いいんです。それより……」

「あ、午後のゲーム始まっちゃいましたね。……ごめんなさい、始まる前に起こそうと思ってたんですけど……。まぁ、一回ぐらいは休んで、次のゲームを頑張りましょう」

「いえ、それはいいんですけど……」

「あ、弾、もうないですか？　買い足して来ますね」

「ありますあります。大丈夫です。そうじゃなくて……菜花さん？」

「はい？」

「その……実は……言いにくいんですが……よだれが……」

菜花はバッと口元を両手で隠す。見る見る顔を真っ赤にして、ぷるぷるし出した。

「み、見ましたか……」

「見たというか、その……すみません」

ちらりと貞夫が視線をやった先には、テーブル。そこに見事なヨダレ染みが残っていた。

「あーもぉー！」

菜花は素早くティッシュを鞄《かばん》から取り出すと、ゴシゴシとそこを擦《こす》り上げる。

「準備、準備しましょう！　ね、サバ夫さん！　お願いします！」

「そ、そうですね。そうしましょう。……おい、シノ、起きろって」

「あ、はい……うわ!?　もう始まってますね！　やば、完全に寝てましたわ」

「シノ、準備整えよう」

「あ、学《まなぶ》さん、そろそろバッテリー交換した方がいいかもしれませんよ」

「本当ですか、わっかりましたー」

成人女性が寝起きでヨダレが糸を引く……なかなかないものを見てしまった気がして、貞夫の胸は高鳴っていた。

そして、次の瞬間、貞夫は目を見開き……寒気を覚える。

「おい……嘘《うそ》だろ……」

椅子にかけておいた上着を手に取って愕然《がくぜん》とした。

ずっしりと重く、冷たい。汗を吸ったまま、乾くことなく、冷えただけ……。

純度一〇〇％の貞夫汁でぐっしょりの上着……。

これを今一度羽織らねばならないのか……。

その恐るべき事実が、貞夫を心の芯から震え上がらせたのだった。

Episode 14『ラストゲーム』

朝から、そして昼から……一体何ゲームをしたのだろうか。

午前中黄チームが優勢だったことから、向こうから一人赤チームに移籍したことで、バランスが取れたのか、フラッグは獲《と》って獲られてを繰り返していた。

それで貞夫《さだお》にも何となくわかったのだが、どうも西側を自陣とすると負ける割合が増えるようだった。恐らくプレイヤー達《たち》の相性などもあるのだろうが、草木に隠れて侵攻すれば結構西フラッグ近くまで潜入できる事が徐々に知れ渡ったせいだろう。

午後になるとジラフだけでなく、他のプレイヤーもまた中央で派手に戦っているのを囮《おとり》にして、草木に隠れつつフラッグ前まで侵入したりされたりを繰り返した。とはいえ、逆にその隅っこの道を大勢が進もうとして大渋滞を引き起こしたり、あえて迎撃しようと待ち構えていると、第二ゲームの貞夫達よろしく中央を走り抜けてフラッグまで到達される、というような事態も二度ほど起こっていた。

同じ環境で——菜花《なばな》のようにメインアームを複数持ち込む場合もあるが——同じ道具で、同じメンバーが、朝から日が暮れるまで同じことをやっているように思えて……一度として同じゲーム展開がない。

それは、何だか不思議な感じがすると共に、当然だ、という気もする。

毎回みんな、味方も敵も、数十人もの人間が本気で考え、時にふざけて、時に一か八か賭けて……闘い合う。そんな中で同じ事が繰り返されるわけが、ないのだ。

同じように見えて、全てにドラマがあり、戦歴が残り、想《おも》い出が作られていく……。

何より、回を増す毎《ごと》に……あからさまに全員の体力が失われていくのが如実だった。

これればかりは普段の運動量と年齢がモロに出て来ているようで……貞夫の口からは無意識に泣き言が漏れ始めていた。

「……あぁ、もう、しんどい……」

日が暮れ始めた頃になると、貞夫の体はすでに限界だった。銃を構えて立っているだけで、本当にしんどいのだ。

汗は出まくり、上着はもちろん、パンツもドえらいことになっていた。それがズボンに染みて、おしっこ漏らしたみたいに思われないといいんだけど……と、そんなことを考えながらフィールドへ入っていくと、ふと、とんでもない事に気が付いた。

「お、おい！　シノ、僕、ヤバイかもしれないぞ!?」

「はい、何がですか？」

「今日僕ペットボトルを四本も飲んでる！　なのに……トイレに一回も行ってない！」

五〇〇ミリリットルを四本、即《すなわ》ち二リットルだ。膀胱《ぼうこう》の限界値を上回る量である。

「あ、オレも行ってないですよ!?　え!?　全部汗になって……え、マジで!?　オレ達の体、スポドリと麦茶を濾過《ろか》する機械に……」

後ろから笑い声が聞こえ、振り返ってみると……特殊部隊だ。

「暑い日にサバゲやってると結構ありますよ。多分、この後、すっごく濃いオシッコが出ますが、慌てなくて大丈夫ですから」

そうなんですか、と経験者らと喋《しゃべ》っていると、草木に囲まれた『西』と書かれたポールに辿《たど》り着き、スタッフの拡声器の声が響いてくる。

《本日ラストゲームになります、みなさん、最後です！　日も暮れてきて暗くなってきましたので、注意しつつ、存分に撃ちまくって下さい！》

――さて、どうしましょうか。――そりゃラストゲームは全力ダッシュで全力アタックだね！　――そして即死するパターン。――あるあるー。――まぁ、また各々で。――独自の判断ってやつですね。――それですね。

「あ、じゃ、僕、防衛に回りますね」

「先輩、最後なのに……防衛でいいんですか？」

「いや、もう、体がさ……ガタガタなんだよ……」

それを言うと周りの仲間達は一様に笑ってくれた。……そう、シノ、菜花、リラ達以外は結局最後のゲームに至っても名前もわからない。けれど、仲間だという感じがしたし、何となくではあるが、誰がどんな人間かもわかったような、そんな気がしている。

不思議な遊びだと、今に至ってもなお、貞夫は思う。

「アタシはど真ん中行くけど、お姉ちゃんは？」

菜花は口元をストールで隠すと、目をやや鋭くする。

「私は……ジラフさん、落とそうかな。さっきやられたのがちょっと悔しかったから」

前のゲームに限らず、午後のゲームでは菜花とジラフはやたら頻繁にぶつかっていたようだ。どうも狙撃手として密《ひそ》かにポジションを得ようとすると、北か南、その二分の一の確率でジラフのルートとぶつかるらしい。

菜花が狙撃していると、横から音のない弾が飛来してくるのだそうだ。

それのせいで今日はGスペックにあまりいい所がないらしい。とはいえ、M14を使っている時に、菜花は二度、フラッグをゲットしてはいるのだが。

もうこれで最後ということもあるのだろうが、今の彼女はM14用のマガジンホルダーやダンプポーチ等が取り付けられたベルト類はセーフティエリアに置いてきており、身軽になっている。ハンドガンとGスペックの装備のみ……まさに、全力だ。

《これよりゲームを開始します。ラストゲーム一五分。カウントダウン！　五、四、三、二、一……スタート!!》

「行くぞォ――――――――!!」

リラが雄叫《おたけ》びを上げ、他の面々が「応‼」と格闘漫画ばりの厳《いか》つい声で応じ、走っていった。リラはやはり中央の乱戦が好みらしく突っ込んでいき、シノは南側へ、菜花は北側へと、各々散っていく。その場に残ったのは、貞夫一人である。

「やっぱり最後ってなると、みんな残りの力、出し尽くしたいんだろうなぁ」

自分にもそういう気持ちがないわけではないのだが……それを出すと、恐らく帰宅時の運転で死ぬ。そんな気がした。

遠くから銃声が聞こえ、そしてヒットの声が上がり始める。

少し前の自分からは想像もしない休日の過ごし方をしたな、と、夕日を見て思う。

こんなに汗だくになって、自然の中を走り回って、こけて汚れて、声を張り上げて……

そんなことを最後にしたのはいつだったか。

小学生……それも低学年の頃だろう。

そう、誰もが経験した事のある、幼い頃の無邪気な遊び……根源的な楽しさ。

それが、きっと、サバゲにはあるのだ。

シンプルで、それでいて曖昧な勝敗で……何の〝得〟にもならない。

だからこそ、純粋な遊びたり得る。

きっと〝得〟を考えるのは、遊びとしては不純なのだ。

何の意味などなく、ただ、楽しいからやる。それこそが、遊びとして最高なのだ。

「あぁ……楽しかったなぁ」

結局、惜しいのはあったものの、フラッグゲットはできず、ワンヒットも取れなかった。

でも、それでも……はっきりと胸を張って楽しかったと言える。

「まぁ、ワンヒットぐらいは……欲しかったけどね。レンタル銃じゃダメだったのかなぁ……いや腕かぁ。ははは」

ほのぼのとした満足感に酔いしれるも……貞夫の正面数十メートル先ではラストゲームということで大勢が死力を尽くして戦っている。そのことに気付いて苦笑し、まだ遊びは終わっていないことを思い出す。

「あ、そうだ、後ろに隠れてないと」

最初のゲームと同じように、フラッグの前で呆然《ぼうぜん》と立ってしまっていた。

貞夫はいそいそとフラッグポールの裏に回り、草木を掻《か》き分け、フィールドの終端を示すブルーネットのギリギリでしゃがみ込んだ。

今の体力ではしゃがんでいるだけでもしんどい。

まぁいいだろう、と背の高い草の中に沈むようにして胡坐《あぐら》を掻いて座り、銃も地面に横にして寝かせて置くことにした。

《残り時間、あと五分です！》

戦いの音が、遠い。たまに吹く風が、気持ち良かった。

西の空は沈みかけの太陽のおかげでまだ赤いが、東の空にすでに夜の色。目を凝らせば星が見えそうだった。

夜明けと共に起きたから……本当に丸一日、遊んだのだという達成感。

昼にあれだけ食べたのに、もうお腹《なか》が空いている。全部エネルギーになって、燃え尽きたのだろう。

晩ご飯はどうしよう？　菜花達もいるから、ちゃんとした所の方がいいのだろうが、若い女性と食事なんてそんな……。

「ヒットォ――――!!」

大きな声が明確に聞こえた。それも、女性――菜花の声だ。

「あぁ、菜花さん、やられ……ん？」

菜花は、最後、ジラフを倒しに行った。

そして、戦いの音は遠い――前線は遠いのに、菜花らしきヒットコールは比較的、今、貞夫に近い位置で聞こえた。

つまり彼女は……前線のはるか内側、比較的貞夫の近くで死んだのだ。

それらから導き出される答えは……一つしかなかった。

「……マジか……マジかよ！」

運動しっぱなしで疲れ果てながらも熱を持っている全身に、一気に鳥肌が立った。

地面に置いていた銃にそっと手を伸ばした時……それは、来た。

——パキッ。

かすかな、細い枝が折れる、音。

気のせいだ。自然に風で折れたんだ。

誰かがそう言ってくれたのなら、そうか、と頷《うなず》いたはずだ。

だが、そこにいるのは貞夫一人だけ。……いや、一人じゃない。

——カサ、カサッ……。

草が揺れる音。先程まで一人で座って耳を澄ませていたからこそ、違和感がわかる。

風が草木を揺らして奏でていた先程までの音と——何か、違う。

何よりゆっくりではあるが、その違和感のある音は確実にフラッグ、そして貞夫へと近づいて来ていた。

貞夫は座ったまま目を凝らすも、何も見えない。

先程よりも辺りが急速に暗くなりつつあった。

太陽が沈みかけているのだ。夜の帳《とばり》が、降りつつある。

——カサ……カサ……。

かすかに、見える。何か丸みを帯びた影が、草木の中にある。そしてそこから黒い棒状のものが水平に伸びている。

「ファント……ぁッ」

《残り三分です！》

影が明らかに動いた。黒い棒が、信じられないような速度で貞夫の方へと振られたのだ。

だが、それだけ。射撃はない。思わず漏れた貞夫の声のほとんどは、スタッフの拡声器の声が打ち消してくれた。

だが、ほとんど、だ。

動いていないはずなのに貞夫の全身から脂汗が噴き出し、心臓がおそろしい速度で動く。

生唾を飲むと共に、貞夫は確信した。

奴《やつ》だ。間違いない。

――カサッ……。

夜を引き連れ、ジラフがやって来たのだ。

Episode 15 『ラストファイト』

落ち着け、と貞夫《さだお》は自分に言い聞かせるが、よくよく考えると落ち着ける要素が一つもなかった。

あからさまなピンチである。経験、実力、装備……あらゆる面で劣っているのはわかっているが、それより何より、今の状況が劣勢にも程があった。

貞夫は今、背の高い草の中、胡坐《あぐら》を掻《か》いて座り、銃を地面に寝かせておいたのだ。そして、それに手を伸ばした段階でジラフはこちらの存在を警戒し始めたため、もはやそれ以上動くことはできそうになかった。

動いた瞬間に、音がして、位置がバレ……撃たれる。

草むらの中ではあるが、電動ガンが吐き出すBB弾がそれらを薙《な》ぎ払って余裕で貞夫のヒットを獲《と》るのは、今日一日の経験でわかっていた。

つまり、今の貞夫は攻撃の手段を持たず、かつ、完全に無防備なのだ。

――カサッ……カサッ……。

近づいて来る。足音に満たぬ、草木と衣服が擦れるかすかな音……それだけで普通の歩き方と違うのが知れた。

かなり、近い。恐らく普通の声量で会話ができる距離だろう。

こういう時に無線機で助けを呼べたら……いや、通信時の声を聞かれて撃たれるか。

ハンドガンだ。ハンドガンがあれば、どんな体勢からだろうとM４を使うよりも速く弾を放てるだろう。そうだ、ハンドガン。ハンドガンが欲しい……。

しかし今そんなものは貞夫の手元にはないし、購入予定もなかった。

——カサッ……カサッ……。

敵が、近づいて来る。

……正面から来ているのがはっきりわかるレベルになった。恐らく顔を上げれば確実に目が合うだろう。

貞夫は銃に伸ばした手をそのままに、頭を下げ、ゆっくりゆっくり……一呼吸ごとに自分の体を大地へと寄せていった。

胡坐で組んでいた足も解《ほど》きつつ、土下座のような体勢に持っていく。

乱れた己の吐息がうるさい。静かにしようとしても、大人しくなりはしない。

この吐息が聞こえているのではないか、そんな恐怖が頭から離れない。

そしてようやく土下座へとスタイルを変えた貞夫は、首を捻《ひね》るようにして前方を見る。

すると、どうだ。驚いた。薄暗い世界に、真っ黒な棒状のものが見えている。

AUGファントムカスタムの、やたらと長い銃身……というより、やたらと長いサイレンサーだ。それが貞夫のいる方角へ真っ直《す》ぐに向けられている。

しかし、銃口の狙う位置が高い。弾を吐き出したとて、今のままなら貞夫の頭上を抜けていくだろう。

つまり、先程の声の方角を精確無比に捉えてはいるが、貞夫自身を捉えているわけではないのだ。当然だ。そうでなければとうに撃たれている。

貞夫はその銃身から目が離せない。あれが下を向いた時、自分は瞼《まぶた》を閉じ、来るであろう痛みを受け止めるしかないのだ。

──カサッ……カサッ……。

黒いサイレンサーが、向きを変えた。

左右を確認するように静かに振られ……そして、ついにフラッグの方へ向く。

──カサッ……カサッ……。

貞夫から離れ、フラッグの方へと進む気配……。

耐えた。

耐え凌《しの》いだ。

隠れきったのだ！

ただ地面に伏せていただけではあったが、貞夫は脳内麻薬が溢《あふ》れてくるのを感じる。

敵が……ジラフがフラッグへ向かったということは、奴《やつ》はこの後、確実に無防備になる瞬間が来るはずだ。

ジラフがここに敵はいないと判断した瞬間……即《すなわ》ちＡＵＧの向きが変わったまさにその瞬間──この今という瞬間に、ジラフと貞夫、二人の攻守は完全に入れ替わったのだ。

貞夫は興奮を理性で必死に抑え込む。

最大限に良く言って冷静沈着、そして慎重。実際は単なるビビり……そんな自分だからこそ迎えられた、ピンチと共に訪れた千載一遇の機会だった。

貞夫はフルフェイスマスクを地面に押しつけるようにして己の額で上半身を支え、体の下に隙間を作った。

体を伏せたままゆっくり静かに、土下座する自分の下にあるM4のグリップに右手を這《は》わせる。親指でセレクターがフルオートになっていることを確認。

震えつつある左手に力を入れ、M4を握る。

寝かせていた足首を立て、トレッキングシューズの先を土に喰《く》い込ませ、銃を掲げるようにして両肘を地面に突いて上半身を支える。

フルフェイスマスクのレンズ部分に泥が付いたが、もはや大した問題ではなかった。

「……はぁ……はぁ……はぁ……」

憐《あわ》れな獲物でしかなかった貞夫は今、チーム最後の防衛戦力にして、ハンターだった。

恐らく今すぐに攻撃に出ても優勢に事を運べる。だが、まだだ。BB弾の速度は実弾とは違う。貞夫の動き出した音で反応されれば、反撃される可能性があった。

だからこそ、貞夫は決めていた。

狙うはジラフがフラッグを押す直前——フラッグボックスの蓋を開けるためにAUGから手を放した瞬間、ただ一つ。

耳を澄ます。自分の呼吸がわずらわしい。息を止め、耳を澄ます。

かすかにカサカサという衣擦《きぬず》れのような音が聞こえてくる。

そして……ついに。

――カチッ、カチャ。

金属音、鍵を挿入し、回した音。――今だ！

貞夫の体はバネ仕掛けのオモチャのように、前へ一歩大きく踏み出すと共に立ち上がる。

Ｍ４のストックを肩へ引き寄せつつ、銃口を上げる。

フラッグのポール。その脇に、人影らしき黒い塊――ジラフ！

「もらっ……え!?」

ジラフの手に、ハンドガンがあった。

思い出してみれば、最初の時も彼は……念には念を入れるように、フラッグゲットの瞬間にはハンドガンを抜いていた。

問題はそれがすでに、ほぼ貞夫を捉えていたことだった。

あの、かすかな声から敵が残存している疑念を最後までジラフは抱《いだ》いていたのか。だから、万が一に備えて銃口をずっと向け続けて……。

だが、もはや停《と》まらなかった。何より今攻勢に出なければ負ける、そして終わるのだ。

これはラストゲーム。そして……ラストファイト。

ジラフの銃口がどこを向いていようが関係ない。貞夫はトリガーを引くだけだ。

Ｍ４から大量のＢＢ弾が放たれ、そして敵のハンドガンからも〝ウィポポポッ〟と妙な小さい音と共にＢＢ弾が発射。

薄暗い中で互いに放ったＢＢ弾の白さだけは明瞭だった。

ジラフはフラッグから跳び退《の》き、貞夫は倒れるようにして躱《かわ》した。

身を転がし、銃を構えて顔を上げるが、ジラフの姿がない。

ゥィポポッ、というあの妙な音が横から聞こえて、反射的に伏せる。視界の端をＢＢ弾が数発だけ飛んで行く。

弾が来た方角からするに、貞夫と同様に草むらの中に逃げ込んだか。

ならば、と貞夫は多弾マガジンの弾数《たまかず》に物を言わせた。フルオートで草むらに撃ちまくる。しかしヒットコールはない。外れた？　消えた？　何故《なぜ》？

またあの独特の発射音が聞こえてくる。倒れるようにしてまた躱《かわ》す。今度は草むらからではなかった。草むらの外……木々が茂る南側のエリアだ。退いたのか。

《残り、一分です！》

倒せるか。いや、倒せなくても一分……その果てしなき六〇秒を守り抜けるのか。

――シュホホホッ！

かすかに空気が抜けるような音がした。その次の瞬間、貞夫の横の草むらが薙ぎ払われていく。ＡＵＧのフルオートだ。

「クソッ！」

貞夫は倒れた状態のまま身を転がして逃げる。

フラッグ南側に並ぶドラム缶の陰に避難すると、そこへ大量のＢＢ弾が降り注いだ。

カカカカンッ！　と激しい耳障りな音が連続する。

「うおぉおぉ……勝てるのか、コレ!?」

貞夫は頭の中でマップを思い出す。丁度自分とジラフはフラッグポールを挟むようにして南北にいる。互いにフラッグまで一〇メートルほど。良くも悪くも絶妙な距離だった。

カカカカンッ！　と、またドラム缶を連続ノックされる。それが切れた瞬間に、貞夫もドラム缶の脇から顔と銃を出してフルオート。二〇メートル先の太い木の陰にジラフがサッと身を隠す。弾は彼の周辺に降り注いでパラララと音を立てた。

そして貞夫が顔を引っ込めれば、またジラフからの威嚇……サプレッション。

彼の他に敵がいるのなら、昼食前のゲームのように貞夫に勝ち目などないが、今は一対一。どうしようもないはずだった。

このまま互いに撃ち合いを続けて時間を稼げば……味方のフラッグゲットがなくても、負けはない。引き分けに持ち込める。

それだ、と思うと同時に、それでいけるのか？　と、疑問が貞夫に湧いた。

自分は初心者だが、相手は違う。噂《うわさ》になるような、〝強い〟ではなく〝うまい〟と本格的な装備をしていたプレイヤーに言わしめた奴。

そんな男がフラッグを目前に、初心者との撃ち合いに付き合ってくれるものなのか？

ちらりと見たが、フラッグボックスの蓋はすでに開け放たれていた。つまり飛び付けば、即座に押せる。時間は四秒もあれば釣りが来る。

《残り、三〇秒!!》

貞夫は疑惑を抱えたまま、ドラム缶から体を出し、ジラフが隠れる木へ銃口を向ける。

ハッとした。木の陰からAUGの長いサイレンサーが見える——隠れ切れていないのだ。

ルール上、持っている銃に当たっても、それはヒットになる……。

貞夫は即座に狙った。菜花《なばな》のようにスパンッと一発で決められたら最高だが、今そんな贅沢《ぜいたく》は言っていられない。

フルオートで、その内の一発でも当たればいい、と、そう思って撃ちに撃つ。

——カチンッ！

当たった！　間違いなく、黒いサイレンサーに弾が当たって跳ね返ったのだ。

「やった!?」

貞夫は思わず立ち上がった。これで念願の初ヒッ——おかしい。

ヒットコールがない。

まさか……ここまできて、ゾンビ行為？

そんな、最後の最後で……いや、そんなわけがあるものか！

貞夫は、瞬時にそう信じた。

何せ……今日一日、最高だったのだ。

凄《すご》かった。楽しかった。

一緒に戦った人達《たち》、みんな、いい人ばかりで、凄い人達ばかりで……。

そんな中で、ここまで来て……ゾンビ……？

ジラフが、あのプロのような動きをする素晴らしいプレイヤーが……ここでゾンビ行為なんかするわけがない。

そう敵を信じた時……貞夫が抱いていた疑問の答えが見えた。

これは、罠《わな》だ。

《残り、一五秒!!》

「……そうか、そうだよ！」

貞夫はルール説明を思い出し、ある事に気が付いた。

――持っている銃に当たってもヒットになる。

そう、持っている銃、だ。

持っていない銃では、ヒットにならない。

つまり、あのAUGは……今、放置されているのだ。

では、ジラフ本人は？　残り一五秒で、どこで、何をする？

そんなもの……一つしかなかった。

威嚇射撃で貞夫をドラム缶の裏に張り付け、ＡＵＧをあえて見せることでヒットの誘惑をエサにして意識と弾をそこへ集中させる――その間にジラフ本人は……。

頭の中で答えが見えた。だが、それを言葉として理解するより先に体が動く。

「そこだっ!!」

貞夫の銃が狙ったのは、先程まで自分がいたフラッグ後方の草むら。

ジラフの一番の武器はその脅威の静音銃ではない。誰もが評価していたのは、その気配や音を消す、彼の〝隠密行動《スニーキング》〟だ。

ならばこそ彼はそれを使うはずであり、最大限に活《い》かすには草むらしかない。

何より彼が十数秒内に貞夫を倒してフラッグに飛び付くためには位置的にも、そこに身を潜ませて接近する他ないはずだった。

貞夫の放ったフルオート、それが草むらに着弾するより前に、草むらの中からＢＢ弾が放たれていた。

貞夫、首を捻って躱《かわ》す。と、ほぼ同時に草むらから黒い影が飛び出した。

「よく見破ったたっ！」

草むらからジラフがハンドガンを片手に、フラッグへダッシュ。

《残り、一〇秒!!》

ジラフ、フラッグへ走りながらハンドガンを速射。

貞夫は横っ跳びで迫り来た弾を、躱《かわ》す。が、地面に落ちた衝撃でM4の銃口がジラフから外れ、トリガーを引く指先から力が抜ける。

己の体が軋《きし》む音が聞こえた気がしたが、高鳴る鼓動が打ち消した。

ジラフが片手をフラッグに伸ばしつつ、もう一方の手の銃で貞夫を狙う。

貞夫、地面に左手を突いて顔を上げ、右手一本でM4を構え――そしてジラフを狙う。

「うぉおおらあぁぁあぁぁあぁぁあぁぁあぁぁあぁ!!」

二人の雄叫《おたけ》びが上がり、二つのトリガーが引かれる。

フラッグへ手を伸ばすジラフの体に、貞夫の放ったBB弾が向かう。

そして、貞夫の視界にも白いBB弾が、迫った。

パチンッと良い音を立て貞夫のフルフェイスマスクのレンズに被弾すると同時に、無数のBB弾がジラフの体へと突き刺さる。

ジラフの手は、フラッグブザーからわずか、数センチ。その伸ばされていた指を、彼は被弾と同時に折り曲げ、その場で転倒した。

《ゲーム終了オォ――――!!　両者ノーフラッグ、引き分けです!!》

「はぁッ!　はぁッ!　はっ……ゲホッエホッ……はぁッ、はぁッ」

撃った体勢のまま、撃たれた体勢のまま……貞夫は己の呼吸を聞いた。

マスクの中で尋常ではない量の汗が流れ、顎先からボタボタと地面へと滴っていた。

頭が真っ白になりながら、なお、貞夫の目は倒れた一人の男を見つめ続ける。

「……くぅっ、はーッ!! あ〜〜やられたぁー!」

そんな声と共にジラフが体を起こすと、彼はそっと両手を上げる。

「ヒットぉー」

獲った。今日の、いや、人生での、初ヒット。

しかも、ベテランの、噂になるほどの強者《つわもの》を相手に、フラッグを守り抜き、そしてヒットを獲ったのだ。

そして、思い出す。——自分もまた撃たれたことを。

だから、言わねばならない。

その言葉を、大きな声で。

「ヒッ……ヒ、ヒ、ヒットオォオォォォォォオオォオオオオオオ————————!!」

腹の底から噴き出る最高の歓喜の咆哮《ほうこう》と共に、貞夫は星が輝き出した空へと両手を高く突き上げたのだった。

Episode 16『撤収時は油断なく』

「あ、じゃやっぱり今日が初めてだったんですね」

「ええ、そ、そうなんですけど……はい」

ジラフと共に銃を担いでフィールドから出るために歩いていると、そんな当たり前の会話になった。凄腕《すごうで》で、気配を消して、フラッグを獲《と》りまくるサバゲプレイヤーだという肩書きのイメージとは違い、何とも気さくな人のようだ。

ただ……そんなことより何より、貞夫《さだお》には気になることがあった。

というか、気になって仕方がないことが二つあった。

「あ、あの、その……えっと、ベストの『ジラフ君』パッチなんですけど……」

そう、名前の由来になったキリンのキャラクターパッチだ。

「あ、ジラフ君？　男性なのに詳しいですね。はい、これ昔から好きなんですよ」

「あ、昔からなんですね。いや、その、僕も好きというか何と言うか」

自分の好きなバーチャルユーチューバー、露草《つゆくさ》ときわが好きなキャラグッズなので僕も好きです、とはさすがに言えなかった。

てっきり同志だと思っていたが、向こうは単なる本当のジラフ君ファンだったようだ。

まぁ、それならそれでいい。数少ない露草ときわファン同士の語らいを少し夢見てはいたが……それはまぁ、いい。

気になって仕方がないことは、もう一つあるのだ。

「あ、あの……」

《お疲れ様でーす！　英雄達《たち》の帰還です！》

照明が点灯した明るいセーフティエリアに入るなり……貞夫とジラフは何故《なぜ》か他のプレイヤー達による拍手で迎えられたのだった。

マスク越しに貞夫とジラフは驚きながら互いに顔を見合った。

《いやいや、端《はた》から見てたら凄かったですよ、最後。本当に一秒を争うような、ガチな戦闘！　あんなの、なかなかないですよ！》

スタッフからの称賛に、なるほど、と貞夫とジラフは共に頭を掻《か》きつつ、周りにペコペコと会釈をした。

「そんで、さらに、おめでとーだね！　サバ夫、最後の最後に念願の初ヒットじゃん！」

リラの声に、セーフティエリアに戻る間に落ち着きつつあった興奮がまた蘇《よみがえ》ってくる。

そうだ、自分は最後の最後に、ジラフを倒し、初ヒットを獲ったのだ。

《あんな勝ち鬨《どき》みたいなヒットコール、初めて聞きましたよ》

そのスタッフの言葉に、周りから笑いが起こった。

確かに、ヒットコールはやられたという宣言なのに……生まれて初めてと言ってもいいほどに——最高の気分で叫んだのだ。

勝ち鬨というのは言い得て妙である。

「あれ？　今日が初めてでしたよね。それで第一ゲームの時には確か……ってことは、ひょっとして初ヒットされたのも、初ヒットしたのも……全部？」

そう言って、ジラフは自分の顔を指さすので、貞夫は「恥ずかしながら」と頷《うなず》いた。

……何が恥ずかしながらなのかは、貞夫自身よくわからなかったが。

「そっかー。初体験、全部わたしがもらっちゃったかぁー」

ジラフはフードを脱ぎ、マスクとゴーグルを外すと、ペロっと舌を出してウィンク。

「ごちそうさま♪」

少し茶色がかったボブヘアーが揺れ、パッチリとした大きな目が実年齢よりも幼い印象をもたらす……そんな、綺麗《きれい》な女性だった。

恐らく貞夫と同年代だろう。てっきりそこそこの年齢の男だと思っていたので、会話が始まった瞬間、その若々しい女性の声に貞夫の頭がパニックを起こした程だった。

だが、思い出してみると自衛隊が言っていたのだ。

——ゲーム中は本当に〝幽霊《ファントム》〟みたいに消えますけど、それ以外じゃ結構目立つっていうか……。

アレはあれだけのプレイをしながらも、若い女性だから、という意味だったのだと、今ならわかる。確かに目立つ。そのくせして、男だと思い込んでいたせいで、休憩時間中には見つけられなかったのだ。

「……ん？　でもアレ？　やっぱり、今のセリフって……」

貞夫は自席へと戻っていくジラフの背中に声をかけそうになるも、衆人観視の中で訊《き》くのが何だか少し恥ずかしい気がして、口を閉じた。

さすがにここで〝やっぱり露草ときわのファンですよね？〟と尋ねるわけには……。

《はい、これにて本日の定例会は終了です！　だいぶ暗くなってきたので忘れ物落とし物のないよう、お気をつけ下さい！　また次のゲームの時にお会いいたしましょう!!　皆様、本日は本当にお疲れ様でした!!》

「「「「お疲れ様でしたぁぁ――――!!」」」」

全員が大声で応じ、また拍手し、そして……一斉に蜘蛛《くも》の子を散らすようにしてプレイヤー達が自分の席へと戻っていく。

その光景に、今日一日が……長い長い一日が終わるのだということを貞夫は実感した。

「サバ夫さん、私の仇討ち、ありがとうございました。よくジラフさんを倒せましたね、凄いですよ」

「先輩、最後オレもセーフティエリアのあの閲覧できる高い席から見てたんですけど、凄かったですね！　マジ西部劇の決闘みたいでしたよ！」

席に戻るなり、菜花《なばな》とシノに褒められまくると、貞夫は苦笑いをしつつ、ようやくマスクを外す。すると、火照《ほて》りまくっていた顔に突如冷たい感触が来て、飛び跳ねた。リラがエナジードリンクを押しつけたのだ。

「サバ夫、お疲れ様。これ、アタシの奢《おご》り」

「いいの？　……ありがとう」

貞夫はたまらなく喉が渇いていた事もあって、軍手を脱ぐより先に無理矢理プルトップをこじ開け、ゴクリとやる。——呻《うめ》いた。水分が、冷たさが、炭酸が……体に染みる。

「まぁー、サバ夫のためっていうより、アタシらのためだしね。これからサバ夫には〝運転〟という最大の戦いが待ち受けているわけだから」

忘れきっていた事実を言われ、貞夫は噴き出した。対ジラフ戦で、すっかりその事を忘れ、ありったけの力を使い果たしていたのだ。……東京まで持つだろうか。

「さぁ、着替えて片付けて、撤収しましょう。スタッフの方も言っていましたが、暗くなってきたので落とし物とかには気をつけて下さい」

菜花に促され、貞夫とシノもいそいそと片付けを始めるものの……よくよく考えると、シノはともかく貞夫にいたっては着替えるだけでだいたい終わりである。一方で装備の多い舞白《ましろ》姉妹は大変そうだ。

「あ、学君《まなぶ》、銃をしまう前に……」

「ホップアップを解除して、最後にセミオートで一、二発……でしょ？」

「グッド。中のパッキンっていうゴムと、ピストンを押し出すスプリングが少しでも劣化しないようにね」

やってきますー、とシノがシューティンググレンジへ向かうと、菜花とリラもまた更衣室へ消えていく。

その隙に貞夫は着替えを終え、レンタル迷彩服を返却。そして荷物をまとめた鞄《かばん》を一足先に車へと運び込むことにした。

「お疲れ様でしたー。またお願いします」

車に荷物を積み込んでいると、先に撤収していく人達が皆、声をかけてきてくれる。中には親しげに「また一緒にやりましょうね」と言ってくれる人もいるのだが……セーフティエリアはともかく、駐車場周辺は少々薄暗く、そして何より私服に着替えた今となってはもはや誰が誰やら判別することが貞夫にはできなかった。

とりあえず片っ端から愛想良くペコペコと頭を下げておくことにした。

そうしていると、駐車場の隅に駐《と》めてあったバギーが貞夫の前で停《と》まる。……乗っているのは、あの女性――ジラフだ。

「今日はお疲れ様でした。また、サバゲ、やりましょうね！」

彼女はそう言って、左手でグッと拳を作る。その手首には、いささかゴツめの腕時計……間違いない。薄暗くてもわかる。それは『スントコアオールブラック』である。

「は、はい、是非。……あ、あの、つかぬことを尋ねるようなんですけど……」

一度は呑《の》み込んだ言葉だったが、やっぱり気になった。

ジラフ君、ごちそうさま♪の台詞《せりふ》のイントネーション、そしてこの腕時計……ここまで揃《そろ》ってしまっていては、もう、尋ねないわけにはいかなかった。

「その、僕、露草ときわっていうバーチャルユーチューバーのファンで、それでジラフ君が好きなんですけど……」

「あー……」

「あの、ひょっとして……あなたもファンだったり……します?」

間違いない。それも恐らく筋金入りだ。

そうでなければ決して安くはない同モデルの腕時計を買いはしないだろう。

この人となら熱い露草ときわトークができる、そんな希望を貞夫は抱《いだ》いた。何せシノでさえついて来てくれないレアでハードな世界なのだ。

んー……と、ジラフは困ったような笑みを浮かべて首を捻《ひね》る。

「サバ夫～、トイレとか先に行っておいた方がいいよー。もしかしたらだけど、渋滞あるかもだからー」

リラの声が遠くから聞こえたので、そちらに手を上げる。ジラフは驚きの表情をした。

「サバ夫って、そんな名前なんですか？　初めてのサバゲ……あ、魚の方！」

「あ、いえ、本名は松下《まつした》貞夫で、サバ夫は……紆余曲折《うよきょくせつ》あってあだ名みたいな感じで」

「そうなんだー。松下貞夫さん、ね。……OK、覚えとこっかな。だってほら、初めてもらっちゃった相手でしょ？」

イタズラッ気な表情を浮かべる彼女は、何だか……妙にかわいらしい。歳《とし》は二十歳《はたち》そこそこだと思うし、戦っている姿を思い出すと、女性としては身長もある方なのは間違いない。

それでも、かわいい女の子、という印象を貞夫は抱いた。声が、かわいい。

「わたしは秋乃麒麟《あきのきりん》っていうんだけど……まぁー忘れてもいいかな。覚えていたら……どこかで見かける名前かも」

「どういう意味です……？」

「まぁまぁいいからいいから。……それじゃ、またどこかの戦場で。お疲れ様ッ！」

ジラフこと、秋乃麒麟はエンジン音を響かせ、バギーと共に貞夫の前から去って行く。

その腕前、趣向、そして乗り物すら個性的な人だと、その姿を見て思う。

何だか大きなものを逃したような気がするのは何故なのか……貞夫にはわからなかった。

バタムッ、と音を立てて車のドアが閉まった。

「荷物も積み、四人全員乗車、セーフティエリア周辺の落とし物チェックもしました……サバ夫さん、準備完了です。帰りの運転、お願いします」

了解です、と貞夫はプロボックスバンのエンジンをかける。帰りも菜花が助手席だ。

「リラちゃん、帰りって飯とか行く感じだよね？」

シノが汗ふきシートで顔を擦《こす》りつつ……貞夫が懸念していた事をぶっ込んできた。

そう、それがあったのだ。そして今現在……ノープランである。

「そりゃもちろんー。お腹《なか》ペコペコだよねー」

女性二人、しかも一人はまだ十代……。そんな彼女らをもてなすためのお店の情報など、貞夫は持ち合わせていない。

社会人になるまでラーメン屋か牛丼屋ぐらいしか縁がない生活だった。

それ以降も会社の先輩方に教えられたのは〝安くておいしい下町の居酒屋〟ぐらいなもので、どれも女性を喜ばせるタイプの店ではない。

だが、貞夫には心強い味方がいる。そう、シノだ。彼ならお洒落《しゃれ》な店の一つや二つ！

そんな期待を込めてちらりとバックミラーで彼を見やれば、何とも言えない申し訳なさそうな顔で俯《うつむ》き加減だった。

「その、実は、正直言ってあんまり今オレ、お金なくて……高い店とかはちょっと……」

「あー全然、そういうのは全然。サバゲなんだし、接待でもデートでもないしね。安いトコ行こうよ」

また、車を出してもらったので、ガソリン代・高速代はリラと菜花が持つので、レンタカー代は割り勘にしていただければ、とのことだった。

「え、それでいいの？　助かるぅー！」

シノが歓喜するが、同時に貞夫も静かに歓喜した。安い店は、最高だ。

「あと、学君はともかく……サバ夫が変に気張りそうだから先言っておくけど、奢りとかしなくていいからね」

「え!?」

思わず声が出た。男女が一緒に食事に行く時は、そういうものだとばかり思っていたのだ。車内に苦笑が漏れる。

「今言ったけど、接待でもデートでもないんだから、気にしないでよねー」

「た、助かります……」

女性経験の少なさが露呈してしまったような気がして、貞夫は少し恥ずかしかった。

「食事なんですが、こちらはどうでしょう？　経路的に遠回りにならない位置ですし」

菜花がスマホで見せてきてくれたのは、千葉の隅っこにあるしゃぶしゃぶ食べ放題の店だ。都内にもよくあるチェーン店だが、その価格帯は、比較的安めである。

「あとですね、ここのすぐ横に温泉がありまして……サッパリしてからご飯というのは、どうですか？」

おん……せん……。

綺麗な女性から温泉に誘われる……そのシチュエーションに男なら誰もがときめくもの……だが、貞夫とシノが思ったのはそんな邪《よこしま》なことではない。

サバゲで体を限界まで酷使し、死ぬほど汗をかいた今……温泉。

それは考えるに……天国だ。

Episode 17『家に着くまで、お楽しみは終わらない』

車を走らせてわずか一〇分、後部座席から二つの寝息が聞こえてくる。バックミラーを見やれば左右の窓に頭をくっつけ、シノとリラが口を開けて寝落ちしていた。

「……早いなぁ……」

「アタッカーは瞬発力が大事ですから。……あ、そこ右に」

菜花《なばな》がクスリと笑いつつ、スマホを見つつ道を案内してくれていた。正直ありがたい。

しかしながら……と、貞夫《さだお》は思う。

案内は有り難いのだけれど、それ以上のトークがほとんどないのは少々気になる。時間が経《た》つに連れて何となく菜花の口が重くなっていっているような、そんな気がする。

やはり男女二人だけのトークは自分にはレベルが高すぎる。ラジオでも付け――。

「あの、サバ夫さん……」

菜花が小声で、囁《ささや》くように唇を動かす。

彼女はやや俯《うつむ》き加減に、少しもじもじした様子で、時折チラリチラリと横目で貞夫を見てくるが、目が合うとすぐにそらす。……トイレだろうか？

「今日のサバ夫さん、凄《すご》かったですね。……とても初めてのサバゲとは思えないぐらい」

「いえ、そんな……」

「ジラフさん、相当うまい人でしたが、相打ちでフラッグ防衛……本当、素敵でした」

アレ？　何だこの褒め殺しの流れ？　貞夫は慣れないやり取りでそんな疑問を抱《いだ》く。

今一度それとなく菜花を見やれば、もじもじが継続しているのだが……ひょっとして、照れている？　何故《なぜ》？　シートベルトが胸の谷間に喰《く》い込み、夢のようなパイスラッシュが生まれていることに関係があるのか？　様々な疑問が貞夫の脳裏を駆け巡る。

「急なお願いでも快く引き受けて、私達《たち》をサバゲに連れてきてくれましたし、後ろの二人がすぐに寝ても笑って許しちゃうところとか、とても大人だなって……そういうところ、素敵だなって……」

何だ、本当に何だ、この流れ……。

車が赤信号で、停《と》まる。それを待っていたかのように、菜花がそっと顔を上げて、潤む瞳で貞夫を見てくる。引き付けられるように、貞夫もまた彼女の顔を見つめ返した。

「こんな時に、こんな事を言うのって、ズルイっていうか、卑怯《ひきょう》っていうか……姑息《こそく》だなっていうのは自分自身判《わか》っているんです。でも」

プップーッと後ろからクラクション。いつの間にか信号が変わっていた。慌てて発進。

「その、サバ夫さん……私のお願い、聞いてもらってもいいでしょうか」

「は、はい」

菜花が胸に喰い込んでいたシートベルトを両手でぎゅっとつかむ。その手は今にも震えそうに弱々しく見えた。

「サバ夫さん……」

そうして彼女は瞼《まぶた》をギュッと閉じて俯き、勇気を振り絞るようにして……言った。

「私この後……ビールいってもいいでしょうか!?」

「あ、はい」

菜花がバッと顔を上げ、信じられないといった顔で貞夫に体を寄せる。

「い、いいんですか!?　ビールですよ？　アルコール、つまりお酒ですけど……いいんですか!?　サバ夫さんに運転させておきながら、私一人だけ……」

「いえ、別に、えぇ……」

「あぁ……あぁ、ありがとうございます！　本当、本当にサバ夫さんに申し訳なくて言うべきかどうか、さっきからずっと悩んでて……！」

「……大丈夫ですから、遠慮なくいっちゃって下さい」

「あぁ、凄い、本当、ありがとうございます。……サバゲで渇いた体、しかもこの後は温泉、そこにビール……最高なんです！　本当、生まれてきた意味がそこにあるっていうか……。でも、サバ夫さんは運転で、飲めないので……」

そうか、菜花さんは自分に素直な人だったな、と今更ながら思い出す。

わずかに、ほんのかすかにではあったが……何かを期待していた自分が恥ずかしいというより、アホに思えて……貞夫は少し、笑った。

●

フィールドから二〇分程。貞夫達は温泉へとついに足を踏み入れた。

とはいえ、そこは〝温泉〟という言葉が想像させる情緒溢《あふ》れるタイプのそれではなく、スーパー銭湯の簡易版のような所だ。お湯自体は地下を深く掘って汲《く》み出した本物の温泉ではあるらしいが、入浴料の七五〇円を払って、ひとっ風呂浴びられるというだけの代物であり、宿泊はできないタイプのものだ。

かけ湯からすぐに湯船にダイブしたかったものの、さすがにあれほど汗をダラダラ流していた今の自分達でそれはマナー違反だろうと、貞夫達は先に体と頭を洗った。

おそろしい程に、サッパリ。思わずニヤける。体にまとわりついていた最後の不快さが消え去り、実に晴れやかな気分だった。

二人がまず向かったのは、寝湯。いわゆる寝転び湯とも言われる、仰向けになって入るアレだ。普通のでも良かったが、ジャグジーが付いていたので、それが疲れた体を解《ほぐ》してくれそうだと、貞夫達の意識を引っ張ったのだ。

熱いお湯に足を差し込み、滑り込ませるようにして体を寝かせ、全身を湯に沈める。

「「あぁ～～～～～～～～……」」

声が、自然と貞夫とシノの口から漏れ出た。

金属性の枕は冷たく、それでいて体は温かい湯に包まれているのもいいが、やはりジャグジーだ。下から噴き出る大量の泡が、酷使された貞夫達の体を優しく叩《たた》く。

「先輩、これ……ヤバイですよ……」

疲労困憊《ひろうこんぱい》だった体を温《ぬく》もりと刺激が包み込むと、全身の疲れが……いや、身も心も全てが湯に溶けていくようだった。

微睡《まどろ》みそうになる意識の中に、五分も入っていればアメーバ状になっているんじゃないか、そんなおかしな考えさえ浮かんでくる。

「風呂って、こんなに気持ち良かったんだなって、思っちゃうレベルだな、これ……。なぁシノ。……シノ？」

貞夫は隣の寝湯にいるシノを見るが、すでに姿はない。カラスの行水にしたって早すぎるだろうが、と苦笑し……そして、ハッとした。

「溺れてるのかよ!?」

気持ち良さそうなシノの顔が湯の下にあるのを見つけて、慌てて貞夫はシノの髪の毛を鷲掴《わしづか》みにし、力尽くで引きずり上げたのだった。

●

「いやぁ……四年前に死んだ天国の祖母《ばあ》ちゃんに会えましたよ……えぇ」

畳が敷かれた休憩室、その片隅で仰向けになったシノはそんなぼやきを繰り返していた。

寝湯に入って即攻で寝落ちして、その快感を抱いたまま沈んでいったというのは考えるに気持ち良さそうな人生の最期ではあるが、大事な後輩を今祖母の腕に抱かせる事だけは貞夫にはできなかった。

そういえばシノはお祖母ちゃん子だったな、とどうでもいいことを思い出していると、

「あーいたいた」と、女の子が貞夫達の前にちょこんと座った。

「いやぁ、サバゲ終わりのお風呂ってたまんないよねー。あ、お姉ちゃん、髪乾かすのにもうちょっとかかるって」

あ、リラさんか、と貞夫は声でようやく気が付いた。彼女は今、髪を下ろし、温泉の力か、表情がほっこりしているせいで、一瞬誰だかわからなかったのだ。

何だか今までより幼く、そしてかわいらしく見える。

いつもと少し違うだけでわからなくなるぐらいに、自分達の付き合いは短い。そんな事実を貞夫は驚きと共に思い出す。

その割に距離が近く感じるのはやはり一緒にサバゲをしたからなのか。

ムクリとシノが起き上がると、リラを見るなり驚いた顔をする。

「あー、リラちゃんって何気に正当派美少女系だったんだ。これって先輩のモロタイプじゃないですか？　ホラ、この間レンタルしたエロ――」

貞夫の手刀が音速を超える勢いでシノの頸椎《けいつい》を打つ。大切な後輩を畳に伏させると共に、彼には再び祖母へ会いに行ってもらった。

「べっつにぃ、普段と変わんないけどね。……ジュース買ってくる」

すぐに離れていくリラの顔が、少しだけ赤かったのは……きっと風呂上がりだから。そう貞夫は思うことにした。そうじゃなければ、自分もまた変に赤くなってしまう。

それから一五分程の気まずい時間を経て、ようやく菜花が現れた。

髪を下ろした彼女は貞夫達を見るなり不思議そうな顔をする。赤い顔のリラと貞夫と青い顔のシノという両極端な三人が一緒にいるのが奇異に見えたらしかった。

「あ、お姉ちゃん、化粧してるー。何かズルイなー」

「え？　それは、ほら、大人としてのマナーなの。リラはいいの、まだ十代なんだし」

不満げな顔をするリラと照れる菜花を見ていると、二人共透けるように肌が白いのだとわかった。それできっと、色白だからこそ、余計にちょっとしたことで赤くなるのがわかりやすいのだろう。

「さ、さぁサバ夫さん、学さん、ご飯、いきましょうか」

照れ隠しの笑顔を見せる菜花から漂ってくる温泉とシャンプーの匂いに、何とも言えぬ温かさを貞夫は覚えたのだった。

●

しゃぶしゃぶ食べ放題の店は家族連れやカップルが多く、店内は賑《にぎ》やかさで満ちていた。

しかしながら、郊外の店らしくテーブルは大きく、他の客との間隔が広く取られているので、賑やかであることが嫌な忙《せわ》しなさになっていないのが良かった。

「んじゃ注文してくねー」

席に着くなりリラが仕切ってくれたので、貞夫としては大変助かる。やはり男、年上といったものを考慮すると貞夫が指揮を執らねばなるまい、と、緊張していたのだ。

やはり普段どんなものを食べるかわからない相手との食事というのは、いろいろと気を遣ってしまうものだし、男女となれば尚更《なおさら》だ。それが一発で解決である。ありがたかった。

「出汁《だし》は昆布出汁で、スタンダードコースを四人前。ソフトドリンク飲み放題をー？」

女性陣の対面に座った貞夫とシノが手を挙げるが、リラの隣、菜花は申し訳なさそうに俯き加減で、文字通りに肩身を狭くするものだから、胸の谷間にシャツが巻き込まれ、えらいサービスシーンが展開していた。

「アタシ入れて三人ね。……まさか人に運転させておきながら一人だけいっちゃうような輩《やから》はいないと思うけれどもぉー……アルコール飲み放題はー？」

菜花が恐る恐るというように手を挙げ、チラチラと周りの人間を窺《うかが》い、そして貞夫に視線を落ち着けると、ペコリと小さく会釈された。

「あの、菜花さん、大丈夫ですから。僕、よく会社の先輩達の飲み会に呼ばれて、それでドライバーとかやるんで」

「……すみません」

「じゃ、各自ドリンクを。アタシ、烏龍茶《ウーロンちゃ》。……サバ夫と学君も？　じゃ、烏龍茶三。……でー？」

「……あの、な、生で……お願いします……」

申し訳なさマックスのせいか、何だか菜花の言葉がエロく聞こえるのは自分だけなのだろうか……貞夫は少し疑問に思う。チラリとシノを見ると、彼はまだお祖母ちゃんのそばにいるらしく、惚《ほう》けた表情で虚空を見つめていた。

「じゃ、それで。で、お肉ですけどもね？　……えー牛肩ロースと豚ロースを八皿、牛カルビと豚カルビも八皿で、あ、あと味付きうずらの卵を四人前で、とりあえず。……他欲しいものあったら順次各自でね」

店員さんが、結構な量になりますが……と、心配してくれるも、構わないとリラは押し切った。確かに食べ放題の一皿など大した量ではないし、今の貞夫達の空腹度合いはかなりのものだ。あっという間に食べきるだろうというのはわかった。

少しすると、お待たせしましたーの声と共に鍋、そして飲み物が到着。

各自グラス……と、一人泡が載るジョッキを握り取る。

リラがごほんと咳払《せきばら》い。

「そんじゃまぁ、ドキドキ♡初体験サバゲツアー……お疲れ様でしたー！」

「「「お疲れ様でしたー！」」」

乾杯。ガラスの音が心地いい。喉に流し込む冷たい烏龍茶がたまらない。

貞夫は一息にグラスの半分程を飲み、くぅーっと声を上げる。それは他のソフトドリンク組も同様なのだが……菜花だけはジョッキの底を天井に向けていた。一気飲みだ。

「クゥ――――ッんッ、アァ!!　……はぁ、はぁ、はぁ、あー、最高ッ！」

甲高い子犬のそれにも似た声で菜花が鳴く。大した勢いだった。

何でもこの一杯のために、風呂上がりに水分を一切摂《と》っていなかったらしい。

一日汗をかき、風呂を経てのキンキンに冷えた一杯……それは最高だろう。酒にあまり強くない貞夫でさえ少し羨ましくなるほどである。

「でも菜花さん、それじゃ結構すぐに回っちゃいませんか？」

「そうなんですよね。でも大丈夫です。回らないようにいっぱい食べますので」

えへへ、とすでに頬を赤くしつつ、ジョッキを両手に持った菜花は少女のようなかわいらしい笑みを浮かべた。

「あ、お姉ちゃんね、お酒好きだし量飲むけど、強くはないんだよね」

貞夫達にはどういう意味かわからなかったものの、その答えを聞くより先に鍋が沸き、大量の肉が届き始めた。先に来たのは牛肩ロース。

こうなると疑問より、食欲だ。出汁の香りに肉の赤を見ると、食欲が猛《たけ》り出す。

直箸《じかばし》でいいですか？　と、菜花からの提案もあり、各自が薄い肉をつまみ、湯にダイブ。

数秒の後に引き上げ、ポン酢を絡ませて……口へ。

ポン酢の酸味が唾を呼び込む中、肉を噛《か》み締める。……うまいというより何より、次の一口を欲してしまう。

体がカロリーを、そしてタンパク質を欲しているのがはっきりとわかった。

全員が即座に肉をつまんで湯に潜《くぐ》らし、火が通るのが今や遅しとそわそわし、少し早いような気がしつつも湯から上げて、一気に喰らった。

それでようやく、二口目にして初めてしっかりと肉の旨味《うまみ》を感じられる。

こうなればもう、箸は止まらない。そして肉が茹《ゆ》で上がるまでの間、フリーとなる各々の口からは言葉がマシンガンのように溢れ出ていく。

——午前中のリラちゃんの作戦、アレ、ヤバかったよね。——中央突破の？　——そうそう、それそれ。四人の内一人か二人を犠牲にしようってアレ！　実質特攻だもんね！　菜花さん蜂の巣だもんなぁ。——結構痛かったですね、アレは。多分ロングレンジで戦えそうな私を初めから狙ってたのかも。——お姉ちゃん一人の犠牲で済んだし、これでいける！　って思ったんだけど、最後惜しかったよねぇ。——僕がもう少し早くフラッグの箱を開けていれば、初フラッグゲットできたんですけど。——ジラフさんがフラッグに接近したのを見てから動きましたから、後手に回るのは当然ですよ。むしろ競るところまでいった事が凄いです。――凄いと言えばサバ夫が叫んだ、メイドマシンガンって名前？午後になったらあの人のあだ名になってて敵味方両方からそれで呼ばれてたのはちょっと笑ったねー。――えー、そうなんですか。ホントに？　――ホントホント。サバ夫名付け親だよ。――あー、何か嬉《うれ》しいというか何と言うか、変な気分ですね！　――初心者でフラッグまで行ったわけですし、印象的な一戦になりましたね。――ですねぇ。――あ、印象的と言えばオレの初ヒットのゲームでもありますからね！　いやぁ、アレ、ヒット取るのって凄いテンション上がりますよね！　――わかるー！　興奮とか喜びとかが天井知らずだよね！　――そうそうそれそれ！　先輩も最後、相打ちでしたけど、どうでした？　――アレね、アレは……アレかぁ！　アレは……凄かったなぁ。雄叫《おたけ》び上げるぐらい嬉しかったなぁ。――上げてた上げてた、ヒットォーって。――あははははは！　――あ、サバ夫さん遠い目しちゃってますよ。――いやホントに、そんな目になるぐらい嬉しかったんですよ、あの瞬間。あの人の体に、僕の弾がバスバスって当たったあの瞬間は、ホント……ホント、凄くて。――わかるッわかるよー！

口が、慌ただしかった。

肉を入れて、言葉を出す。

食べるに忙しく、喋《しゃべ》るに忙しい。

ずっとみんな、笑顔が溢れていた。

……菜花が四杯目の生ビールジョッキを飲み干すまでは。

「お待たせしましたー、豚カルビと牛カルビ、各四皿でーす」

ジョッキを置いた菜花が、店員の持つ重ねられた大量の皿に手を伸ばす。

「ありがとうございます。……はい、どーん」

笑顔の菜花は大量の肉を鍋の中にボチャ、ボチャチャ……と菜箸でまとめて落とし、ザッと湯をかき回す。

「どんどん入れてくので、火が通ったのからどんどん食べてって下さいね」

アレ？　しゃぶしゃぶってこういう料理だったっけ？　と貞夫は疑問に思う。

「もう……お姉ちゃん……それやめてって、前に言ったよね……」

「でも、一枚一枚だと……急ぎに間に合わないよ。だから、どーん♪」

ボチャチャチャと、豚カルビが大量に湯に投入されていく。ニコニコ笑顔の菜花はリラの苦情などお構いなしに湯の中で踊る肉をつまんでは食べていく。

貞夫達も空腹だし、火が通り過ぎるのも良くないので泳ぐ肉を捕まえて喰らっていった。

無論、うまい。確かに今の空腹度合いではこれでいいような気もする。

「はい、あっという間ですね。それじゃ次を投下しちゃいますよ～」

「もー、だからそれもうしゃぶしゃぶじゃないって。面倒臭がらずに、お姉ちゃん、ちゃんとしゃぶってよ」

「でもー」

「サバ夫達も、お姉ちゃんがしゃぶってくれた方がいいよね」

貞夫は無論、シノもさすがに今回ばかりはピタリと箸を止めて、黙った。

リラも恐らく今回は意図的ではないからこそ……ノリで言うわけにもいかない。

——菜花さん、しゃぶって下さい。

たとえそこに何らゲスい意図がなかったとしても、この発言をしたが最後、次に会うのが裁判所になるのは確実だった。

「い、いやぁ、まぁいいんじゃないですか。ペースがアップしていっぱい食べられますし」

「あーサバ夫さん、ありがとうございます。そうですよね、いっぱい食べたいですもんね。ほぉらー、リラ聞いた？」

「はいはい……ホント、面倒臭いんだから……」

好きで量も飲むが弱い、リラが言った意味はきっとこの状態を指していたのだろう。

「サバ夫さん、いっぱい食べましょうね。……はい、どーん♪」

肉が投入され、箸が舞う。リラもまた文句を言いつつも食べていく。

確かにもうしゃぶしゃぶではない気もしたが、それでも悪くない。

シノと二人だけでは生まれないパーティ感。こういう学生みたいなノリは……懐かしくて、嬉しくて、楽しかった。

何だか面白くなってきて、クスクスと貞夫は小さく笑う。

すると、視線を感じる。見れば、正面に座る菜花から。

彼女は、えへへ、と少女のような笑みを浮かべ、ほんのり色づいた顔で貞夫を見ていた。

シノなら、いや、世の男達ならここで微笑《ほほえ》み返したりもするのだろうが……貞夫には少し、まだハードルが高い。言葉で誤魔化す事にした。

「今日は、サバゲに連れてきてくれて、ありがとうございました。……想像以上に疲れましたけど、それ以上に……最高に楽しかったです」

ゴトリ、と空になったジョッキを菜花はテーブルに置く。

「まだですよ、サバ夫さん」

「……はい？」

「サバゲは、家に帰るまでがサバゲです。まだ、今日は終わっていません」

まだお楽しみは終わらない、いや、もっと楽しい時間を送ろう、そう言われたようにも貞夫には聞こえた。

だから、貞夫は頷《うなず》く。

「……はい」

菜花はニッコリと笑い、そして……。

「はい、お肉どーん！」

また肉が、ぶち込まれた。

「だから、お姉ちゃん……」

「どんどん食べないと。食べ放題なんだよ？　あ、リラ、店員さん呼んで。ゆずハイボールお願いね」

ガックリと肩を落とすリラと、楽しそうに笑う菜花の二人を見て……貞夫達も笑う。

そうだ、今は食事中。お楽しみは、まだ、終わらない。

●

貞夫は思った。割と、ヤバイ、と。それも高速道路に乗った瞬間である。

ハンドルを握る両腕は鉛が付いているかのように重く、アクセルを踏む右足が力を入れると小刻みに震える。そして何より……瞼が、気を抜けばその瞬間に落ちそうだ。

よくよく考えてみれば当然なのだ。一日全力で遊び、最後に気を遣って取っておこうと思った体力は、ジラフこと秋乃《あきの》麒麟《きりん》との戦いで使い果たしている。

それで温泉につかり、満腹になるまで肉を食えば……当然、眠気が来るに決まっていた。

——すかー。すかー。すかー。

とどめに、この眠りを誘うＢＧＭである。車が発進してすぐに寝落ちした後部座席のシノ、リラ、そしてへべれけで、かつ、車に乗り込む前段階で寝落ちしかけていた助手席の菜花……そんな三人の安らかなる寝息が貞夫を夢の世界へと誘《いざな》う。

だが、それと同時に彼らの寝息が貞夫に力をも与えてくれる。

三人の命を預かっている……しかも三人がこうも安らかな寝息を立てているのは貞夫を信頼しているからに他ならない。それを裏切るわけにはいかない。

そう思うに、貞夫の目は開き、ハンドルを握る手に力が入る。

三人の命を守り、無事に家に送り届けることができるのは貞夫ただ一人なのだ。

「確かに……こりゃ、家に帰るまでが生き残り競争《サバイバルゲーム》だな」

使命感に奮い立つ貞夫は高速道路をひた走る。

『目的地まで、あと一時間二〇分です』

スマホの音声ナビの言葉に、貞夫の顔にニヒルな笑みが浮かぶ。

リアルサバイバルゲームはまだ始まったばかり。

お楽しみは、これからだ！

……と、カッコ良く決めた一〇分後、貞夫はパーキングエリアで車を駐《と》め、そこで一時間の仮眠を取ったのだった。

慎重の極み、それが松下《まつした》貞夫という男である。危ない事はしないのだ。

Epilogue『お楽しみは終わらない』

――ピロリン♪

そのLINEの通知音に、ハッと貞夫《さだお》は瞼《まぶた》を開く。

見慣れた天井がそこにはあるが……普段とは少し違っていた。

「アレ……？　何でだ？」

貞夫が見上げていた天井は紛れもなく貞夫のアパートの天井ではあるのだが……微妙に見慣れていない位置の天井だった。

今、彼が見上げているのは玄関の天井である。

貞夫は寝たままスマホをポケットから抜き取り、画面を見る。

迷彩服の貞夫とシノが映る待ち受け画面に笑みをこぼしつつ……まず、時間を見た。

一二時……深夜か……いや、カーテンの隙間から光が差し込んでいる……。

「……は？　一二時って、昼のか!?」

菜花《なばな》達《たち》を家に送り届け、レンタカーを返却したのが二二時頃だったはずだ。その後徒歩でシノと二人、貞夫のアパートに帰って来たので……。

信じられなかった。まさか一三時間以上も眠っていたというのか。しかも……。

「マジかよ……靴すら脱いでないぞ……」

恐らく帰宅するなり玄関でぶっ倒れ……そのまま一三時間。夢すら見ていなかった。

「マジか……よくそんなに寝てられたもんだ……シノ？」

貞夫は額の方に上がっていた眼鏡を掛け直し、寝たまま首を動かす。……何故《なぜ》かはわからないが、貞夫と違ってシノは服を脱ぎ捨ててソファで寝息を立てていた。車中で寝ていた分、彼の方がまだ体力が残っていたのだろう。

「……凄《すご》いな、ホント……えっと……」

貞夫はＬＩＮＥを開く。サバゲグループで、菜花からだった。

〈昨日はお疲れ様でした。……正直しゃぶしゃぶ辺りからあまり記憶はないのですが……いろいろとご迷惑をかけてしまったようで……すみません。もしよろしかったら今日お店に来ませんか？　昨日撮った写真を交換しましょう〉

そういえば昨日、何だかんだで貞夫もシノも、そして菜花やリラもスマホやデジカメで写真を結構撮っていたのを思い出す。

「シノ起こして、行くとするか。よっこら……アァ――――――――!?」

起き上がろうとした瞬間、貞夫の甲高い悲鳴がアパートに木霊《こだま》した。

大野工房《おおのこうぼう》に着くなり、リラの爆笑と菜花の笑いが貞夫とシノを待ち受けていた。

カウンター前の椅子に座るなり、貞夫とシノは突っ伏した。

床で寝たせいもあるのだろうが、全身くまなく筋肉痛だった。

特に膝と太もも、腰と首に加えて両腕と両肩は尋常ではない。全身に鉛を流し込まれたかのような重さとダルさに、関節は至る所が軋《きし》んで、鈍痛を無限の如《ごと》くに生み出してくる。

「サバゲって日常生活で使わない部位を駆使するし、ありえないぐらい緊張するから初めての人って、だいたいそうなるんだよねー」

「リラさんは、何ともないの？」

「アタシもお姉ちゃんも筋肉痛来てるし、結構ダルいけど、サバ夫達ほどじゃないね」

その言葉は本当のようで、今日のリラはカウンター内の椅子に座り、のろのろとした動きで貞夫達のスマホをＰＣと接続し、中の写真を転送していた。まとめてＳＤカードに入れて渡してくれるそうだ。

「どうせ近所だしね、アップローダーだと時間かかるし。……よしＯＫ。おねーちゃん、こっちで見よー」

はいはーい、と、菜花は紙コップに珈琲《コーヒー》を淹《い》れてきてくれる。

そして四人揃《そろ》って、それぞれのスマホで撮影した写真を店内の大型モニターに表示させて見ていくのだが……一枚表示するごとに、会話に花が咲く。笑顔が溢《あふ》れる。……そして体の痛みに呻《うめ》いた。笑うと脇腹の筋肉痛に響くのだ。

けれど、それがまた、笑えた。

「あ、サバ夫さんと学《まなぶ》さんの、この写真、素敵ですね」

菜花がそう言ってくれたのは、待ち受けにもした、ゲームが始まる前にフィールドスタッフに撮影してもらったものだ。

レンタルの迷彩服を着込んで、嬉《うれ》しそうに笑って肩を組んでいる。

「そういえばさー、四人で行ったのに全員で写ってるのってないよねー」

そういえばそうだった。普通のレジャーだったら記念撮影とかするとは思うのだが……不思議と撮ろうと思う余裕がなかった。

今からすると落ち着いていたのはゲームが始まる前と昼食の時ぐらいで、それ以外はめまぐるしい一日で……そこまで頭が回らなかったのだろう。

「先輩、オレちょっと店内、見てきますね」

「どうした?」

「やっぱりグローブ買おうかなって。軍手ってやっぱり柔らかいし、手に合ってなくて。構えた時にちょっとズレる感じがして」

「安いのだったら、奥側ね。レプリカのレプリカみたいな感じだけど、まぁ使えるよ」

やはりリラにしては元気がない。いつもの彼女ならシノの背中を押すようにして高い商品をプレゼンしていることだろう。

安いのなら自分も買っていいかな、と思うも、いやその前に迷彩服の方が大事か……と考えながら、カウンターの上のＰＣを操作し、写真を今一度眺めていく。

すると、ふと、気が付くことがあった。

シノ、リラ、菜花……三人の写る写真は皆ピースをしたり、ポーズを決めたりしている。マスクの有無はあれど、どれも良い顔ばかり。

それは貞夫だって負けてはいない。緊張している面持ちではあるが、最近していなかったハッスルした表情をしている。

ただ、シノ達にあって自分にはないもの……それに気が付いた。

銃を持って写る際、シノ達はまるで自慢の息子を見せるように、嬉しそうな笑顔で自らの銃をアピールしている写真が多い。けれど、自分にはそうしたものがない。

サバゲは、掛け値無しに楽しかった。もし昨日、手にしていたのが自分の銃だったら……その楽しさは、さらに増したのだろうか？

「あー、やっぱどうしようかな」

まるで貞夫の心の声を代弁するかのように、グローブのコーナーからシノの声が聞こえて来る。手にはすでに緑のものがチョイスされているのだが……。

「学さん、どうかしましたか？」

「いやー、手袋もいいんですけど……クリンコフのマガジンも一個二個追加しておいた方がいいのかなぁと思って。途中で弾切れ起こしてたし……でも今回のレンタル迷彩服だともうポケットギチギチで……やっぱりノーマルマガジンやめて、多弾マガジンにするべきなのかなぁ。それとももっと一発一発大事にって感じで……」

「人それぞれのプレイスタイルがありますからね。学さんらしい、学さんがやりたい、そして学さんが最大限に活躍できるものを選ぶといいですよ」

「学君、そういう時はベストとかチェストリグとか、あと、お姉ちゃんみたいなベルトにマガジンポーチを付けちゃうのが手っ取り早いよ」

「やっぱそうなるのかーうーん……そうなると先に迷彩服とかが必要かなぁ」

迷彩服のコーナーへふらふらと向かっていくシノを見て、さすがにリラも接客に向かう。

「サバゲの後って、自分の問題点に気付いたり、他の人の装備を見て刺激を受けちゃうんで、いろいろ買い物しちゃうんですよね」

「あの、菜花さん。……やっぱり、自分で銃を買って、それでサバゲをするのって……違うものですか？」

「レンタルはメンテナンスとかも心配する必要がないですし、現地でトラブルが起こってもすぐに対処してもらえる……いいことは多いです。でも、確かに自分で所有した銃で遊ぶことでしか得られない〝何か〟があるのは間違いありませんね」

リラのように外見を好みに変えたり、菜花のように内部を徹底的にイジったり、ジラフのように両方を効果的に行い、自分のスタイルを確立させたり……その楽しみは無限大だと、彼女は語る。

「ただやはりそうした楽しみより何より……自分の持つ、自分の好きな銃が自分の手により活躍する……それこそが一番ですかね」

菜花のその語り口はショップの店員というより、一人の趣味人としてのそれだった。

「また、愛銃が定まれば、今の学さんのようにそれをうまく使うために何を買い足すべきか、といった指標にもなります。その銃を採用している軍隊の迷彩服にするとか、その銃のマガジンが扱いやすい装備《ギア》にしたり……」

なるほど、と、貞夫は珈琲を啜《すす》り、また、写真を見る。

レンタル銃を持つ自分……それがもし、自分の銃だったら……どうなっていただろうか。

自分の好みは……多分、菜花のそれに近いような気がする。

遠距離をスパッと決められるような……となるとスコープとかの光学機器も欲しい。

そうすればあのメイドマシンガンの時もスパンッと決められただろうし……あの木陰から顔を出していたAUGのサイレンサーを初弾で決める事が出来ていたら、その後の対処ももっと早く出来て、有利に展開を運べたのではないだろうか。

けれど、菜花のスナイパーライフルのように一発一発に勝負をかけられる域に自分は至れるのか？　いや、そこでハンドガンか。

そう、ハンドガンだ。秋乃麒麟《あきのきりん》の前で土下座のようにして耐えていた時、あの瞬間、自分の手にハンドガンがあったら……。

勿論《もちろん》、ハンドガンだけでは火力的に心許《こころもと》ない。そうなるとやはりハンドガンはサブで、メインの銃は別に……。となると、やっぱりホルスターが必要に……。

「……あっ、と……」

写真を眺めつつも全然違うことを考えている事に貞夫は気付いた。

菜花が優しく微笑《ほほえ》んで貞夫を見つめていた。

「そういう迷いや検討は、この趣味の醍醐味《だいごみ》ですよ。選択肢はいくらでもあって、その中で自分がどうありたいかを探せる……そんな趣味ですから」

「そう、なんでしょうね。……シノも、滅茶苦茶《めちゃくちゃ》迷ってますけど……楽しそうです」

「では、サバ夫さん……次のサバゲはいつにしましょうか？」

「……はい？」

菜花は冗談で言ったわけではなさそうだ。

確かにシノはこの趣味を続けていく勢いだが、貞夫は違——いや、違わない。

確かに今でこそ体がぶっ壊れかけているが、これが治った時、自分はきっとまたサバゲを思い出すに違いない。……楽しかったな、また行きたいな、と。

　だが、それにしたって昨日終えたばかりで次の話をされるのは……さすがにビビるものがある。それにお金もかかれば、確実に一日は潰れるし、翌日に来るであろうこの地獄のような筋肉痛を考慮するなら二日は使う計算だ。

　社会人の身としては、それで週末が完全に終わってしまう。

「いやぁ、菜花さん、さすがにすぐ次はちょっと……もちろん、楽しかったので、また行きたいなぁとは思うんですが」

「知っていますか、人生って短いんです。……考えてみて下さい。サバゲは多い人でもせいぜい数週間に一度、標準的な社会人サバゲーマーだと二、三ヶ月に一度ぐらい。少ない人なら一年に一度か二度。いざ行くぞと決めても、仕事、冠婚葬祭、天候不良に体調不良で、急にダメになることは多々あります。……では前回楽しい経験をしたサバ夫さんに質問です。……あなたは残りの人生であと何回サバイバルゲームに行けるでしょうか？」

　その言葉に、貞夫はハッとした。

　体力を思うに生涯やれるものじゃない。

　そう考えると昨日の楽しい体験は……これからどれだけ頑張っても、せいぜい二〇〇回。

　何らかの理由で参戦できないことを考えれば……半分、いや、現実的にいえば、ほぼ間違いなく半分以下になる。

全力で打ち込んで、残りの人生全部かけたって……その程度。

なんて短いのだろう。

なんて、少ないのだろう。

「サバ夫さん……また一緒に、サバイバルゲームに行きませんか？」

貞夫は苦笑しつつ痛む左手で髪を掻《か》き上げ、そして、微笑む。

「そう……ですね」

貞夫に躊躇《ためら》いがないといえば嘘《うそ》になる。でも躊躇っても躊躇わなくても答えは一緒だ。

「また、行きますか」

「あ、何々、次のサバゲの予定立ててるの？」

シノに薦《すす》める気だったらしいベストを手に、リラがカウンターに舞い戻って来た。

「リラったら、地獄耳なんだから」

シノも両手にマガジンポーチを持って駆けてくる。

「先輩、やる気ですね！　いやぁ今リラちゃんに見立ててもらってたんですけど、これ、うまくやればオレの戦力大幅アップですよ！　フラッグゲットまで行ける勢いで！」

各々がスマホや手帳を取り出し、現状のスケジュールを突き付け合う。

さすがに来週は早すぎるので、再来週以降……来月ぐらいだろうか。

屋内戦《インドア》というのもあるようだが、シノのクリンコフを使う事を考えると屋外《アウトドア》のフィールドの方がいいらしい。それに加えて、レンタルも必要だからその辺充実してる所が……。

そんな話をしていると……ふと、貞夫の心にある思いが湧き起こってくる。

どうせ今後も行くのなら……。

レンタルでその都度お金を払うのなら……いっそ……。

……いっそ……。

「あの……菜花さん」

「はい、何ですか？」

「……大野工房って、クレジットカード、使えましたよね？」

その言葉に、停止ボタンを押したかのように三人がピタッと動きを止め、絶句した。

「僕も……銃、買おうかなって」

妙な沈黙は二秒ほども続いただろうか。

その果てに、三人同時に、堰《せき》を切ったかのように「おー！」と声を上げ、拍手された。

「マジッすか先輩！　いいですよいいですよ、絶対いいですよ！　ってか今日カード持って来てたんですか!?　あ、昨日レンタカー借りる時ポイント溜《た》めるからって持ってきてましたっけ！」

「そうですよサバ夫さん、自分の銃を持つとまた新しい楽しみがサバゲに加わりますよ」

「サバ夫、何丁!?　何丁買う!?」

「さすがに一丁だよ……。あの、次世代電動ガンのＨＫ４１７アーリーバリアントって、おいくらでしたっけ？」

平岡《ひらおか》の言葉を信じ、そして先程自分の中の目指すものを考えた時……少なくとも今ある知識の中ではそれしかない、そう思えた。

重さと長さの不安こそあるが……それは、きっと些細《ささい》な問題だ。

何せ……格好いい。そう思えたのだから。

「お値段はこちらになります。……大丈夫ですか、無理してません？」

さすがになかなかの額だ。買うと口に出してから急上昇していた心拍数はさらに上がる。

今ならまだ引き返せる……その考えが頭から、離れ――。

「サバ夫、はい、サンプル」

リラがＨＫ４１７を持ってくるなり、渡してきた。

手にした瞬間、金属の硬さ、重量が筋肉痛で痛む体を苛《さいな》む。

……だが、それがいいのだ。

これを持って、シノ達と共にサバゲフィールドを駆け巡り、メイドマシンガンやジラフ達と戦う自分……そんなイメージがどんどん頭の中に広がっていく。

もう、迷う余地などない。

今ならまだ引き返せる――そんなくだらない考えは、無限に溢れるイメージが頭から押

し出してしまった。

「——これ、買います」

拍手と歓声が貞夫を包む。変な笑いが浮かぶのが止められない。
何が慎重な男だよ。結局最後は勢いじゃないか。
貞夫は一人、自嘲するようにそんなことを胸の内で呟《つぶや》いた。
でも……いいんだ、これで。
もしかしたら今日、慎重な男を卒業し、松下《まつした》貞夫は違う男になるのかもしれない。
そんな事を考えながら、貞夫は財布からクレジットカードを取り出したのだった。
「一〇回払いで！」

〈了〉

あとがき

皆さん、どうも、アサウラです。お久しぶりの方もいらっしゃるかと思いますが、初めての方も少なくないかと思います。どうぞ今後ともお見知りおきを。

さて、本作はご覧の通りサバイバルゲームの話。昔からずっと書きたかったものの、いやはやチャンスがないないマジでない。というのも手間がかかる上に売れない、しかも様々なリスクまである……という事でどの出版社もやりたがらない案件なんですよね。

しかしながら今回、以前『デスニードラウンド』というガンアクション作品を一緒に作った赤井さんの存在に加え、提案したら「そういうのをお願いしたかった」と即答したロックな担当Mさんの尽力により、ついに結実するに至りました。……ありがたや。

本作は〝これからサバゲを始めたいけれど何から始めていいかわからない〟という方に向けて作るにあたり、生の資料になっていただくため……担当Mさんと赤井さんにはサバゲの沼に沈んでいただきました。ってか、勝手に沈みました。割とズブズブに。

今や二人とも高い銃を何丁も買い、装備もどんどん買いそろえ……赤井さんに至ってはもはや本作で得たギャラよりサバゲに使った金額が上回ったご様子。……私に罪はない。

本作はサバゲ人口の増加を狙ったものでしたが、とりあえず二人増えました。……すでに十分な戦果と言えるでしょう。なのでもはや本作に悔いはない。私も楽しかった！

さて、そろそろ謝辞の方をば。相変わらず複雑で大量のオーダーにも柔軟に対応してくださる赤井さんは無論の事、「僕、この次世代の……クリンコフ？　買おうと思ってるんですよ」と言っていたので赤井さんの作画資料にもなるしとシノの愛銃にしたら鮮やかな裏切りを見せて別のスタイリッシュな銃を買ったり、取材及び赤井さんのエスコートと称してサバゲに行ったはずなのに赤井さんをほっぽり出して誰よりもサバゲを楽しんでいた担当Mさん……まことに感謝。今後もどんどんサバゲに行きましょう。

協力してもらったO野君をはじめ、いつも一緒にサバゲに行ってくれる馴染《なじ》みの面々、故郷北海道の身内サバゲしか知らなかった私を東京のサバゲに誘ってくれたSさん、そして共に遊んでくれる大勢のサバゲーマーの皆々様……ありがとうございます。

まさかの協力をいただいた東京マルイ様、いつもお世話になっております。今後とも素晴らしい銃をいちファンとして期待しております。

最後になりましたが、本作をここまでお読みいただきました読者の皆々様に心よりの感謝を。少しでも楽しんでいただけていましたら、こんなに嬉《うれ》しい事はありません。

ではでは、紙幅もそろそろ一杯ですので、次またお会い出来る事を祈りつつこの辺で。

それではまた！

アサウラ

Character file
001
Nabana Mashiro
舞白菜花
Nabana Mashiro
メインアーム
VSR-10
プロスナイパー Gスペック
大野工房
G-NO KOBO
Normal mode
Battle mode
VSR-10
Prosniper version
G-SPEC
Nabana Mashiro
Character file 001

Character file 002

舞白璃良
Lila Mashiro

メインアーム
P90 [リラカスタム]

サブアーム
グロック18C [リラカスタム]

Battle mode

GLOCK 18C
[Lila Custom]

P90
[Lila Custom]

Normal mode

サバゲにGO!
はじめてのサバイバルゲーム

2019年9月5日　初版発行

著者……アサウラ

発行者……森 啓

発行……LINE株式会社

〒160-0022 東京都新宿区新宿4-1-6 JR新宿ミライナタワー23階
http://linecorp.com

発売……日販アイ・ピー・エス株式会社

〒113-0034　東京都文京区湯島1-3-4
http://www.nippan-ips.co.jp　TEL：03-5802-1859

印刷・製本……大日本印刷株式会社

校正・組版……株式会社鷗来堂

Printed in Japan ISBN 978-4-908588-86-0 C0193

LINE文庫エッジ